CODE 612

누가 어린 왕자를 죽였는가

CODE 612 Qui a tué le Petit Prince?

CODE 612

미셸 뷔시 MICHEL BUSSI   **이선민** 옮김

Qui a tue le petit Prince?

누가 어린 왕자를 죽였는가

HCbooks

목차

CODE 612

누가 어린 왕자를 죽였는가

그의 발목 주변으로 오직 노란 섬광만 비쳤다.
그는 잠시 미동도 하지 않았다. 소리도 지르지 않았다.
그는 나무가 쓰러지듯 천천히 쓰러졌다.
모래 때문에 소리조차 나지 않았다.

『어린왕자』

서문

1944년 7월 31일 아침, 앙투안 드 생텍쥐페리가 코르시카섬 보르고로 정찰 비행을 나섰다. 그 뒤로 아무도 그를 다시 보지 못했다.

그의 실종은 거의 60년 가까이 수수께끼로 남아 있다가, 말도 안 되게 여러 상황이 겹친 끝에 그가 조종했던 미국 쌍발기 잔해를 지중해에서 발견하며 수수께끼가 풀렸다.

그렇다고 해서 생텍쥐페리의 미스터리는 끝난 것일까?

작가의 시신은 끝내 발견되지 않았다. 몇 안 되는 증인들이 하는 이야기들은 서로 어긋난다.

현재 그의 실종 미스터리를 밝히기 위해 남은 것에는 무엇이 있을까? 생텍쥐페리가 몰래 단서를 남겨 놓았을까? 그가 마지막으로 쓴 글 안에 열쇠가 있을까?

그가 죽기 일 년 남짓 전, 유럽으로 재참전하러 떠나기 전에 짧은 글을 한 편 썼다. 독자들이 처음에는 가볍고 순수한 작품으로 여겼다.

'어린 왕자'

그런데 만약 이 이야기가 그의 유언이라면?

만약 생텍쥐페리가 이야기 속에 자신이 사라진 것에 대한 비밀을 밝혀 놓았다면?

이야기 안에서 어린 왕자가 급작스레 죽는 것과 몇 달 뒤 생텍쥐페리가 갑자기 사라진 일은 놀랍도록 서로 유사하다. 생텍쥐페리와 관련해 발견된 것은 녹슨 비행기 잔해뿐이었고, 어린 왕자는 자기 몸이 '아무렇게나 버려진 껍데기'처럼 보일 거라는 말을 했다.

생텍쥐페리는 우리에게 '낡은 껍데기만 남았다고 슬퍼할 필요는 없다'고 알려주었다. '내가 죽은 것처럼 보이겠지만 사실 그렇지 않아요!'

'어린 왕자'가 선풍적인 인기를 끈 사실과 생텍쥐페리의 파란만장한 일생은 문학 작품의 소재로 자주 다루어졌다. 하지만 지금까지 그 어떤 작품에서도 생텍쥐페리와 어린 왕자의 운명을 평행선상에 올려 보는 시도를 한 적은 없다.

철학적인 이야기 뒤에 범죄가 교묘히 위장되어 있기 때문이었을까?

아무도 질문을 진지하게 해 본 적 없기 때문이었을까?

'누가 어린 왕자를 죽였는가?'

이번 소설은 바로 이러한 생각에서 비롯되었다. 생텍쥐페리의 사라짐과 그의 주인공의 사라짐 사이에 존재하는 기묘한 유사점을 끄집어내어 보는 것. 재검증해 보는 것.

용의자와 범행 동기는 충분하다. 나는 사건 관련 증거물들을 모조리 모았다.

이 책에 나오는 사건들은 모두 사실이다. 생텍쥐페리의 삶과 실종에 관한 일화도 모두 사실이다. 언급된 인용문도 모두 정확히 옮겨적었다. 생텍쥐페리의 수기 원본을 참조한 내용, 그가 고민하거나 고르거나 삭제한 내용, 그의 이야기에 실리거나 이야기가 출간되기 전에 그린 그림들, 혹은 피리 레이스 지도를 참조한 내용까지도 모두 정확하다.

나는 사실로 증명된 이러한 요소들을 모두 모은 뒤, 지금껏 한 번도 상상해보지 못한 방식으로 그것들을 배열해보기로 했다.

수수께끼에 관한 이러한 증거들은 독자들이 마음대로 활용해보아도 좋다. 독자들도 직접 탐정이 되어 보고, 자신만의 열쇠로 풀어봐도 좋다.

'어린 왕자'를 읽어본 적 없거나, 너무 오래전에 읽어서 내용이 정확히 기억나지 않는 독자라면, 이 소설에 등장하는 두 탐정을 따라가 보라.

'어린 왕자'를 수차례 읽고, 문장 하나하나를 잘 알고 있는 독자라면, 이 소설의 문장 곳곳에 흩어진 다양한 암시를 찾아내 보라.

소행성들은 섬이 되고, 철새들의 비행은 비행기로 바뀌었지만, 증거들은 똑같이 엉뚱하고 흥미롭다.

기분 좋게 날고, 기분 좋게 읽고, 어디에도 분류할 수 없는 이 특별한 이야기를 기분 좋게 재발견하기를 바란다. 재검증한 이야기 또한 그러기를 바란다. 수수께끼 같고, 뜻밖이면서도 낭만적인 이야기이기를.

장사꾼의 섬

주인이 없는 섬을 발견하면, 그 섬은 네 거야.

장사꾼, 소행성 328호

어떤 구멍 속에 보이는 별 세 개를 향해
일단 올라가고 나면 그 별들에 걸려들어
다시는 내려오지 못한다.

『야간 비행』

I

– 비죽 나온 저 잎을 좀 손봐야겠군.

베로니크가 베란다 문 앞에 서서 미소 지었다. 이토록 화창한 날은 몇 주 만이었다. 하늘은 파랗고 선명했다. 잔디깎이 소리가 집 울타리 근처까지 울렸다.

나는 비죽 나온 잎을 뜯어내고 매끄럽게 줄지어 자란 쥐똥나무들을 감탄하며 바라보았다. 완벽하다. 베로니크가 내게 인사를 건네고 정원을 빙 둘러보았다. 그녀의 시선이 바로 앞 벚나무 뿌리 넝쿨에 머물렀다. 넝쿨은 좁은 길에 깔린 포석들 틈을 비집고 나와 어젯밤 치우지 않아 문이 그대로 열려 있는 벽돌 바비큐장을 침범할 기세다.

나는 작은 정원 끝에서 집까지 이르는 3미터 거리를 가로질러 철문을 밀어 열었다.

– 수고했어. 우리의 작은 행성…… 우리의 작은 행성은 완벽에 가까워.

베로니크가 속삭였다. 100제곱미터 정도 되는 우리 둘만의 공간에
만 햇빛이 비치는 것 같았다. 오늘따라 더욱 아름다운 베로니크. 일
순간 그녀가 시야에서 사라졌다.

- 네벤, 전화 받아.

그녀가 수화기를 건넸다. 나는 정원으로 걸어갔다.

- 네벤 르 파우 씨?

- 네?

- 오코 돌로입니다. 루이 13세 비행학교 소속 정비사 맞으시죠?
총장님 소개로 연락드립니다.

- 네?

- 당신 도움이 필요합니다. 여기는 마르세유에 있는 소르미우 칼
랑크 쪽입니다.

- 지금이요?

- 잠깐이면 됩니다. 오래된 비행기를 잘 아는 전문가의 도움이 꼭
필요한 상황이라서요.

나는 통화를 하며 다시 집으로 향했다. 바람이 살짝 불자 베로니
크가 추워서 몸을 떨었다. 그 모습을 보고 베란다 창문을 닫았기에
그녀는 내 대답을 듣지 못했다.

- 알겠습니다. 한번 가보죠.

II

오코 돌로 씨의 요트가 소르미우 해변에서 멀어졌다. 칼랑크가 시야에서 점점 작아지고 갈매기들이 은신처에서 나와 배 위를 나는 모습이 보였다. 흰 배는 거의 아무 소리도 내지 않고 나아갔다. 보이지 않는 줄을 갈매기들이 잡아당겨 전진하는 듯했다. 요트 이름은 '섬들의 다이아몬드'. 비행기만큼이나 날렵하게 잘 빠진 배였다. 마치 날개 없는 비행기가 파도 없는 하늘을 나는 듯.

오코 돌로 씨가 마호가니 협탁 위에 여러 가지를 펼쳐 보였다. 나는 녹슨 금속 조각들을 자세히 살펴보았다. 펜 한 자루. 낡은 철판 여럿.

오코는 큼지막한 손가락으로 자그마한 검은 펜을 조심스레 쥐었다.

– 한 어부가 그물에서 이 펜을 건졌어요. 파카 51이요. 이 철판들 사이에 끼어 있었죠.

나는 조금 더 가까이 몸을 숙였다. 콕핏과 에일러론, 엠퍼나지 파편들도 보였다.

확실했다. 나는 말로 내뱉었다.

— 록히드 P-38 라이트닝 잔해군요?

오코 돌로가 놀라워하며 휘파람을 불었다.

— 대단하군요! 역시 명성대로네요.

나는 굳이 겸손 떨지 않고 어깨를 으쓱했다. 염분으로 녹슨 이 잔해가 뭐 그리 중요한지 의아했다.

— 전투 조종사 수백 명이 이 지중해 위에서 목숨을 잃었죠. 이곳 칼랑크에 뭐 특별한 사연이라도 있는 걸까요?

오코는 은테를 두른 까만 만년필 뚜껑을 만지작거렸다. 요트가 리우 섬 북동쪽에 멈췄다. 갈매기들이 멀어졌다.

— 1944년 7월 31일, 앙투안 드 생텍쥐페리가 P-38 라이트닝을 타고 출격했다가 프로방스 해안가 어디쯤에서 사라졌죠.

이십여 년 전 희미한 기억들이 떠올랐다. 신문에서 본 장면. 라디오 속보. 당시 나는 이 일을 계속할지 마음을 정하지 못한 상태였다. 내 마음은 비행기의 잔해가 아니라 비행하는 기체에 가 있었다.

— 결국 찾아냈지요?

오코 돌로가 힘주어 말했다.

— 그렇죠. 바로 여기에서 말입니다. 리우 섬 먼바다에서요.

사라진 지 오십 년이 훌쩍 지난 시점에. 하지만…… 명백한 증거는 없었다. 그의 시신도, 개인 소지품도 없다.

나는 파카 만년필과 기체 잔해들을 다시금 자세히 살폈다.

— 이게 그 증거라는 건가요?

- 당신 생각엔 어떤가요······.

- 당신······ 정체가 뭐죠?

- 어린 왕자. 돈 많고 피부가 까만 어린 왕자이지요. 생텍쥐페리
에게 모든 것을 빚진 어린 왕자요.

III

– 세상에, 이 비행기 잔해들을 감식하는 데 10,000유로를 주겠다니! 카메룬 억만장자가 말이야!

– 카메룬에도 억만장자가 있나?

베로니크가 의아해했다. 그녀는 컴퓨터를 앞에 놓고 테라스에 앉아 있었다. 나도 테라스로 갔다.

우리 집을 가만히 바라보았다. 베로니크가 꿈꿔 온 집의 형상대로였다. 나는 그녀의 소원을 차례로 하나씩 실현했다. 장밋빛 벽돌과 창틀에 놓인 제라늄, 지붕 위에 앉은 비둘기.

– 이 오코 돌로라는 사람이 고용한 팍스컴퍼니 소속 사설탐정과 일을 해야 해. 내일 그쪽에 다시 가려고…… 정말 놀랍지 않아? 사라진 지 칠십 년도 훌쩍 넘은 작가에 관한 일을 조사하다니!

이른 아침부터 혹한 기운이 테라스를 감쌌다. 미처 빗질할 시간이 없었던 듯한 베로니크의 금발이 태양처럼 눈부시게 빛났다. 그녀의 이마에는 무지갯빛 작은 땀방울이 송골송골했다.

- 아침 먹어야지, 날 잊은 건 아니겠지?

당황한 나는 슬그머니 자리를 피했다가 시원한 물 한 잔을 들고 돌아왔다. 베로니크는 여전히 컴퓨터를 뚫어져라 바라보고 있었다. 결심한 나는 그녀 쪽으로 몸을 숙였다.

- 생텍쥐페리와 어린 왕자의 영혼이 평안히 잠들기를. 오코 돌로가 사건을 풀도록 도와줘야겠어.

- 그런 일을 하는데 고작 10,000유로라니, 너무 적지 않나.

베로니크는 고개를 들지 않고 말하며, 모니터로 계속해서 기사를 읽어 내려갔다. 내 눈엔 행성, 모래언덕, 별 같은 것들을 수채화로 그린 그림만 보였다.

- 어린 왕자가 출세했네, 예금 계좌에 잔액이 어마어마할 텐데.

그녀는 물컵에 입술을 살짝 적시더니, 창문을 차례로 빙 둘러보았다.

- 전 세계 1억 7천만 부가 팔렸다니! 게다가 여전히 프랑스에서만 매년 수십만 부가 팔리고 있으니. 불멸의 스테디셀러지! 번역본만 434개라니. 성경 다음으로 제일 많이 팔리고 많이 번역된 책이라잖아. (그녀가 다시 물컵을 입술로 가져가 김이 서린 곳에 입술 자국을 남겼다.) 어린 왕자를 모티브로 한 제품들도 수도 없이 많고(그녀가 마우스를 클릭하니 이번에는 파스텔 색감의 모자이크 그림이 나타났다.) …… 봉제 인형, 향수, 시계, 안경, 소꿉놀이 장난감, 공책, 수첩, 전등, 타올, 게임…… 휴, 다 말하기 숨찰 정도지!

베로니크가 기침을 살짝 했다. 내가 갖다 준 물이 너무 차가웠나보다. 나는 찬 바람에 그녀의 목이 더 차가워지지 않게 테라스 쪽 커튼을 치고는 물었다.

– 생텍쥐페리는 1944년에 죽었잖아. 그런 고전 작품들은 저작권이 만료된 것 아닌가?

베로니크가 마우스를 클릭했다.

– 잘 들어 봐…… 자, 작품은 작가 사후 칠십 년이 지나면 저작권이 만료되지.

난 얼른 계산했다.

– 그러니까 어린 왕자는 2014년에 저작권이 만료된 거잖아!

마우스 딸깍거리는 소리가 또다시 들렸다.

– 그렇지 않아! "조국을 위해 목숨을 희생한" 전사자 작가들은 저작권 만료 기한이 몇 년 더 연장되거든! 생텍쥐페리는 명단에 들어 있어서 저작권 만료 기한이 2023년이지! 적어도 프랑스에서는.

나는 곰곰이 생각했다. 파카 만년필을 다시 떠올렸다. P-38 라이트닝 잔해도. 오코 돌로가 했던 말도. "명백한 증거는 없었다. 그의 시신도, 개인 소지품도 없었다."

– 그 말은…… 생텍쥐페리가 조국을 위해 전사한 것이 아니라는 사실이 밝혀지면? 세상에서 제일 많이 팔린 책 작가의 저작권이 '펑' 하고 사라져 버리는 건가?

베로니크는 모니터에 앉은 먼지 가까이에 눈을 갖다 냈다. 눈을 깜빡일 때마다 속눈썹이 먼지를 쓸어낼 듯했다.

– 생텍쥐페리의 유일한 상속자는 그의 조카들과 종손들뿐인가

봐. 그들이 생텍쥐페리 유산을 모두 관리 중이거든.

– 생텍쥐페리가 결혼을 안 했었나? 자식도 없고? 유언장도 없고?

– 자식은 없어…… 어린 왕자뿐이지! 유언장은 없지만, 결혼은 했었어! 내가 어디서 읽었는데, 생텍쥐페리 죽고 나서 두 진영이 첨예하게 대립했다더군. 생텍쥐페리 조카 쪽이랑 그의 아내 콘쉬엘로 쪽말이야. 유언장이 없다 보니, 콘쉬엘로가 자기 쪽에 유리하게 유언장을 가짜로 만들려고 했는데, 조카 쪽에서 고소했지……. 저작권을 양쪽이 반씩 나눠 갖기로 합의가 났는데, 결국 콘쉬엘로는 절반의 권리를 포기했대. 그래서 작품에 대한 저작권은 조카 쪽에서 모두 가져가게 된 거지.

– 저작권이라면?

– 어린 왕자 작품으로 무언가를 할지 말지 결정할 권리를 갖는 거지… 속편… 영화… 번역본… 관련 상품 등등…….

베로니크는 여전히 기침을 했다. 나는 그녀의 어깨 위로 양팔을 두른 뒤 속삭였다.

– 나는 어린 왕자가 뱀에 잡아먹혀 어딘가에서 별이 되었다고 믿었는데.

그녀가 뒤로 물러서더니 마치 나를 이 세상에서 가장 순진한 소년을 보듯 바라보았다.

– 어른들은 이 사안이 얼마나 중요한지 직감했던 거지! 장사꾼 마인드가 있는 사람이라면 맨 먼저 어린 왕자의 별을, 정확히 말하면 소행성을 은행에 맡기는 일부터 떠올렸을 테고. 그래서 그들은

소행성 명, B612를 작은 종이에 쓴 뒤 서랍에 넣고 자물쇠로 잠가 둔 거야. 이렇게 해서 어린 왕자는 그들 소유가 된 거지. 마치 별처럼. 물론 그다지 아름다운 일은 아니지만 분명 중대한 일이라고!

IV

　오코 돌로가 자기 주변을 날아다니는 풍뎅이를 손짓으로 쫓아냈다. 그는 자리에 앉아 자기 앞에 놓인 상자를 바라보았다. 흰색 직사각형에 구멍 세 개가 줄지어 나 있는 상자였다.

　요트가 리우 섬을 따라 난 무인 해변 위로 부서지며 넘실대는 파도를 따라 천천히 흔들렸다. 풀이 조각난 듯 하얀 바위 사이사이에 나 있었다. 마치 토끼, 염소, 양 떼가 목초지 풀을 돌이 드러날 정도로 여기저기 뜯어 먹은 모습 같았다.

　오코는 주변 경관에는 눈길도 주지 않았다.

　상자 위에 쓰인 이름과 주소를 다시 읽어보고, 아마도 고대 아랍어인 듯한 모르는 글자로 된 소인이 찍힌 우표를 자세히 들여다보았다. 발신인은 어디에도 적혀 있지 않았다. 그저 이름 하나만 있었다.

　'Club 612'.

　오코는 상자를 들어 올려 무게를 가늠해 보았다. 가벼웠다. 흔들어 봐도 아무런 소리도 나지 않았다. 텅 비어 있는 듯했다. 생텍쥐페리가 어린 왕자의 양에게 그려준 상자와 완전히 똑같았다. 그가 가장 좋아한 그림 말이다.

오코는 상자를 선뜻 열지 못했다.

그는 마리 스완, 무아제, 이자르, 호시, 지리학자 같은 나머지 멤버들도 이 상자를 받았을지 궁금했다. 아니면 자신이 맨 먼저였을지.

그는 유혹을 견뎌냈다. 오코는 지긋지긋한 류마티스 증상 때문에 힘겹게 몸을 일으켜 허리를 감쌌다. 결국 상자는 집어 들어 갑판 창고에 넣어 두었다.

나중에 열어볼 심산이었다.

사설탐정과 네벤을 만난 뒤에 말이다.

우선 그 둘부터 테스트해볼 생각이었다. 천부적인 재능을 갖춘 호기심 대왕과 낙오된 비행사.

엄청나게 고심한 끝에 고른 사람들이었다.

그만한 능력이 있을까?

V

Club 612

– 수락해줘서 고맙군요.

오코 돌로가 나를 추켜세웠다. '섬들의 다이아몬드'는 미우항에 정
박해 있었다. 칼랑크 쪽에 있는 요트 중 가장 컸다. 햇빛이 흰 절벽에
튕기듯 부딪히며 좁은 골짜기가 마치 크리스털 결정이 덮인 것처럼
빛났다. 나는 갑판에 서서 해송 그림자가 추는 어두운 춤을 따라 춰
보려 했다. 베로니크의 말을 듣지 않고 이곳에 온 것이 벌써 후회스
러웠다.

– 팍스컴퍼니 쪽 탐정이 오면 같이 바다로 나갑시다. 늦진 않을 겁
니다.

오코 돌로가 말했다. 카메룬 출신인 그도 더위로 힘들어했다. 요
트 위에서 발을 한 발짝 떼는 것조차도 무척 괴로워 보였다.

– 탐정 이름은 앤디요. 두 사람이 한 팀을 이루게 될 겁니다.

나는 기다렸다. 등에 땀방울이 주르륵 흘렀다. 마침내 소리가 들리
더니 빨간 베스파가 보였다. 오토바이 주인이 부두에 오토바이를 세

28

웠다. 작고 호리호리한 실루엣이 헬멧을 벗었다. 딱 보기에 팍스컴퍼니 쪽 탐정은 십 대 같았다. 짧은 빨강 머리에 스키니 진과 주황색 후드티를 입고 있는 것으로 보아 아마 남자일 거라고 생각했다. 뒤돌아서기 전까지는.

여자잖아!

앤디가 여자라니!

그녀는 단숨에 '섬들의 다이아몬드' 갑판에 뛰어내리더니 환히 웃으며 내게 악수를 청했다. 그녀의 얼굴은 달처럼 둥글었다. 불그스름한 달, 아니 더 정확히 말해 계핏가루가 뿌려진 바닐라 달 같았다.

– 앤디라고 해요! 팍스컴퍼니 인턴이에요.

어린애 같은 인상이라 나이는 많아봤자 스무 살 정도로 보였다. 어쩌면 그보다 두 살 적을 수도 있고…… 최대 두 살까지 많을 수도 있었다. 팍스컴퍼니에서 수습생을 보낸 것이다! 오코 돌로는 이런 상황에 대해 딱히 감흥이 없는 듯했다. 그가 묶어 둔 밧줄을 풀었다. 그곳은 리우 섬의 곶이었다.

요트가 속력을 높였다. 오코가 녹슨 파카 51 펜을 작은 유리 진열대 아래 놓았다.

– 이 만년필이 생텍쥐페리 실종 미스터리를 해결하는 데 실마리를 제공할 세 번째 주요 발견물이지요.

장사꾼이 설명을 시작했다.

– 1944년 7월 31일, 앙투안 드 생텍쥐페리는 이른 아침 미 폭격기

P-38 라이트닝을 타고 그르노블까지 정찰 임무를 수행하기 위해 코르시카 보르가에서 이륙했어요. 이후 생텍쥐페리는 무선 호출에 한 번도 응답하지 않았지요. 오후 2시 30분, 연료가 바닥났고, 3시 30분, 실종됐어요. 그 뒤로 발견되지 않았고요. 스위스나 베르코르 산맥에 은신하며 레지스탕스 운동에 참여했을 수도 있다는 주장이 먼저 나왔습니다……. 이후에 독일 조종사들의 증언에 따라 생라파엘 먼바다에서 그의 비행기 잔해를 추적했지만 허탕이었죠……. 특히 그곳은 생텍쥐페리 가문의 집인 아게 성이 솟아올라 앉은 곳이었으니까요. 오십 년 넘도록 단서가 될 만한 것이 하나도 발견되지 않았어요. 1998년 9월 진실이 열리기 전까지 말이죠! 바로 이곳, 마르세유 해안에서 장 클로드 비앙코라는 어부가 그물에서 은팔찌를 건져 올렸어요. 오랜 시간 바닷물 속에 있었는데도 보석에 새겨진 글씨는 읽을 수 있는 상태였죠. 'Antoine de Saint-Exupery (Consuelo), c/o Reynal and Hitchcock Inc., 386 4th Ave N.Y. City, USA'. 마침내 미스터리가 밝혀진 겁니다! 생텍쥐페리가 우리가 있는 이곳 아래 어딘가에 추락한 거죠.

그때 팍스컴퍼니의 어린 인턴이 잠자코 듣고 있다가 갑자기 끼어들었다. 그녀는 수업 중 교수 말을 끊을 정도로 확신에 찬 학생 같은 모습으로 손을 흔들었다.

– 그게 정설이긴 하죠!

그녀는 어깨를 바로 펴고 고슴도치처럼 머리카락을 삐죽삐죽하게 헝클어뜨렸다. 그녀의 목 아래쪽에 장미 문신이 보였다.

– 미스터리가 밝혀졌다고요? 전 개인적으로 이 팔찌 이야기를 전혀 믿지 않아요!

앤디가 싱긋이 웃으며 힘주어 말했다. 오코 역시 미소를 지어 보였다. 딱 보기에 이 토론의 포문이 열리기만을 애타게 기다리는 듯했다.

 – 그렇지만 이건 공식적인 내용이죠.

장사꾼이 태연스레 말하자 앤디가 응수했다.

 – 너무도 불가사의한 내용이죠! 코르시카섬과 알프스산맥 사이를 이루는 조사 구역 면적이 80만 제곱킬로미터가 넘어요! 그중 바닷물만 해도 부피가 수십만 세제곱미터이고요! 그런데 마침 우연히 수심 100미터가 넘는 곳에서 고작 30그램짜리 팔찌를 건져 올렸다니! 그러고는 지중해 아래 잠자던 최고의 미스터리를 이렇게 풀어버린다고요! 평소 제가 아무리 순진한 편이라 해도 이토록 기적 같은 일을 쉽게 믿기엔……

앤디는 잠시도 가만히 있지 못해서 갑판 위를 생쥐처럼 뛰어다니며 보는 사람을 어지럽게 했다. 그녀는 둘 중 하나인 듯했다. 열렬한 생텍쥐페리 전문가이거나 밤새 자료를 공부한 사람이거나.

 – 하지만 이 팔찌가 존재하는 건 엄연한 사실이잖소, 아래쪽에 생텍쥐페리와 그의 부인 이름, 뉴욕 출판사 주소까지 새겨진 채로 말이오.

오코가 반박하자 앤디가 또다시 응수했다.

 – 아, 모두 적혀 있긴 하죠, 그물로 건져 올린다는 게 사실상 불가능한 팔찌 위에 글씨가 적혀 있죠! 여기엔 아주 디테일한 결점이 하

31

나 있어요. 이 어부란 사람이 그물에서 팔찌를 건져 올리기 전엔 아무도 그 팔찌 얘기를 들은 적이 없었죠. 전혀요! 어디에서 온 건지 아무도 모른다고요. 그간 전문가들이 생텍쥐페리 사진을 수백 장 봐 왔지만, 그가 이런 팔찌를 찬 모습은 없었다고요! 굳이 파고들자면 생텍쥐페리의 뉴욕 절친 실비아 해밀턴이 그가 죽기 몇 달 전 '어린 왕자' 수기 원본을 받고선 그에게 선물로 준 팔찌를 떠올릴 순 있죠……. 하지만 두둥, 그건 은팔찌가 아니라 금팔찌였어요! 뭐 좋아요, 뭔가 엉성한 가정을 지어내 볼 수도 있죠. 콘쉬엘로나 출판사 측에서 그에게 선물로 건넨 팔찌라고 말이에요. 아무런 증거도 없지만요. 아니, 그렇다고 해도 과연 생텍쥐페리가 팔찌를 두 개나 찼을까요? 사랑하는 이를 떠올리며 양쪽에 하나씩! 제가 그다지 영리하진 않지만, 누구라도 조금만 생각해 보면 장 클로드 비앙코가 건져 올린 녹슨 팔찌 조각은 가짜가 분명하다는 걸 알 수 있어요! 게다가 당시 모든 신문에서 한목소리로 내보인 반응이기도 했고요. 어부는 위조자이고 결국 소송에서 패했다고요!

오코가 리우 섬을 마주한 지점에서 시동을 껐다. 바다가 비현실적으로 맑았다. 바닥이 보일 것만 같았다.

- 앤디, 당신 말이 맞아요……. 처음엔 아무도 이 팔찌의 존재를 믿지 않았지요. 진상을 명백히 파악하기 위해 잠수부들이 팔찌가 발견된 장소를 탐색까지 했고요. 지금 우리가 있는 지점이 바로 그곳이죠. 2000년 5월, 잠수부들이 전투기 기체를 발견했어요. 잔해를 인양한 뒤 감식했고, 확실한 결론은 2003년 9월에야 났죠. 잔해 조

각에서 판독해 낸 군번, '2734L'이 생텍쥐페리 비행기 군번과 일치했 거든요. 당시 발견된 유품들은 르부르제 항공우주박물관에 전시되어 있어요. 이것으로 미스터리는 밝혀지고! 논쟁도 종식하게 된 겁니다! 생텍쥐페리는 바로 여기에서 죽었어요.

앤디가 바닷물을 내려다보며 웃음을 터뜨렸다. 마치 불가사리들이 (프랑스어에서는 불가사리를 '바다의 별'이라고 표현함-옮긴이주) 별안간 방울로 바뀌어 울리는 듯했다.

– 그건 정말 터무니없는 조작이라고요! 아무도 믿지 않던 팔찌의 존재가 근처에서 기체 잔해 하나 발견했다는 것만으로 진짜로 둔갑했다고요! 게다가 잔해가 팔찌를 건져 올린 바로 그 지점에 있었다고, 그게 당연히 생텍쥐페리가 탄 기체라니요! 처음엔 이곳에서 건져 올린 게 독일 전투기 엔진이라고 했던 사실을 잊은 건 아니겠죠. 그러더니 나중엔 미국 전투기 잔해라고 했지요. 완전히 뒤죽박죽이에요! 이 광활한 지중해에서 전투기 두 대가 정확히 같은 지점에서 박살이 났다고요? 이런데도 모두가 그 결과를 받아들였죠! 뭐, 우연의 일치라고 생각할 수도 있겠지만, 저는 우연이 자꾸 되풀이되면 미스터리한 '엄지 동자'가 치밀하게 갖가지 증거들을 흘린 거라고 생각하는 편이거든요.

나는 오코와 앤디의 설전을 홀린 듯 지켜보았다.

– 앤디 당신도 알다시피, 물증만 있는 게 아니에요. 녹일 전투 조종사 호르스트 리페르트가 7월 31일, 마르세유 근처에서 미군 전투기를 격추했다고 증언했고, 그 전투기가 생텍쥐페리의 것이라고 확

신하지 않았습니까.

- 친절한 호르스트 씨께서 증언한 시점이 전쟁이 끝나고 무려 육십 년이 지난 때였고, 당시 그의 나이가 아흔 살이었지요! 심지어 이 증언은 문제의 잔해가 발견된 뒤에 나왔어요…… 게다가 이런 말도 덧붙였죠. 자신도 제2차 세계대전 이전부터 생텍쥐페리 소설의 애독자였기에, 좋아하는 작가를 격추했다는 자책감을 영원히 씻을 수 없을 거라고! 그 말을 믿고 안 믿고는 자유지만, 저는 그런 우스꽝스러운 증언을 진지하게 받아들일 수 없어요. 그 사람은 자신이 훈장을 받았다고 주장하지만 관련된 증거는 어디에도 없지요. 우연히 1944년 7월 31일에 홀로 그곳을 비행하며 미군 전투기를 격추했다는 기록은 그 어디에도 없다고요. 설령 이 호르스트 리페르트라는 사람이 진실을 얘기했다 해도, 그가 격추한 표적물이 생텍쥐페리의 기체였다는 걸 증명할 방법이 없잖아요! 1944년 7월 31일에, 최소 세 명의 다른 독일군 조종사들도 프랑스 남부 카스텔랑부터 몬테카를로에 이르는 구역에서 P-38 미군기를 격추했다고 밝혔거든요. 신원 확인은 불가능하지만요. 수많은 관련 전문가들이 조사해봤지만…… 진실을 증명하는 군사 자료는 어디에도 없다고요!

오코는 리우 섬 쪽으로 돌아섰다.

- 대신 믿을 만한 증인 여럿과 이 섬의 어부들이 전쟁이 끝나고 낙하산을 휘어 감은 조종사 시신을 발견했다는 증언을 한 적은 있지요. 시신의 흔적은 어디에도 없지만. 그런데 1965년, 리우 섬에서 돌무더기 아래 묻힌 유골이 발견되었어요.

－ 수년이 지났는데 신원 확인을 어떻게 하겠어요. 게다가 그때 발견된 유골은 서른다섯 살도 안 된 남성의 것이었잖아요……. 생텍쥐페리의 나이는 마흔네 살이었다고요!

오코가 미소를 지어 보였다.

－ 브라보, 앤디! 서류 검토를 정말 열심히 했군요. 분명 그 팔찌를 발견한 것은 말도 안 되는 일이고 모든 일이 거기서 비롯되었죠. 하지만 당신 말대로 이게 어떤 음모나 허위 사실이라면, 대체 이 마르세유 어부가 그런 일을 조작할 만한 이유가 대체 어디 있을까요? 누구도 그 어부의 진의를 의심하진 못했어요. 심지어 그 어부는 레지옹 도뇌르 훈장까지 받았잖아요.

－ 아, 물론 저도 이 용감한 선장은 정직하다고 믿어요. 하지만 그 배에 그 사람 혼자 타고 있던 게 아니었죠! 선원 중 한 사람이 팔찌를 그물에 몰래 집어넣기만 하면, 속이는 건 일도 아니잖아요! 바다 깊숙이 기체 파편 조각을 빠뜨리는 일도 그다지 어려운 일이 아니고요.

－ 굳이 이런 계략을 꾸밀 이유가 뭐가 있단 말입니까?

－ 어머나, 당신도 잘 아시잖아요, 이유야 수없이 많죠…… 역사를 다시 쓰기 위해, 기밀 누설을 막기 위해, 진실을 감추기 위해, 조사 방향을 딴 쪽으로 돌리기 위해…… 예를 들어보죠, 결코 답을 찾지 못한 수상한 의문이 있었지요. 과연 생텍쥐페리가 마르세유 해안에서 뭘 할 수 있었을까요? 그의 직진 수행 지역을 선으로 그어 보면, 코르시카섬에서 니스 또는 생 라파엘을 지나 그르노블까지 이어져요…… 마르세유는 대략 200킬로미터 정도 떨어져 있고요. 게다가

35

그의 어머니가 아들이 실종된 날, 아들이 아게 성 상공을 비행하는 소리를 들었다고 확신했지요. 해결되지 않은 의문은 또 있어요. 바로 생텍쥐페리의 시신을 찾지 못했다는 것! 팔찌는 나왔지만, 유골은 어디에도 없었죠! 뭐 좋아요, 저는 그 망할 놈의 팔찌가 정말 생텍쥐페리의 것이라고는 단 한 순간도 믿은 적이 없고 그의 주변인 중 누구도 그 팔찌를 기억하지 못하지만, 아무튼 그가 마지막 비행 때 그 팔찌를 차고 있었다고 치자고요, 그렇다고 한들 그게 생텍쥐페리가 여기 빠져 죽었다는 사실을 입증하는 건 아니죠! 또 다른 독일군 칼 뵘이라는 사람이 전시 중 지중해에서 병사들에게 응급처치하는 임무를 수행하던 중, 자신이 유명 작가라고 주장하는 다리에 부상을 입은 조종사를 바다에서 구조해 수용한 적이 있다고 했어요. 시기상 생텍쥐페리가 죽기 얼마 전이었죠. 포로가 된 작가는 신원 확인이 가능한 신분증이나 증명서 등등 온갖 서류들을 바다에 버려달라 요청했고, 그 뒤에 독일 당국으로 옮겨져 조사를 받았다고 했어요. 그가 살았는지, 풀려났는지는 아무도 모르고요. 또 하나의 미스터리인 거죠…… 기밀이기도 하고요!

오코는 흥분한 듯했다. 어린 인턴의 입에서 흘러나온 정보들과 민첩한 머리에 놀란 기색도 보였다.

– 기밀? 무슨 기밀이죠? 짐작 가는 거라도 있습니까?

– 특정한 건 없지만…… 모든 가정을 떠올려볼 수 있죠……. 생텍쥐페리는 리우 섬 먼바다에서 자국을 위해 전투하다가 호르스트 리페르트에게 격추당해 전사했다? 마지막으로 자기 집 상공을 비행한

뒤 자살했다? 살아남아서 포로로 수감되었다? 아니면 아무도 생각지 못한 또 다른 가능성이 존재할까요? 잘 생각해 보세요, 코르시카섬 보르고에서 마지막 정찰 비행을 하기 전날 저녁, 생텍쥐페리는 평소처럼 친구들에게 몇 가지 마술을 보여주고, 카드 게임을 한 뒤 자정쯤 밖을 나섰어요. 기지에서 취침하지 않고, 아침 8시가 되어서야 다시 모습을 드러내고는 정찰기에 올라탔죠. 그가 마지막 밤을 어디서 보냈는지 아무도 몰라요. 대신 모두가 그날이 그의 마지막 비행이라는 것만 알 뿐이죠. 생텍쥐페리는 당시 이미 나이가 많았던 터라 바로 그다음 날이 동원 해제일이었어요. 이것도 정말 말도 안 되게 이상한 우연 아닌가요? 마지막 정찰 임무를 수행하는 날 격추되다니! 그는 눈에 잘 띄도록 자신의 작업실 테이블 위에 편지 두 장을 남겼어요. 하나는 그의 정부인 넬리 드 보귀에한테 쓴 편지죠. 그녀는 그의 부인 콘쉬엘로와 치열하게 대립했어요. 바로 이 넬리가 생텍쥐페리가 여행용 가방에 남겨 둔 노트들을 모두 회수한 뒤, 그를 국민적 영웅으로 만들고 전설로 남은 유작을 발표했죠. 그녀는 2003년에 세상을 떠나며 자신이 소장한 아카이브 자료 일체를 죽고 나서 오십 년 뒤에 공개한다는 조건으로 파리국립도서관에 기증했어요⋯⋯. 이것 역시 참 굉장한 미스터리죠!

앤디는 호흡을 가다듬었다. 그녀의 손은 땀에 젖어 축축했다. 앤디는 자신의 비죽비죽 솟은 머리카락에 양손을 닦으며 땀을 훔쳤다. 나는 그제야 처음으로 입을 뗐다. 끝이 너무 궁금했다.

― 방금 생텍쥐페리가 편지를 두 장 남겼다고 했는데. 나머지 편지

하나는 누구에게 쓴 건가요?

– 피에르 달로즈요. 베르코르의 무장 항독 지하 단체 수장이었어요. 그 편지가 어떤 말로 끝맺는지 아세요?

내가 대답하기도 전에 앤디가 네 문장을 또박또박 읊었다.

내가 추락한다 해도 난 절대 후회하지 않으리.
장차 사람들이 우글거리는 곳과 마주하는 일이 나를 두렵게 하네.
난 그들의 무정한 위력이 싫소.
난 정원사가 제격인 사람으로 태어났으니.

그 문장들이 내 가슴을 울렸다. 숭고하면서도 절망적이었다. 생텍쥐페리는 분명 그것이 마지막 말임을 알았던 것이다. 그 문장을 읽고도 이를 부정할 사람은 아무도 없지 않겠는가.

우리가 이야기를 주고받는 동안 오코가 유리 진열장 덮개를 들어 올려 양손으로 펜을 잡았다.

– 앤디 당신 말이 백번 맞아요. 생텍쥐페리가 마지막 임무 때 챙긴 개인 소지품 목록에 팔찌는 언급된 바가 없었지요. 대신 그가 아끼던 파카 51 만년필이 기록돼 있죠. 그래서 몇몇 전문가들과 과학자, 연구소에 도움을 요청했어요. 그들은 정교한 기술을 동원해 결론을 내렸죠…….

앤디가 의심쩍은 눈길로 만년필을 바라보며 한숨을 내뱉었다.

– 난 그들의 무정한 위력이 싫어요!

VI

어린 오코가 전속력으로 음파운디 거리를 달렸다. 폭풍우가 야운 데를 덮친 상태였다. 오코가 여섯 살이 될 때까지 한 번도 경험해 보지 못한 세차고 격렬한 폭우였다. 거리엔 진흙더미만 넘쳐났고 오코의 벌거벗은 다리는 무릎까지 푹푹 빠졌다. 길거리 상인들이 진열해 놓은 과일이며 담뱃갑이며 향신료 자루며 깃털을 뽑은 닭을 구하려고 분주히 움직였다. 잔뜩 겁에 질린 이 어린 소년을 신경 쓰는 이는 아무도 없었다.

오코는 흠뻑 젖었다. 몸 피할 곳을 찾아 두리번거렸지만 발견하지 못했다. 그의 집은 도시 북쪽인 은타바 근처에 있어서 이 폭우를 뚫고 가기에는 너무 멀었다. 게다가 그쪽은 호수 지역이라 물에 잠겼을 게 뻔하니 이래저래 집으로 돌아가는 것은 불가능했다. 오코는 이러다 자신도 종려나무 가지나 자전거, 개들처럼 떠내려갈까 봐 두려웠다.

- 이리 오렴.

오코가 뒤돌아보았다.

– 어서 이쪽으로 들어오렴.

한 백인 부인이 돌로 지어진 큰 집 문 앞에 서 있었다. 야운데는 석조건물이 드문 곳이었고 백인 부인도 드물었다.

오코가 들어갔다.

집 안은 서늘했다. 방과 복도가 미로처럼 되어 있는 집이었다. 온통 고요했다. 대부분 백인인 어른과 아이들이 여유 있게 걸으며 미소를 띠고 있었다. 바깥에선 폭풍우가 치는데도 전혀 개의치 않는 듯했다.

– 프랑스문화원에 온 걸 환영한단다. 난 나탈리야. 네 이름은 뭐니?

백인 부인이 말했다. 오코는 나탈리가 아주 친절한 사람임을 대번에 알아차렸다. 그녀는 오코에게 몸을 닦을 수 있는 수건을 건네주고 폭풍우가 잠잠해질 때까지 편히 쉬라고 했다. 그녀는 일을 해야 해서 오코를 잠시 혼자 둬야만 했지만 대신 그를 자료실 의자로 안내했다. 금방 돌아올게, 잠깐이면 된단다, 그녀가 말했다, 책 한 권 골라줘도 될까?

나탈리가 다시 돌아올 때까지도 오코는 여전히 책에 빠져 있었다. 그녀는 그런 모습을 멀리서 바라보았다. 오코는 한 장 한 장마다 매료되어 무한한 시간을 보내고 있었다. 마치 그런 그림들을 난생처음 보는 듯했다. 어쩌면 그게 진짜 처음일지도 몰랐다. 그녀는 오코의 머릿속에 그려질 그림들을 짐작해 보았다. 행성, 철새 무리의 비행, 바오바브나무, 사막 위로 별이 반짝이는 하늘. 이 어린 소년은 어떤

40

상상을 할 수 있을까?

　- 내가 이야기를 읽어줄까?

　오코는 눈을 휘둥그레 뜨고 수줍게 고개를 끄덕였다. 나탈리가 오코 곁에 앉았다.

　　　내가 여섯 살이었을 때 이런 그림을 본 적이 있다.

　　　'체험담' 이라는 제목의 책이었다.

　　　원시림에 관한 책에는 정말 멋진 그림이 있었다.

　　　맹수를 통째로 집어삼킨 보아뱀을 그린 그림이었다.

　나탈리가 '어린 왕자'를 다 읽어주고 나자, 폭풍우가 물러갔다. 나탈리는 책을 덮고 문을 열어주었다.

　- 부인…….

　- 나탈리라고 불러 주겠니…….

　- 부…… 나타…… 또 와도 될까요?

　- 되고말고, 문화원의 문은 모든 어린이에게 열려 있단다.

　- 저…… 글 읽는 법을 배우고 싶어요.

　오코는 그곳에 자주 들렀다.

　- 카메룬에는 300개가 넘는 언어가 있단다. 프랑스어와 영어는 물론이고 피진이, 풀풀데어, 마코코어와 같은 밀도 있시……. 전 세계에 있는 언어들과 거의 맞먹는 숫자란다! 이 책 덕분에 이 세상 모든 말들을 배울 수도 있어. 전 세계 모든 말로 번역된 책이거든. 심지

어 잘 쓰지 않는 방언으로도 번역이 됐단다.

오코는 우선 '어린 왕자'를 프랑스어로 읽는 법부터 배웠다. 그런 다음 영어로. 이어서 말리에서 사용하는 밤바라어로도 읽었다. 책 표지 속 검은 피부의 어린 왕자 모습이 정말 마음에 들어서였다. 그 뒤로 스페인어, 포르투갈어, 중국어로도 차례로 읽었다.

'어린 왕자'의 등장인물 중 오코에게 가장 매력적인 인물은 장사꾼이었다. 별을 가지다니, 얼마나 멋진 생각인가! 아무것도 가진 게 없던 오코는 장사꾼이 한 말을 끊임없이 되뇌었다.

> 주인이 없는 다이아몬드를 발견하면,
> 그건 네 거야. 주인이 없는 섬을 발견하면,
> 그건 네 거야. 네가 어떤 생각을 처음으로 하면,
> 그 생각에 대한 특허를 얻는 거지. 그건 네 거야.

오코는 모범생이었다. 가진 건 없었지만 열심히 공부해서 카메룬 국비 장학생으로 대학에 들어갔다. 먼저 야운데 대학에서 공부한 다음 보르도 시앙스포로 유학까지 갔다.

오코는 서른 살도 되지 않아 첫 회사를 세웠다. '어린 왕자'의 장사꾼이 이미 별을 소유했듯이 프랑스와 영국, 미국의 다국적기업들이 석유, 우라늄, 다이아몬드, 보크사이트, 니켈을 소유했기에 그는 눈에 보이지 않는 것을 소유하고자 했다. 그건 바로 국경선이었다. 국가와 지역, 강과 바다 사이의 국경선 말이다. 그는 사람들이 국경선을 건너기 위해 많은 돈을 낼 용의가 있다는 것을 알아차렸다. 그래서 그는 다리와 도로, 항구, 기차역을 건설하고, 기차와 선박, 비행기를 만들어 어마어마한 돈을 벌었다. 야운데에 수영장이 딸린 저택을 지어 살면서 프랑스에도 저택을 몇 채 사 두었다. 자국의 비참한 상황에 진절머리가 난 그는 세계 곳곳에 저택을 사들였다.

그는 옷을 멋지게 차려입고 멋진 차를 타고 다니면서도 맨발로 다니던 어린 시절 오코를 절대 잊지 않았다. 그는 거의 매일 '어린 왕자'를 읽었고 시간이 될 때마다 야운데의 프랑스문화원에 들렀다. 나탈리는 노부인이 되어 있었다. 오코는 그녀의 조언에 따라 재단을 설립해 후원금을 지원했다. 엄청난 규모였다. 하지만 그가 가진 막대한 재산에 비하면 새 발의 피였고 비참한 세상을 극복하기에도 새 발의 피였다.

그는 수차례 여행을 다닐 때마다 '어린 왕자' 번역본을 수집했다. 수집한 책이 모두 195권이었으니, 세상에 나온 번역본은 거의 다 모은 셈이었다. 그렇다고 해도 카메룬에서 사용하는 모든 언어 수에는 못 미쳤다. 조사원들이 그를 위해 세계 곳곳에서 특별판을 찾기도 했다. 티베트의 종카어 또는 아마존의 시피보어 같은 희귀인어로 된 몇몇 번역본들은 책값이 아주 비쌌다. 이처럼 귀한 책이 있는 마을에 식수나 전기를 끌어다 주는 비용보다도 비쌌다.

지리학자가 오코에게 연락해왔을 당시 그의 나이는 마흔이었다. 사실 '어린 왕자'에 나오는 지리학자는 오코가 가장 좋아하는 인물이 아니었다. 하지만 그 지리학자가 제시한 아이디어가 아주 마음에 들었다. 그는 '어린 왕자' 애호가 클럽을 만들어보자고 했다. 국제적인 차원의 클럽 말이다. 이름하여 'Club 612'. 판본들을 수집하거나 전시회를 기획하는 것 이상의 활동을 하는 클럽. 아니, 오히려 정반대로 비밀 클럽으로 하자고 했다. 몇몇 전문가들끼리. 작품의 행간을 읽어낼 줄 아는 사람들만 가입할 수 있는 클럽 말이다. '어린 왕자'의 진짜 의미를 어렴풋이 감지할 줄 아는 사람들, 자신의 삶을 그 비밀을 파헤치는 데 바칠 수 있는 사람들에게만 클럽은 열려 있었다. 이 우화가 던지는 궁극적이고 숭고한 질문의 답을 찾기 위해…….

오코는 아픈 허리를 받치며 몸을 일으켰다. 며칠 전부터 생각에 잠겨 있을 때가 많았다. 맨발의 어린 오코는 이제 그에게 거의 낯선 사람이 되어 있었다. 실제로 있지도 않은 손자 같았다. 자신이 길들여야 하는. 나탈리는 이미 오래전 음볼예 묘지에 잠들었다.
'섬들의 다이아몬드'가 부드럽게 흔들렸다. 오코는 맞은 편에 있는 갑판 창고를 응시하며 머릿속으로 직사각형 상자와 유일하게 적힌 발송인 표시를 그려보았다.
'Club 612'.
이제 상자를 열어볼 때일까?
아니다……

그는 신중해 보였다. 이제 그는 계속 조사를 해 나가기에 너무 늙고 병들고 지쳤다. 우선 바통을 넘겨줘야겠다고 마음을 굳힌 듯했다.

오코는 다리를 절뚝거리며 걸어가 작은 유리 진열장 덮개를 들어 올렸다. 파카 51 펜을 집어 들더니 테이블에 뒤돌아 앉았다. 그는 자기 앞에 놓인 종이 위에 이름들을 적어 내려가기 시작하며 미소 지었다. 깊은 바다에 족히 칠십오 년은 머물러 있었던 것 치고, 파카 51은 꽤 잘 써졌다!

함정은 아주 어설펐다. 앤디라는 그 작고 영리한 사람은 금방 계략을 찾아낼 것이다. 뭐, 그래도 상관없다…….

오코는 계속해서 명단을 적어 내려갔다.

마리 스완, 뉴욕 맨해튼 5번가 엠파이어스테이트빌딩 79층

무아제, 엘살바도르 공화국, 콘차귀타 섬

이자르, 스코틀랜드 오크니 제도, 허머니 자치 왕국

호시, 사우디아라비아 지다 등대

지리학자……

앤디와 네벤은 환상의 명탐정 듀오를 결성할 것이다. 비록 네벤은 아직 자신의 임무가 무엇인지 꿈에도 모르겠지만 말이다.

자신의 여정에 대해.

철새 무리의 비행에 대해.

VII

'섬들의 다이아몬드'가 모르지우 칼랑크에서 찰랑거리며 거대한 돌을 쌓아 만든 방파제를 마주했다. 앤디는 두 바위 사이에 앉았다. 꼭 땅굴 앞에 앉은 개구쟁이처럼. 나는 빨강 머리 어린 탐정 옆에 서서 발을 간질이는 파도를 유심히 살폈다. 포구엔 인적이 드물었다. 캡을 쓴 소년이 막 주차한 새 컨버터블 스포츠카의 허리 부분을 잡고 구릿빛 피부의 소녀를 감탄하며 바라보는 모습만 눈에 들어왔다.

사랑은 서로를 마주 보는 것이 아니라,
함께 같은 방향을 바라보는 거야.

오코 돌로는 일 미터 뒤에 물러나 있었다. 그가 앤디에게 편지 하나를 내밀었다.

─ 여기, 로드맵이에요. 이제 다음 단계로 넘어갈 차례군요.

나는 인턴 탐정 어깨너머로 내용을 읽어보려 했다. 오코는 종이에 이름 다섯 개와 주소 네 곳을 적어놓았다. 첫 번째 줄만 겨우 읽었다.

'마리 스완, 뉴욕 맨해튼'…….

– 다음 단계요?

앤디가 물었다.

카메룬 출신의 늙은 남자 오코는 벗은 머리 위에 밀 색깔 밀짚모자를 썼다. 그는 여전히 더워서 어쩔 줄 몰라 하는 듯했다.

– 이제 이유를 밝힐 때가 온 것 같군요. 파카 51 만년필이 발견됐을 때, 지중해에 뿌리내린 늙은 바오바브나무인 내게 연락이 왔던 이유, 그리고 내가 당신에게 연락한 이유를 말입니다.

그는 바위 위에 육중하게 앉았다. 작은 항구 입구에서 석상으로 굳어버려 다시는 몸을 일으키지 못할 것만 같았다. 까만 인어공주처럼.

– 나는 일평생 내 에너지와 재산을 '어린 왕자'에 바쳤습니다. 설명하자면 너무 길겠지만, 이 이야기가 내 삶을 바꾼 셈이지요. 이러한 열정을 다른 다섯 명의 '어린 왕자'광들과 공유했어요. 그들은 세계 곳곳에 사는 사람들이었지요. 우리는 'Club 612'라는 이름의 클럽을 결성했습니다. 목적은 단 하나, 아니 정확히 말하자면 둘이지만, 그 둘은 하나로 합칠 수 있으니 하나로 칩시다. 바로 생텍쥐페리와 어린 왕자의 죽음에 관한 미스터리를 밝히는 것이었죠.

나는 축축한 바위 위에서 미끄러질 뻔했다.

– 어린 왕자의 죽음에 관한 미스터리요?

오코가 아주 심각하게 대답했다.

– 그래요. 어린 왕자는 생텍쥐페리의 이야기 결말에 죽지요. 어린

이들을 위한 이야기에 주인공이 죽다니, 뭔가 이상하지 않나요? 아마 여러분도 이런 의문이 들었을 겁니다. 누가 어린 왕자를 죽인 걸까요? 이미 알아차렸겠지요. 몇 달 상간으로 일어난 어린 왕자와 생텍쥐페리의 죽음에 어떤 유사점이 있지 않겠습니까?

앤디가 확신에 찬 목소리로 말했다.

- 둘 다 불가사의하게 실종됐죠, 결국 시신도 찾지 못하고…….

나도 확신은 없었지만 우선 반박했다.

- 어린 왕자는 뱀에게 물려 죽지 않았나요? 생텍쥐페리는 독일군에게 격추당했고요.

앤디가 빙긋이 웃었다.

- 추리 소설을 한 번도 안 읽어 봤군요? 그리 단순한 문제는 아니라는 생각이 들지 않나요? 어째서 뱀이 사막에 기어갔을까요? 어째서 어린 왕자가 뱀에게 말을 걸었을까요? 어째서 어린 왕자는 독자에게 경고하는 걸까요? '내가 죽은 것처럼 보이겠지만 사실은 그렇지 않아요.' 이 문장을 읽으면 실제로 무슨 일이 벌어진 건지 알아보고 싶지 않나요? 겉으로 드러난 사실 이면에?

나는 도통 무슨 말인지 이해하지 못했다.

- 이면이요?

앤디는 오코의 진지한 시선에서 확신을 구한 뒤, 다시 나에게 말을 이어 나갔다. 나의 어린 시절 기억을 되묻는 질문이었다.

- 비행기 정비사 아저씨. 어릴 때 '어린 왕자'를 분명히 읽어 봤지요? 적어도 한 번은요! 그렇다면 그중 가장 유명한 문장이 뭐죠?

- 음…… 중요한 건 눈에 보이지 않는다?

- 바로 그거에요……. '중요한 건, 보이지 않는다'. 심지어 어린 왕자가 뱀에게 물려 죽기 전에도 하는 말이죠. 조금만 더 깊이 생각해본다면 이렇게 해석해볼 수도 있지 않을까요? "중요한 건 감춰진다, 진실은 우리가 믿는 것과 다르다!" 게다가 이야기 초반에 모자 그림을 통해 이것부터 보여주지요. 겉으로 보이는 사실 안에 또 다른 사실, 그러니까 코끼리를 삼킨 보아뱀이 숨어 있을 수 있다는 것을요. 생텍쥐페리는 우리에게 처음부터 사실의 이면을 볼 줄 알아야 한다고 가르쳐주지요.

- 내 생각엔…….

앤디가 내 말을 끊었다.

- '어린 왕자'에서 중요한 건 눈에 보이지 않는다는 것을 누가 가르쳐주죠?

나는 고민 없이 대답했다.

- 여우요!

- 그렇죠, 여우죠. 하지만 정비사 아저씨. 생텍쥐페리가 이 세상 하고많은 동물 중에서 왜 하필이면 여우를 골랐을까요? 토끼, 곰, 다람쥐, 새도 아니고, 심지어 고양이나 개도 아니고 말이에요.

짐작 가는 이유가 전혀 없었다…….

- 동화 속에서 대개 여우는 어떤 모습으로 등장하죠?

앤디가 끈질기게 물었다. 그건 나도 아는 거였다!

- 음…… 여우는…… 보통 교활한 모습이죠?

– 그래요! 모든 우화에서 여우는 교활한 사람을 상징하죠. '여우이야기'에서도 거짓말쟁이 여우로 등장하고, 라퐁텐 우화에서도 아첨꾼으로 나오죠. 순진한 인물들이 쉽게 믿는 대상도 여우고요. 그러니까 한 작품의 교훈을 여우가 얘기하고 있다면, 그 교훈 안에는 무언가 속임수가 있는 것 아닐까요? 바로 생텍쥐페리도 그 점을 내세운 거죠! 어린 왕자가 신뢰하기로 한 두 번째 동물은 뱀이에요! 어린 왕자는 뱀에게 '어째서 넌 항상 수수께끼 같은 말을 하니?'라고 묻잖아요.

난 그녀의 말에 반박할 논리를 찾았지만, 딱히 떠오르지 않았다. 게다가 앤디는 그럴 만한 여지도 주지 않았다.

– 수수께끼투성이라고요, 여전히! 수수께끼로 가득한 스토리라고요. 생텍쥐페리의 죽음이나 그의 정부 넬리 드 보귀에가 앞으로 몇십 년을 공개하지 못하게 한 아카이브 자료나 그의 부인 콘쉬엘로의 트렁크를 둘러싼 수수께끼 말이죠. 특히 이 트렁크에는 생텍쥐페리의 사적인 비밀이 모두 담겨 있는데 오십 년 넘게 아무도 열어보지 못했죠. 또 다른 미스터리들도 얘기해 볼까요? 생텍쥐페리 어머니가 아들이 죽은 지 일 년 뒤 받은 이 편지는 또 어떻고요, 그 편지에 생텍쥐페리가 이렇게 써 놓았죠! '어머니를 안심시키려고요, 전 아주 잘 지내요.'

앤디는 그제야 겨우 호흡을 가다듬고, 오코 쪽으로 잠시 고개를 들어 올려 그의 반응을 기다렸다. 마치 오코가 생텍쥐페리 학교 입학시험 심사위원장인 듯했다. 나는 이 트렁크와 사후 전달된 편지

등등 관련해서 하고 싶은 질문이 백만 개쯤 되었는데……. 앤디는 이번에도 한발 앞섰다.

— '어린 왕자'는 생텍쥐페리의 유서라고요! 숨겨진 유서라고요. 아무도 발견하지 못한 유서!

그녀가 소리쳤다. 그녀의 심장이 고장 난 듯했다.

— 당신의 Club 612 말이에요, 오코. 저도 일원이 되고 싶어요.

앤디는 억만장자가 자신에게 건넨 종이로 시선을 옮겼다. 그녀가 다시 이름과 주소를 읽었다. '마리 스완, 맨해튼'.

— 지금 당장 떠나시죠.

오코는 이 말로 대답을 대신했다. 앤디의 할아버지뻘 정도 되는 오코가 그녀에게 존대하는 모습에 나는 약간 놀라서 한 발짝 물러났다. 얼마 전부터 두 사람은 더 이상 내가 필요 없어 보였기에, 나는 아내가 기다리고 있으니 이만 돌아가 보겠다, P-38 라이트닝 잔해 전문가가 필요하면 다시 연락 달라는 말을 할 타이밍만 노렸다.

— 준비됐습니다. 의뢰자분 요트를 타는 건가요?

인턴 탐정이 억만장자에게 말했다. 오코는 이번에도 미소를 지었다.

— 아니요.

그는 뒤편 주차장에 서 있는 택시를 눈으로 가리켰다.

— 택시를 타고 뉴욕에 간다고요?

앤디가 당황해했다

— 당신을 마리냔 공항까지 데려다줄 겁니다. 공항에 전용기 한 대가 대기 중이지요. 당신 명의로 계좌를 하나 열어 두었어요. F900 콕

핏 안에 보면 수백 달러와 신용카드 한 개가 있고, 화물칸에 Club 612 관련 자료 일체가 있을 겁니다. 우선은 내가 보유한 자료들만 있어요. 나머지 자료들을 수집하는 건 당신 몫이지요. 음…… (오코는 다음 말을 내뱉기 주저하는 듯했다.) 당신이 수행할 임무가 위험할 수 있다는 사실도 미리 알려야겠군요. 나 역시 일전에 여러 차례 협박을 받은 적이 있어요. 누군가 생텍쥐페리의 유서가 밝혀지는 걸 원치 않는 듯했어요. 그 누군가가 명단에 적힌 다섯 명 중 하나일 거라는 생각이 강하게 듭니다…….

아, 이런! 하필 이 타이밍에 오코 돌로가 협박받은 이야기가 나오다니! 지금 빠지면 내가 비겁해 보일 텐데. 그래도 나는 몇 발 더 뒤로 물러났다.

─ 네벤 씨, 어디 가는 겁니까?

오코가 휘둥그레한 눈으로 물었다.

─ 아, 저는 이만 가 볼까 해서…… 저는…… 클럽 지도도 없고…….

오코가 진심으로 당혹해하며 나를 붙들었다.

─ 무슨 상황인지 모르겠어요? 바로 당신이 전용기를 조종해야 한다고요.

VIII

- 잘 있어!

내가 베로니크에게 카메룬 억만장자가 맡긴 이상한 임무에 대해 장황하게 설명한 뒤 전화를 끊으려 하자, 베로니크는 이렇게 말을 맺었다.

- 안녕!

마치 그녀와 나 사이를 잇는 팽팽한 고무줄이 툭 끊어진 듯했다. 그녀의 인사에 똑같이 대답하기가 망설여졌다. 베로니크는 언어가 수많은 오해를 낳는다고 자주 말했었다.

- 어째서 안녕이야? 난 갔다가 되돌아올 거야. 사설탐정을 맨해튼에 내려주고 오기만 하면 된다고! 내일이면 도착할 거야.

- 당신 조종간을 놓은 지 벌써 십오 년이야.

'그렇지'라는 말을 감히 내뱉지 못했다. 나는 조종하고 싶은 열망이 있었고 오코 돌로는 그 점을 간파한 것이나. 비행기 정비는 그 열망을 채우기 위한 대체 수단이었다. 격납고에서 비행기를 세심히 매만지고, 일일이 확인하고, OK를 내리고, 비행기가 이륙하는 모습을 바라보며 잠시 꿈에 부풀다 보면 얼마 지나지 않아 또 다른 비행기가 착륙했다.

나는 그저 이렇게 말했다.

- 꽤 큰 돈을 받고 하는 일이야.

- 어째서 당신이야? 이 카메룬 양반은 왜 하필 당신한테 이 임무를 맡겼냐고?

- 나도 모르겠어.

정말이지, 나도 알 수 없었다.

- 그래서 하기로 했어?

재차 오코 돌로가 지급하기로 한 금액을 상기시키고 달러로 환산해 언급할 수도 있었지만 베로니크는 돈 얘기만 하고 넘어가기엔 나를 너무도 잘 아는 사람이었다. 그녀는 내가 할 대답을 대신했다.

- 엄청 미스터리한 상황에 놓이면 누구나 그 분위기를 순순히 따르게 마련이지.

답변이 이상했다. 왠지 '어린 왕자'에 나오는 문장 같았다. 확인이 필요했다. 아무래도 책을 다시 읽어 봐야겠다는 생각이 들었다. 열 시간 넘는 비행이니 시간은 충분했다.

베로니크가 헛기침했다. 더 이상 그녀가 아무 말도 하지 않아서 놀랐다. 나는 감히 말을 하지도 전화를 끊지도 못했다.

- 이렇게 질질 끌지 마, 성가셔. 당신은 이미 결심이 섰잖아, 가.

결국 베로니크가 먼저 전화를 끊었다.

아무래도 그녀는 내가 자신의 울음소리를 듣는 게 싫은 듯했다.

IX

– 이거 조종할 줄 아세요?

F900 콕핏에 앤디와 내가 나란히 착석했다.

– 조종사 자격증을 땄어요, 십오 년 전에.

– 그 이후로 조종해 본 일은요?

– 한 번인가 두 번…….

거짓말이었다. 실은 단 한 번도 없었다.

– 잊어버리진 않았나요?

나는 계기판 기능을 파악하는 데 정신이 팔려 대답도 잊었다. 앤디가 대단하다는 눈길로 나를 바라보다가 한마디 덧붙였다.

– 잊어버릴 리 없죠. 우리가 사랑하는 것들은 잊히지 않잖아요. 항상 그리우니까. 사랑하는 사람을 잊을 수 없듯이 말이에요.

F900이 마침내 하늘 높이 날았다. 마치 구름 위에 얹힌 듯했다. 앤디는 졸고 있었다. 좀 전에 그녀는 결국 존경스러운 눈길은 거둔 채

내게 털어놓았다. 비행기 조종은 인적 없고 곧게 뻗은 시골길에서 운전하는 것보다도 집중력이 덜 필요한 것 같다고. 나는 굳이 그녀 말이 맞는다고 인정하진 않았다.

－ 대서양 상공에 진입하면 '어린 왕자'를 읽어줄 수 있나요?

－ 원하신다면…… 누구나 인생에서 언젠간 어린 왕자를 다시 읽기 마련이죠.

그녀는 비행기가 흔들리는 탓에 눈을 감았다.

나는 그녀에게 놀리는 투로 말했다.

－ 열람해야 할 자료가 화물칸 열 곳을 채운 분량이라는 사실을 기억해야죠!

－ 나중에요.

나는 그녀가 잠들게 두고 싶지 않았다.

－ 요사이 자료 검토하느라 몇 날 며칠 밤새웠죠? 대단해요, 심지어 오코도 놀라게 했으니! 인턴 수료하면 팍스컴퍼니에서 당신을 정식 채용하겠군요.

－ 검토라고요?

앤디가 눈을 번쩍 떴다.

－ 검토라니요? 농담이시죠! 전 아주 어릴 때부터 '어린 왕자'를 좋아했어요. '어린 왕자' 콘텐츠로만 채운 블로그도 만들었죠. 전 세계 어린 왕자 팬들과도 소통한다고요. 이 세상에 저만큼 어린 왕자 이야기를 잘 아는 사람은 열 명도 안 될걸요. 그런데 마침 인턴 기간에 수상한 억만장자가 사무소에 파카 만년필 이야기를 의뢰했지

요……. 그러니 이 사건을 저 말고 다른 사람이 맡는 건 있을 수 없는 일 아니겠어요!

처음엔 이러한 우연이 뭔가 마음에 걸렸지만 결국 별로 신경 쓰지 않았다. 우연한 상황이 계속 겹치면 누구라도 그 상황을 순순히 믿게 마련이다.

– 생텍스 박사님, 그럼 우리가 뉴욕에서 하게 될 일을 설명해주시겠어요?

– 물론이죠, 비행사님. '어린 왕자'는 생텍쥐페리가 1943년 미국으로 망명했을 당시 맨해튼에서 집필한 작품이죠.

F900은 흔들리지 않고 정속 비행했다. 기체 아래 놓인 구름들만 움직이는 듯했다. 저린 발을 풀기 위해 솜사탕 하늘로 잠시 나갈 수도 있을 것만 같았다. 밤이 되어서야 대서양 상공에 진입해 간이침대를 펼칠 수 있었다. 바람은 양들을 흩어지게 하려고 목동의 별('금성'을 뜻함–옮긴이주)이 나타나기를 기다리는 것 같았다.

내가 앤디를 향해 고개를 돌렸다.

– 두렵지 않아요?

– 왜요? 그럴 일이 있나요? 비행기 동체에 '초보 비행' 딱지 붙이는 걸 깜빡했나요?

– 오코 돌로 씨가 마지막에 했던 이야기 말이에요. 협박당했다고…… 생텍쥐페리의 유서는 밝혀지면 안 되는 거라고.

– 정반대인걸요! 오히려 흥분되지 않나요? 이미 눈치챘겠지만, 우

린 Club 612의 멤버 여섯 명을 만나야 해요. 아마 그중 누구 하나는 위험한 인물이겠죠. 어린 왕자가 지구에 오기 전에 여섯 개의 행성을 들렀던 상황과 똑같네요. 각각의 행성에서 왕과 허영쟁이, 술꾼, 장사꾼, 가로등 켜는 사람, 지리학자를 차례로 만났죠. 행성이 섬으로 바뀐 것만 달라요…….

- 그리고 어린 왕자는 전용기가 아니라 철새 무리에 이끌려 여행하고요.

앤디가 양손을 두드렸다.

- 다 잊어버린 건 아니겠죠! 이것까지도 비슷하다고요. 마지막 여행 때는 철새를 이용하지 않죠. 어린 왕자를 지구에서 다시 소행성으로 데려다주는 자는…….

앤디가 또렷하고 가냘픈 목소리를 냈다. 어린 왕자의 목소리를 모사하려는 듯. '아저씨도 알다시피 내 별은 아주 멀어요. 이 몸으로 갈 수가 없어요. 너무 무겁거든요.'

그러더니 그녀는 다시 원래 자기 목소리로 돌아왔다.

- 그렇게 어린 왕자는 뱀에게 잡아먹히죠…….

나는 흩어진 기억들을 한데 모았다. 어린 왕자는 지구에 있는 것이 지루해서, 자신의 장미와 행성을 다시 찾아가려 했다. 앤디가 계속해서 자기 생각을 털어놓았다.

- 난 늘 생각했어요. 뱀이 사막에 있었던 것이 결코 우연이 아니라고 말이에요. 누군가가 뱀을 보냈다고 생각했죠. 누군가가 뱀에게 어린 왕자를 물도록 했다고요.

- 누가요? 어째서?

- 어린 왕자가 들렀던 행성 여섯 곳 중 어딘가에서 보면 안 되는 무언가를 봤던 게 아닐까요?

X

Club 612

'섬들의 다이아몬드'는 오코 돌로가 해상 지도에 모르지우곶부터 리우 섬까지 그어놓은 선을 따라갔다. 배에 홀로 남은 카메룬 억만 장자가 마지막으로 방향을 확인하고, 몇 킬로미터 앞에 떨어진 인적 없는 해안을 살핀 뒤 자동 운항 모드를 작동시켰다.

요트는 안정된 속도로 경로를 따랐다.

그는 허리를 잡고 인상을 찌푸리며 천천히 돌아서서 직사각형 상자를 갑판에 놓았다. 마지막으로 발신인이 적힌 부분을 식별해보려 했다.

'Club 612'

발신인이 누구일까? 여성 회원인 마리 스완? 걱정이 많은 무아제? 원칙만을 고집하는 이자르? 동양풍 소용돌이 모양 장식을 한 호시? 그가 전혀 알지 못하는 지리학자?

그 누구도 아니었다.

그는 이번에도 속이 빈 듯 가벼운 상자를 들어 무게를 헤아려 보고, 구멍 세 곳에 손가락을 집어넣어 보기도 했지만, 아무것도 만져지지 않았다. 마침내 상자를 열어볼 결심을 했다. 마지막으로 가까워지는 리우 섬을 바라보며 속으로 생각했다. 혹시 생텍쥐페리가 바다에 추락하기 전 운석처럼 메마른 이 섬을 마지막으로 눈에 담진 않았을까.

오코가 상자를 열었다.

열자마자 밖으로 나온 뱀이 그의 목에 달려들었다.

그의 목 주변으로 오직 노란 섬광만 비쳤다.
그는 잠시 미동도 하지 않았다. 소리도 지르지 않았다.
그는 한 선원이 쓰러지듯 천천히 쓰러졌다.
파도 소리에 가려 소리조차 나지 않았다.

리우 해변에서 서로 껴안은 연인들, 물을 튀기며 수영하는 사람들, 모래성을 쌓는 아이들, 산책하는 사람들, 책 읽는 사람들, 잠든 사람들, 서퍼들, 모두 서로 밀치며 우왕좌왕했다.

처음엔 요트가 사람이 북적이는 거리에서 운전이 서툰 운전자가 오토바이를 몰고 돌진하듯 엄청나게 빠른 속도로 다가오는 듯했다. 잠시 뒤 요트가 마지막 순간에 속도를 줄이며 해안에 닿았고 작은 쓰나미가 일었다. 그런데도 여전히 멈추지 않는 걸 보고 사람들은 요트가 결국 땅으로 밀고 올라올 것을 예상했다.

사람들은 바닷물에 빠지거나 바위를 기어오르거나 이웃한 내포

쪽으로 펄쩍 뛰어 피신하거나 해송을 타고 올랐다⋯⋯. 말하자면 모두가 요트가 오지 않을 만한 쪽으로 대피했을 때, 요트는 바위 위에서 폭발했다.

허영심 많은 여인의 섬

그녀는 개양귀비꽃들처럼 너저분한 차림으로
외출하고 싶지 않았다. 자신의 아름다움이 찬란하게
빛나기만을 바랐다.

허영심 많은 여인, 소행성 326호

내가 나이가 들어버렸지 뭐야. 세상에나.
어릴 땐 그토록 행복했는데.

『전시 조종사』

XI

나는 장시간 대서양 상공을 날았다. 그런데도 여전히 미국은 전혀 보이질 않았다. 아래쪽으로 색종이 조각처럼 흩어진 섬들만 보였다. 3만 5천 피트 상공에서 바다에 잠긴 군도를 바라보자 신경이 날카로워졌다. 설명이 불가했다. 마리난에서 출발한 뒤로 아에로포스탈사 베테랑 조종사처럼 자신 있게 비행해오던 차였다. 뚜렷한 이유도 없이, 하늘 한가운데서 불쑥 찾아온 불안감이 왠지 신경 쓰였다. 다행히도 앤디는 전혀 눈치 못 챘다. 나는 이 불가해한 공황에 사로잡히지 않기 위해 인턴 탐정에게 질문을 던졌다.

– '어린 왕자'에 대해 이야기해 줘요! 등장인물이 아니라, 작품 그 자체 말이에요! 어째서 생텍쥐페리라는 사람은 이 작품을 뉴욕에 가서 썼을까요?

앤디는 콕핏에서 두 다리를 쭉 뻗어 기지개를 켰다. 그녀는 잠을 오래도록 잤다. 휴가 떠나는 길에 힘들어도 꿋꿋이 견디는 어린아이 같았다. 내려서 돌아다니고 싶으니 다음 휴게소에 세워 달라고 할 것만 같았다.

– 하…… 참, 기묘한 이야기이지요…… 간단히 들려줄게요. 그와 관련된 책이 수두룩하거든요. 생텍쥐페리는 1941년 1월에 뉴욕으로 망명했어요. 그는 유럽에서 벌어진 대전에 대해 미국인들이 보인 무관심한 태도에 낙담했고, 프랑스인들 사이에 일어난 분열에 실망했죠. 자신은 어떤 진영도 지지하지 않았지만, 드골을 향한 뿌리 깊은 불신은 깊어만 갔죠. 생텍쥐페리는 맨해튼 거리를 방황하며, 연애도 하고 프랑스 출신 인사들과 자주 만났어요. 작가, 배우, 예술가 등으로 구성된 소규모 망명 공동체가 있었던 거죠. 당시 생텍쥐페리는 미국에서 소설로 성공을 거둔 덕에, 누가 뭐래도 북미대륙에서 가장 유명한 프랑스인이었어요. 심지어 '전투 조종사'는 히틀러의 '나의 투쟁'에 대해 가장 민주적인 반박을 펼친 작품으로 소개되기도 했죠. 그의 미국 출판사 편집자가 그가 우울감과 싸우려고 여기저기에 그림을 스케치해놓은 것을 발견하고, 생텍쥐페리에게 동화를 써보라고 제안했어요.

나는 아래쪽에 펼쳐진 수십 개의 섬에서 억지로 시선을 떼려고 했다.

– 지금까진 이상한 점이 없군요!

– 급하시군요, 이제 그 얘기가 나와요. 생텍쥐페리는 대략 1942년, 여름쯤 작업에 들어갔어요. 작품이 영어로 편집됐어야 하는 상황에도 그는 프랑스어로 썼죠. 생텍쥐페리는 영어가 상당히 서툴렀으니까요. 그런데 43년 초, 그가 수기 원고를 넘긴 바로 그 시점에,

그는 북아프리카에 재편성된 비행정찰대에 편입하지요. 놀랍지 않나요? 어째서 이미 2년째 뉴욕에서 자국에 실망한 대사 역할을 하다가 전투 조종사로서 목숨을 희생할 각오로 떠났을까요? 그것도 작품 출간 직전에 왜 이런 결정을 내렸을까요? 43년 4월 6일, '어린 왕자'가 미국에서 출간된 시점에, 생텍스는 미국 배를 항해해 북아프리카로 향했죠. 사후 몇 년 뒤 출간된 첫 번째 생텍스 전기에 피에르 슈브리에가 적어놓은 내용대로라면 그래요.

앤디가 그쯤에서 침묵했다. 내 쪽에서 나올 반응을 기다리는 듯했다.

— 어째서 "피에르 슈브리에가 적어놓은 내용대로라면 그렇죠"라고 말하는 거죠? 그게 사실이 아닌가요?

— 아무도 모르죠! 잘 알다시피 생텍스의 수첩은 그때 이후로 조목조목 검토되었어요. 대부분의 증언이 생텍쥐페리가 4월 6일 이후 며칠 뒤에 아프리카행 배를 탔다고 입증하고 있죠. 그러니까 '어린 왕자'가 미국에 출간된 이후인 거죠…… 그런데 어째서 그때 영어 번역본을 한 권도 챙겨 가지 않은 걸까요? 그리고 몇 주 뒤, 모로코에서 편집자에게 자신은 '어린 왕자' 번역본이 출간된 것도 몰랐다고 편지를 썼을까요? 정말 놀랍게도 의혹이 계속된다니까요.

— 피에르 슈브리에라는 사람은 믿을 만한 인물이었나요?

— 믿을 만하다는 걸 어떤 의미로 생각하느냐에 달려 있죠. 피에르 슈브리에는 가명이에요! 생텍쥐페리의 정부인 넬리 드 보귀에가 이 피에르라는 이름으로 본명을 숨긴 거죠.

— 자신의 아카이브 자료를 2053년까지 공개하지 못하게 한 사람

이요? 허허, 이건 꽤 수상쩍군요…… 그런데 생텍스가 정찰대로 다시 편입한 시점이 자신의 책 출간 전인지 후인지를 아는 게 중요한가요?

앤디가 놀란 듯 보였다.

– 상황 파악이 어려우신가 봐요? 피에르 슈브리에, 그러니까 그의 정부인 넬리의 이야기가 사실이라면, 생텍쥐페리는 자신의 책 최종본을 감수할 시간이 없었다는 거잖아요! 그가 영어 초판본 전권 속표지에 사인을 남겼다고 하는데, '어린 왕자'의 영어판과 프랑스어판 모두 생텍쥐페리는 물론이고 그의 아내나 친구들에게도 전달된 바가 없어요. 이상하지 않나요? 그는 아프리카에 프랑스어로 된 원작 복사본 한 부만 챙겨 갔죠. '어린 왕자'는 프랑스에서 1946년 4월에서야 출간되고요, 영어판이 나온 지 3년이 지난 시점에 말이죠! 그것도 생텍쥐페리가 죽은 지 거의 2년이 지난 뒤예요!

나는 어린 부조종사의 열성 덕분에 기체 아래 펼쳐진 섬들은 어느새 잊었다.

– 난 잘 모르겠군요……. 지금 무슨 말을 하려는 거죠?

앤디가 콕핏의 계기판들이 모조리 제멋대로 흔들릴 정도로 소리를 질렀다.

– 세계에서 가장 많이 팔린 책이 정작 저자는 감수도 하지 못한 상태로 출간되었다는 말을 하는 거예요! '어린 왕자'의 공식 본문은 생텍쥐페리가 직접 고른 것이 아니라는 거죠. 작가의 수기 원고에 쓰인 글자는 거의 판독이 어려운 상태예요, 생텍스가 수정하기 위해

67

그어놓은 줄과 삭제한 부분이 수없이 많거든요……. 우리가 아는 공식 본문은 여러 판 중에서 선정하고 수정하고 해석한 결과물인 거죠……. 성경과 판박이라고요!

이젠 성경까지 등장하는군!

나는 상황을 진정시켰다.

— 어린 왕자는 1942년에 집필되었죠. 기원전 4,000년이 아니라요. 그리고 종이에 쓰였죠, 파피루스나 점토판이 아니고요. '어린 왕자' 수기 원고는 분명 사해 문서보다는 판독하기가 훨씬 쉽겠죠.

앤디는 앞쪽에 펼쳐진 지평선을 바라보더니 싱긋이 웃었다.

— 그렇겠죠……. 어디에서 찾은 건지 알기만 하면요. '어린 왕자'의 유일한 수기 원고로 알려진 문서는 뉴욕 모건 뮤지엄에 전시돼 있어요. 생텍스가 아프리카로 떠나기 직전에 미국 기자이자 그의 정부인 실비아 해밀턴에게 준 걸 테지요.

나는 펄쩍 뛰었다.

— 정부가 또 있어요? 대체 몇 명이나 있었던 거예요?

앤디는 대꾸하지 않았다.

— 그럼 생텍쥐페리가 북아프리카에 갈 때 가져갔다던 복사본의 행방은요?

— 그건 잘 모르겠어요. 아마도 넬리 드 보귀에가 상속받았겠죠. 생텍스가 알제리에서 출간하려고 편집자 몇 명에게 그걸 읽어보게 했을 수도 있고요. 편집자들이 출간을 거절했을 때, 이토록 우직한 동화를 쓴 생텍쥐페리 같은 진지한 작가는 의아해하며 이렇게 대답

했겠죠. '이야기의 탈을 썼지만 이건 몇몇 사람만 이해할 수 있는 유언입니다. 실화를 바탕으로 한 이야기죠. 이 이야기의 중요성을 잘 아는 유일한 사람인 제가 긴급히 출간을 요청합니다.'

이런 황당할 데가?

그녀가 알 수 없는 미소를 지으며 오코 돌로가 그녀에게 준 종이를 펼쳐 다시 읽었다. 나는 날카로운 질문을 던졌다.

– 우리가 맨해튼에서 만나야 하는 마리 스완은요? 이 사람도 생텍스의 애인인가요?

이번에는 앤디가 얼굴을 붉혔다.

– 그럴 리가요. 그렇다면 지금 마리 스완 나이가 백 살이 넘게요! 하지만 마리 스완은 아마도 마리 시뉴(Sygne) 클로델과 관련이 있을걸요?

– 이건 또 무슨 이름인가요! 마리 시뉴(Cygne)는 또 누구죠?

– 작가 폴 클로델의 손녀예요. 시뉴의 이름 철자는 'S'로 써요. 그녀의 할아버지가 백조의 목이 'C'보단 'S'자와 닮았다고 생각했기 때문이죠('스완(swan)'과 '시뉴(Cygne)'는 각각 영어와 프랑스어로 '백조'를 뜻함–옮긴이주).

– 할아버지 생각이 맞네요. 이론의 여지가 없어요. 그런데 생텍스와는 어떤 관계인 거죠?

– 생텍쥐페리가 뉴욕에 도착한 1941년부터 클로델 가족의 집에 저녁을 먹으러 자주 들렀어요. 그때마다 클로델 부부의 네 살배기 손녀 마리 시뉴와 많이 놀아줬을 테고요……. 저녁마다 손녀를 위해

재미난 이야기도 지어 들려주고 종이쪽지에 그림도 그려줬을 테죠. 여우를 삼킨 보아뱀, 별 등등. 이때 그린 그림 중 몇 가지는 잘 보관해 두었지요. 어린 마리 시뉴는 고작 네 살의 나이지만 어린 왕자에게 무수한 영감을 줬을 거예요.

– 생텍스가 마주친 모든 아이처럼요.

나는 약간은 수수께끼 같은 이야기를 덧붙였다. 우리는 여전히 군도 상공을 날았고, 이상하게도 계속해서 불안했지만, 나의 긴장감은 대화에 가렸다. 적어도 내 생각엔 그랬다.

– 근데 왜 이렇게 긴장하세요?

– 음……

앤디는 집요했다.

– 왜 계속해서 아래를 보는 거죠?

당황한 나는 하는 수 없이 아래쪽 섬들을 가리켰다.

– 지금 버뮤다 삼각지 위를 지나고 있거든요.

XII

마리 스완이 바구니 안에 잠든 작은 개를 자세히 살폈다. 곱슬곱슬한 털이 있어 꼭 양 같았다. 검은 양. 휠체어에 앉은 그녀가 천천히 거실로 갔다. 아파트 창가를 향했고 79층 높이에서 맨해튼을 가만히 바라보았다. 이제는 그녀가 엠파이어스테이트빌딩의 80제곱미터짜리 스위트룸 전체를 둘러보려면 1분 가까이 걸렸다. 마리 스완은 이렇게 휠체어에 앉아 도시의 불빛을 바라보는 걸 좋아했다. 군중속에 제왕이 된 느낌이었다. 무엇보다 밤이 되면 유리창에 자신의 얼굴이 비치는 모습을 즐겼다. 마치 별들과 뒤섞여 도시 전체가 자신을 감탄하며 바라볼 것만 같았다.

그녀는 잠시 커다란 유리창에 비친 자기 모습을 자세히 살피더니, 머리에 쓰고 있던 베일이 달린 작은 연보라 모자를 벗었다.

곧바로 개가 바구니에서 다시 몸을 일으키더니 짖었다.

— 고마워, 아니발.

휠체어에 앉은 노부인의 시선이 창밖 멀리 옮겨갔다. 시선이 자신의 주름 진 얼굴에 머물러 있게 하고 싶지 않았다. 그녀는 오랜 시간 이렇게 가만히 몽상에 잠겨 있다가 다시 모자를 머리에 썼다.

아니발이 곧장 짖었다.

마리 스완이 작은 개를 향해 고개를 돌렸다.

– 넌 날 진심으로 찬미하는구나!

아니발은 주인이 각설탕 한 조각을 주거나 쓰다듬어 주기를 기다렸다.

– 정말이지 넌 유일한 존재야!

그녀는 뒤로 물러나 저 아래쪽에 하늘이 뒤집힌 것처럼 별이 반짝이는 창문과 도시 보는 일을 그만두었다. 이번에는 휠체어를 벽 사방에 걸린 액자들과 마주한 자리에 멈춰 세웠다.

그녀는 잠시 그 자리에 머물러 자신의 조종사를 감탄하며 바라보았다. 그녀의 멋진 조종사가 수채화로 채색된 배경에 둘러싸여 흑백으로 표현돼 있었다.

그녀의 멋진 조종사는 늙지도 않고, 아직도 빛바래지 않은 제복을 입고, 여전히 쓸쓸하면서도 다정한 눈길을 하고 있었다.

조종사 옆에는 다섯 살의 그녀가 있다.

조금 더 옆으로 가면 스무 살의 그녀가 있다. 빛나고, 야심에 차 있고, 매혹적이다.

건너편 벽에는 마흔 살의 그녀가 있다. 결혼했고, 존경받고, 부러움을 산다.

창가에 놓인 난로 위로는 예순 살의 그녀가 있다. 우아하고, 감동

적이고, 엄격하다.

창문에는 여든 살의 그녀가 있다.

그녀가 모자를 벗어 옆에 살며시 내려놓았다. 아니발이 짖어댔다.

그런 뒤에 그녀는 유리창에 비친 모습을 보며, 화장품 파우치를 무릎에 올려놓고 화장을 했다. 그리고 목에다 갤랑에서 나온 향수 '볼 드 뉘(야간 비행)'를 몇 방울 흘러내리게 했다. 출시 당시 스캔들을 일으켜 그 뒤로 이 향수를 갖고 있는 사람이 없었다. 그 뒤로 화장할 줄 아는 사람도 없고, 옷을 차려입을 줄 아는 사람도 없고, 모자를 제대로 쓸 줄 아는 사람도 없었다.

그녀는 다시 한번 모자를 고쳐 썼다. 베일이 그녀의 연보랏빛 눈꺼풀 위를 가렸다.

- 멍멍.

아니발이 감탄했다.

- 고마워, 아니.

그녀는 마지막으로 제복 차림의 조종사를 한 차례 바라본 뒤 탁자 가까이 휠체어를 옮겼다. 직사각형의 흰 상자가 탁자 위에 놓여 있었다. 시드니 포이티어(미국과 바하마의 영화배우)처럼 잘생긴 흑인 메신저 보이가 가져다준 상자였다.

미리 스완 제임스,
뉴욕시 5번 가
엠파이어스테이트빌딩 79층

열어볼까?

그녀는 망설였다. 아니, 아직은 아니야. 그녀는 손님을 기다렸다.

그녀의 시선이 현관에 걸린 대형 거울에 멈췄다. 바보 같은 습관이다. 거울을 보지 않으려 해도 도무지 불가능하다. 받아들이든지 버리든지 해야 한다.

그녀가 쓴 연보라 모자가 남색 원피스와 전혀 어울리지 않는다! 그녀는 모자를 벗어 카펫에 던지고 다른 모자를 써보려고 휠체어를 타고 방으로 향했다.

아니발이 짖었다. 그녀의 선택에 동의한다는 뜻이었다.

– 그래, 네 말이 맞는구나, 우리 강아지. 이 군중 속에서 내가 여전히 제일 예쁘지.

XIII

- 버뮤다 삼각지요?

앤디가 잠시 F900의 제트 엔진 소리를 가릴 정도로 실소를 터뜨리더니 조롱하는 투로 말을 이어갔다.

- 제가 어린 왕자의 존재를 믿고 소행성 B612호에 관한 미스터리를 얘기할 때 그렇게 놀리시더니, 명색이 조종사인 분께서 지금 버뮤다 삼각지가 두렵다고 말씀하시는 건가요!

나는 말을 더듬었다. 나의 부조종사의 웃음소리가 요란하게 들리는 순간이 좋았다.

- 하지만……

그녀의 또랑또랑한 말소리가 계속해서 울려 퍼졌다.

- 있잖아요, 생텍쥐페리는 이 삼각지 상공을 수십 번을 날았지만 아무 일도 일어나지 않았어요.

순간 내가 노교수가 된 것 같았다. 그녀의 태평함에 내 손가락을 마비시킨 기묘한 불안감이 누그러졌다. 내가 비행기 아래에서 사라지기 시작한 군도를 직접 손가락으로 가리켰다.

- 그저 전설에 불과한 얘긴 아니에요……. 실제로 수많은 항해사가 이곳에서 사라졌다고요……. 행적도 없이 말이죠.

- 생텍스처럼요? 계속 말씀해보세요! 처음으로 조종사께서 저에게 자세한 설명을 해주시네요.

- 버뮤다는 대서양 한가운데서 사라진 백에서 이백 개 섬들 사이에 있어요. 적도에서 가장 멀리 떨어진 환초이지요. 거대한 산호섬인 이곳엔 수심이 얕은 곳과 1,500미터가 넘는 깊이에서 소용돌이쳐 흐르는 바닷물이 서로 맞닿는 곳이에요. 조수간만에 따라 섬들이 모습을 보이거나 감추죠. 해저에 암초, 동굴도 있거니와 화산 분출도 일어나고 세계에서 가장 자성이 강한 바위가 있어 나침반도 제멋대로 움직이고요.

- 브라보! 당신도 생텍스만큼이나 지리학에 조예가 깊으시군요! (그녀는 버뮤다 제도가 푸른 깃발에 꽂힌 핀 헤드만큼 작아지는 모습을 바라본 뒤, 빙그레 웃으며 떨고 있는 내 손을 응시했다.) 우리는 이렇게 높이 날고 있으니 천만다행이군요!

- 모르시는 말씀! 이 지역에서 비행기가 사라졌다는 제보도 꽤 있다고요.

그녀는 그저 사라진 비행기라는 말만 듣고도 깊은 생각에 빠진 듯했다. 이번엔 나도 그랬다. 나는 호기심을 자극하는 꼬리에 꼬리를 무는 생각들에 힘입어 이야기의 여세를 몰아갔다.

- 실종 얘기를 하다 보니 의문이 드는 부분이 하나 있군요. 좋아

요, 생텍쥐페리는 지중해 상공에서 격추당해 죽었다고 칩시다. 비록 그의 시신은 못 찾았지만요. 그런데 어린 왕자가 정말로 죽었다는 증거는 어떤 게 있나요? 아무래도 우리가 돈을 받고, 그것도 꽤 큰 돈을 받고 어린 왕자를 죽인 범인을 밝히는 두 명의 수사관이 된 듯한데, 그런데 대체 범죄가 일어났다는 것을 무슨 수로 확신하는 거죠? (나는 앤디의 감탄 어린 시선에 이끌려 이야기를 이어갔다.) 내 기억엔 어린 왕자가 순순히 자신의 행성으로 되돌아가 장미꽃을 다시 만났던 것 같은데 말이죠. 자신의 육신 껍데기는 미련 없이 버리고요. 순간이동 하듯…….

앤디가 로봇 토끼처럼 손뼉을 쳤다.

– 이번에도 브라보! 당신의 기억은 정확하군요. 수많은 독자가 당신처럼 생각하죠, '어린 왕자'는 희망적이고 멋진 이야기라고요. 주인공은 죽지 않고, 자기 집인 소행성으로 쉽게 되돌아가 다시 정원을 가꾼다고요.

– 그렇다면 당신은요?

– 저도 처음에는 그렇게 생각했어요. 어린 왕자가 정말로 어느 별에선가 양과 장미꽃과 함께 살고 있을 것만 같았죠. 맨 처음 휘리릭 읽었을 땐 참 유쾌한 이야기라는 인상을 받았어요…… 그런데 생텍쥐페리가 너무도 많은 단서를 곳곳에 심어 놓았더군요. 어린 왕자는 진짜 죽있어요!

– 자, 어디 한 번 증명해 봐요!

앤디는 눈을 가늘게 뜨고 엄청나게 집중하는 표정을 지으며 자기 몸집보다 큰 시트에서 공처럼 몸을 웅크렸다.

　― 좋아요, 증거들을 나열해 보죠! 우선, 어린 왕자가 아주 기묘한 방식으로 지구에 도착해 맨 먼저 마주치는 대상이 뱀이에요. 이내 소행성 여섯 군데에서 벌어진 달콤한 코미디가 비극으로 바뀌고요. 뱀이 말하죠. '내가 건드리기만 하면 누구라도 처음 왔던 그곳으로 되돌아가지.' 끔찍하고 가혹한 방식으로 죽음을 알리죠. 뒤쪽에 가면, 어린 왕자가 다시 장미들을 찾아가서 이렇게 경고하고요. '너희는 아름답지만 의미가 없어. 누구도 너희를 위해 죽진 않을 테니까.' 이 말은 어린 왕자는 자신의 장미꽃을 위해 죽을 각오가 되어 있다는 뜻을 분명히 암시해요. 결국, 그는 그렇게 하고요! 이어지는 몇 쪽에서 그가 조종사에게 고백하죠. '비록 우리가 죽게 되더라도 친구를 사귀었잖아요. 친구가 생겼다는 것만으로도 행복해요.' 생텍쥐페리는 참 머리가 좋은 사람이에요.

　― 그런데 내가 알기론 어린 왕자가 그 뒤에 이런 말을 했던 것 같은데요. '내가 죽은 것처럼 보이겠지만 사실은 그렇지 않아요.'

　― 맞아요……. 어린 왕자는 자신이 뱀에게 물리는 날 저녁, 조종사 아저씨에게 미리 알려요. '오늘 밤엔…… 오지 마세요……. 많이 힘들 거예요.' 이런 말까지 덧붙이죠. '아저씨도 알다시피 내 별은 아주 멀어요. 이 몸으로 갈 수가 없어요. 너무 무겁거든요.' 어린 왕자가 정말로 말했어요. '내가 죽은 것처럼 보이겠지만 사실은 그렇지 않아요.' 하지만 그 뒤로 아무 말도 하지 않죠, 왜냐하면 눈물을 흘리거든요……. 잠시 뒤엔 그 자리에 주저앉고요, 왜냐하면 겁나거든

요. 노란 섬광이 비치기 직전에 말이에요. 만약 그가 다시 자신의 장미꽃을 만나러 소행성으로 돌아가는 거라면 눈물이 나고 겁이 날 이유가 없었겠죠. 그는 자신이 죽고, 시신이 모래밭에 쓰러질 거라는 걸 알고 있었다고 생각해요. 하지만 아저씨를 안심시키려고 시신 대신 껍데기라는 말을, 천국 대신 별이라는 말을 한 거죠.

앤디의 눈가에 눈물이 맺힌 게 보였다. 나는 그제야 생텍쥐페리와 그의 금발의 작은 영웅의 실종이 어느 지점에서 닮았는지 알 것 같았다. 얼마간 무슨 말로 이 침묵을 깨뜨려야 할지 알 수 없었다.

우리는 계속해서 망망대해 상공을 비행했다……. 그러다가 마침내 처음으로 육지의 불빛이 시야에 들어왔다. 수천 개의 불빛. 대양의 황량함과는 압도적인 대조를 이루었다. 마치 미국 사람들이 모두 그 해안에 모여 있는 듯했다.

앤디도 미대륙의 모습을 발견하고선 놀라워하며 눈물을 그쳤다.

– 인간들은 지구상에 극히 일부 지역만 차지하고 있죠, 그녀가 말했다. 생텍쥐페리는 '어린 왕자'에서 이런 표현을 썼어요, 지구에 사는 수십억 명의 사람들이 한자리에 모두 모여 따닥따닥 붙어 서면, 어느 넓은 광장 같은 곳에 별 어려움 없이 모일 것 같다고, 태평양의 어느 조그만 섬 하나에 인간들을 쌓아 올릴 수 있을 것 같다고 말이에요.

내가 한마디 거드는 순간, 마침 처음으로 마천루 상공을 지났다.

– 아니면 맨해튼에 말이죠.

XIV

- 맙소사, 좀 더 빨리 밀어 봐요. 조종사라고 하지 않았던가요?

하고 마리 스완이 말했다. 나는 맨해튼 거리에서 노부인의 휠체어를 밀었다. 센트럴 파크를 따라 걸었다. 보도 가장자리에 자란 키큰 느릅나무들이 보도 맞은편 빌딩 숲 그림자에 가려 난쟁이 같았다. 앤디는 종종거리며 뒤따라 걸었다. 우리가 마리 스완을 만나 오코 돌로라는 이름을 내뱉자마자, 그녀는 때를 기다렸다는 듯 우리를 데리고 맨해튼 구경에 나섰다. 그녀의 말에 복종하는 운전기사를 데리고 말이다. 그녀는 〈baby drive my car〉 노래를 부르며 지나가는 사람들과 일일이 인사를 나누었다. 그녀의 무릎에 앉은 아니발은 그녀가 모자를 들어 올릴 때마다 짖어댔다.

- 멈춰요!

마리 스완이 갑작스레 외쳤다.

센트럴 파크 사우스 240단지 앞에 멈췄다.

- 반사 신경이 좋군요.

이번엔 마리 스완이 인정하며 건물을 향해 팔을 뻗었다.

나는 앤디와 동조의 눈길을 교환했다. 노부인은 그저 한없이 고상하기만 한 사람은 아니었다. 배짱도 있고 성격도 있었다.

– 저기예요. 27층, 생텍쥐페리가 2년 동안 저곳을 빌려 지냈죠. 저기에서 '어린 왕자'를 대부분 집필했어요. 난 종종 그를 보러 갔고요. 정확히 센트럴 파크 바로 위에 있는 발코니에 자리 잡고 지나가는 사람들에게 물풍선을 던지기도 했지요. 그땐 42년 여름 전이었어요. 이 마녀 같은 콘쉬엘로가 그를 롱아일랜드의 맨션 베빈 하우스로 데려가기 전까지 말이에요. 그 뒤론 이곳에서 이야기를 쓰지 못했죠! 하지만 그가 금세 되돌아왔어요, 정말이에요.

우리는 칙칙한 밤색의 평범한 건물을 일제히 응시했다.

마리 스완이 휠체어의 양쪽 손잡이를 탁탁 쳤다.

– 가죠, 이렇게 머물러 있을 새가 없어요! 곧장 앞으로 가면 돼요.

우리는 엠파이어 스테이트 빌딩 쪽을 향했다. 보도 위로 땀으로 흥건히 젖은 사람이 근육질 몸통을 벗은 채 조깅하며 지나갔고, 그 옆으로는 자유로운 복장의 복서도 달리고 있었다. 마리 스완이 휘파람을 불며 모자를 벗어 보였다. 아니발은 이번에도 짖었다. 복서도 응답했다. 그런데 조깅하던 사람은 돌아보지 않았다.

– 요즘 어린 것들은 참 예의가 없다니까.

마리 스완이 한마디 했다.

족히 일 킬로미터는 더 운전했고, 마침내 엠파이어스테이트빌딩 아래에서 바퀴를 멈춰 세웠다. 유리문 너머로 금장 엘리베이터까지 이어진 대리석 바닥이 눈에 들어왔다. 마리 스완이 고개를 까딱했다.

― 여기예요! 내가 사는 곳이죠! 이곳에서 앙투안과 내가 창밖으로 종이비행기를 날리며 놀았어요. 핑그르르 돌며 날아간 종이비행기가 세 차례 공중회전 하다가 갑자기 도랑에 추락했지요…… 토니오처럼! 그는 조종사가 되기엔 주의가 너무 산만했어요, 안 그래요? 어린아이에게 비행기를 조종하게 하다니!

마리 스완이 엠파이어스테이트빌딩을 나서는 아주 고상한 부인 세 명에게 인사를 건넸다. 강아지 세 마리가 차례로 낑낑대는 바람에 인사도 중간중간 끊어 가며 했다.

앤디가 아주 작은 푸들 세 마리의 협주곡 연주가 끝나는 소리를 듣고, 노부인 앞으로 갔다.

― 앙투안 드 생텍쥐페리와 정말로 아는 사이였나요?

마리 스완이 슬며시 웃었다.

― 그럼, 알다마다! '토니오'가 나온 건, 내 덕이라고! 말 나온 김에 덧붙이자면, '어린 왕자'도 바로 나지!

그녀가 손으로 백금발 머리를 쓸었다.

― 밝은 빛깔의 금발 머리가 바로 나였다고! 엄청나게 많은 방울이 딸랑거리는 것 같은 웃음소리도 내 거였고! 그가 남긴 수채화들도 날 위해 그린 거였지. 그중 몇몇은 내가 아직 갖고 있기도 하고.

그녀가 삐걱거리는 문에서 나는 소리 같은 웃음을 터뜨리며, 반지로 쇠 손잡이 부분을 세 차례 두드렸다.

- 고, 드라이버! 파크 애비뉴 쪽으로.

마리 스완은 맨해튼에 뻗은 길을 따라 지나가며 마주치는 사람마다 인사를 했다. 아니발은 그때마다 짖어대며 지나가는 사람들이 깜짝 놀라 뒤돌아보게 했다. 마리 스완이 자기 옆에서 걷고 있는 앤디를 위아래로 훑어보았다.

- 놀랍지 않아요? 내 나이가 당신보다 못해도 네 배는 많은데 이 멋진 청년들이 하나같이 날 향해 뒤돌아보다니. 아무래도 옷차림을 좀 신경 쓰는 편이 좋겠는데.

이번엔 나도 '앵그리' 스완 부인의 말에 어느 정도 수긍이 갔다. 물론 내 눈엔 앤디가 입은 주황색 운동복과 술 장식이 달린 스카프 차림도 나쁘지 않았지만.

우리는 매디슨 애비뉴 보도를 걸으며 고급스러움을 앞다퉈 뽐내는 옷 가게와 보석 가게 앞을 지나갔다. 앤디는 가격을 보고 기겁했고, 마리 스완은 태연했다.

- 자기들 가게 액세서리들 좀 착용해달라고 오히려 내게 부탁을 한다니까!

그러더니 그녀가 덧붙여 말했다.

- 다 왔어요.

그녀가 고개를 들어 올렸다.

- 파크 애비뉴, '어린 왕자 맨해튼 투어'의 마지막 여정. 실비아 해밀턴이 살았던 곳.

- 그의 정부 말씀이신가요?

83

나도 모르게 말이 툭 튀어나왔다. 마리 스완은 못 들은 척했다.

– 생텍쥐페리가 사랑하는 사람이었지요. 젊고, 예쁘고. 그녀는 프랑스어를 못하고 그는 영어를 못했지만, 그녀는 그가 밤새 그녀 집에서 보낸 다음 날 아침에 놓고 간 '어린 왕자' 원고들을 번역 의뢰했어요. 밤새 집필한 거지요! 원고 대부분을 베빈 하우스가 아니라 여기서 썼단 말입니다. 증거는 바로 이거예요, 생텍쥐페리가 알제로 떠나기 직전, '어린 왕자' 수기 원고를 콘쉬엘로가 아니라 실비아 해밀턴에게 건넸다는 사실 말이에요. 바로 그 원고가 여기서 지근거리에 있는 모건 뮤지엄에 전시되어 있지요.

내가 천진하게 물었다.

– 그러니까 생텍쥐페리에게 '어린 왕자' 작품의 영감을 준 사람이 이 실비아라는 여인인가요?

앵그리 스완이 버럭했다!

– 무례하군요! 그의 유일한 뮤즈는 나였다고 한 걸 잊었나요! 토니오가 '어린 왕자'를 실비아 집에서 썼을지는 몰라도, 그녀는 그에게 단 한 줄도 영감을 불어넣진 않았어요……. (그녀가 무릎에 앉은 아니발을 쓰다듬으며 말을 덧붙였다.) 양을 닮은 그녀의 푸들 모카라면 또 모를까!

마리 스완이 허드슨강을 따라 이어진 건물 스카이라인을 잠시 멍하니 바라보다가, 갑자기 몸을 앤디 쪽으로 휙 돌렸다. 등 뒤에서 앤디가 슬쩍 비웃는 걸 짐작한 듯했다. 마리 스완이 핀잔을 줬다.

– 내 말을 믿지 않는 거로군? 내가 그의 뮤즈였다는 말이 우스운

가? 생텍쥐페리에 관한 글을 모조리 읽어 봤을 텐데, 이놈의 전기 중 나를 언급한 부분이 한 곳도 없으니 못 믿는 거로군! 그래도 영 둔해 보이진 않으니, 한번 잘 생각해 봐요. 자칭 전문가라는 사람들이 하나같이 토니오가 아이라는 사실을 잊고 있어요! 토니오는 어른들을 전혀 믿지 않았지요, 특히 자주 만났던 유명한 어른들은 물론이고 함께 밤을 지낸 여자들은 더욱이 믿지 않았어요. 어른들은 도통 무언가를 이해하지 못하는 사람이니까요. 증거를 대볼까요, 토니오가 문학 역사상 가장 중요한 작품을 썼는데도 그의 주변 어른들은 이 작품을 대수롭지 않게 여겼지요. 그냥 낙서해 놓은 거라고. 이 작품이 그토록 중요하다는 걸 아무도 알지 못했다고요! 나만, 어린아이인 나만 알았던 거죠. 나만이 그가 유일하게 반한 대상이었고, 나만이 그와 장난을 쳤고, 나만이 그를 웃게 했으니까요······.

나는 암산을 했고, 앤디도 같은 생각을 하는 듯했다. 스완은 1943년 당시 기껏해야 다섯 살일 터였다······ 하지만 노부인에게 어찌 감히 나이를 물을 수 있겠는가? 특히 스완 같은 사람에게!

우리 뒤쪽 어느 카페테라스에 젊은 연인이 서로 마주 앉아 각자 휴대폰을 보고 있었다.

사랑한다는 건, 서로 같은 곳을
바라보는 거지.

마리 스완이 계속 혼자 중얼거리며 고개를 들어 엠파이어스테이트의 꼭대기를 향했다.

－ 토니오는 뉴욕에 도착해서 마냥 기뻐했지요. 어린아이가 따로 없었어요! 큰아이. 늘 웃고, 담배 피우고, 장난치고, 그림 그리고…… 그토록 유명한 프랑스 사람이자 전투 조종사이자 진지한 작가였던 그가 마냥 어린 소년처럼 거대한 도시와 불타는 세계에 푹 빠진 거지요. 너무도 즐거워하는 그를 보고 편집자부터 친구들과 여인들까지, 어른들이 입을 모아 그더러 동화를 써보라고 했어요. 즐겁고 유쾌한 이야기 말이에요. 그래서 그가 '어린 왕자'를 썼지요. 동화는 아니었지만. 왜냐하면 토니오가 다시 우울해졌으니까. 더 이상 나랑 높은 곳에서 창밖으로 종이비행기와 물풍선을 던지지 않았어요. 진짜 폭탄을 투하하고 진짜 비행기를 조종하고 싶어 했어요. 다시 참전하고 싶어 했지요.

－ 어째서요? 죽으려고요?

마리 스완이 앤디의 질문에 놀란 듯했다.

－ 전쟁터에서 죽으려고? 당연히 아니지요! 토니오는 큰 아이였다니까요, 그게 무슨 뜻인지 여전히 모르겠어요? 지중해로 참전하러 다시 떠날 때, 이 아이는…… 이미 죽은 뒤였다고요!

앤디가 고함치듯 물었다.

－ 그걸 어떻게 알죠?

－ 적혀 있잖아요. 글 읽을 줄 몰라요?

－ 어디에요?

－ 어디긴, '어린 왕자'죠. 잘 봐요, 분명하다고요. 어린 왕자가 바로 어린 생텍쥐페리라고요. 생텍쥐페리가 어린 왕자를 죽였어요!

XV

Club 612

우리는 아놀드 카페에서 가장 조용한 구석에 앉았다. 센트럴 파크에 어둠이 내려앉았다. 넥타이 차림의 장사꾼과 허영심 많은 사람 수십 명이 와서 맥주를 마시며 서로 자기 모습을 뽐내며 어울렸다. 앤디는 기네스를 한 모금 마시더니 왁자지껄한 분위기 속에서 나에게 얘기를 하려고 바짝 다가왔다. 그녀가 의아해했다.

– 이 마리 스완이라는 늙은이가 하는 말이 진짜라면요? 어린 왕자를 죽인 범인이 행성 여섯 곳에 각기 살던 사람 중 한 명이 아니라, 심지어 장미꽃이나 여우, 뱀도 아니고, 어떤 독자도 의심하지 않은 화자라면요! 그러니까 조종사! 그러니까 생텍쥐페리! 이건 애거사 크리스티보다 한 수 위군요! 화자가 살인자라면, 오토 픽션이라면, 살인자가 곧 작가라는 거잖아요. 작가가 자신이 생명을 부여한 아이를 죽인 거죠. 설득력 있어요. 정말로……

앤디가 백지 위에 둥그스름한 글씨체로 커다랗게 썼다

앤디의 입술에 가늘게 거품 수염이 생긴 걸 보고, 손가락을 뻗어 닦아 줄까 말까 망설였다. 그러지 않는 게 좋겠다고 생각한 나는 카페의 빈티지한 장식을 둘러보았다. 분명 앤디가 나를 이곳에 데려온 데에는 이유가 있을 터였다. 제2차 세계대전 때 망명한 프랑스인들의 단골 식당 같은 곳이었던 이곳에 말이다. 편집자 외젠 레이날 부부가 생텍쥐페리에게 동화를 써보라고 제안한 곳이 바로 여기였을 터였다.

이번엔 내가 흑맥주 한 잔을 마셨다. 앤디의 머릿속에 어떤 생각이 떠오르기 시작하면 그걸 멈추게 할 수 없다는 걸 깨닫기 시작했다.

– Club 612를 파헤쳐서는 안 되는 것 아니었을까요?

낡은 주크박스에서 '라 비 앙 로즈' 노래가 흘러나왔다. 앤디는 마치 내 말을 못 들은 듯 이야기를 계속했다.

– 쭈그렁 수다쟁이가 좀 성가시긴 해도, 그녀 말이 맞아요. 어린 왕자와 조종사는 하나인 거예요! 생텍스가 고요한 사막에서 혼잣말한 거죠. 보세요, 여기 증거가 더 있어요. 생텍스가 알제리에 도착해서는 미지의 여인에게 편지를 쓰거든요……. 오랑과 알제 사이에서 마주친 어느 젊은 간호사였죠.

– 또 다른 정부인 건가요?

– 그건 아닌 듯해요. 그녀는 생텍스에게 넘어가지 않았거든요. 그는 그녀를 넘어오게 하려고 편지에다가 어린 왕자의 얼굴을 그려 사

인을 하죠. 어린 왕자가 자기 대신 말하도록 한 거예요. 그러니까 어린 왕자가 곧 생텍스인 거라고요!

나는 손목시계로 시간을 확인했다. 집에 전화를 걸어야 했다. 언뜻 시차 계산이 어려웠지만, 이러나저러나 베로니크가 걱정하고 있을 게 분명했다. 앤디는 급해 보이지 않았다.

─ 생텍쥐페리의 유년 시절, 그게 바로 열쇠군요. 리우 섬 먼바다에서 이 빌어먹을 팔찌를 찾기 전까진 지난 오십 년 동안 생텍스가 고향 마을 집 위를 지나기 위해 자신의 비행 계획에서 약간 벗어났다는 게 정설이었다는 걸 기억해야 해요. 마지막으로 자신의 유년 시절 위를 날고 싶었던 거죠. 어린 시절 애칭인 '피크 라 륀(달을 하염없이 바라보기 좋아한 생텍쥐페리의 모습 때문에 붙은 애칭─옮긴이주)'에게 마지막 인사를 건네고 사라진 거죠……. 생텍스에게 가장 아름다운 추억들이 아게에 있었던 거예요. 그의 누이 디디도 거기에 살았고, 콘쉬엘로와 결혼을 한 곳도 아게 성이었으니까요……. 나중에 독일군 공격으로 무너졌지만. 그의 과거의 흔적들이 땅에서 지워지고 전쟁 중 어른들에 의해 폭격당한 거죠. 이것도 우연일까요?

나는 기네스 잔을 마저 비우고 자리에서 일어나길 망설였다. 전화를 걸어야 하는데 앤디가 핸드백 쪽으로 몸을 숙이더니 노트 뭉치를 간신히 꺼냈다.

─ 보세요, 여기 쓰여 있어요. 네벤 당신도 보면 알 거예요.

내가 이미 이해했다는 말을 전할 새도 없었다.

─ 생텍스가 어머니에게 편지를 썼었죠, 정말 염세적인 편지였는

데, 거기에다 줄곧 자신의 유년 시절 얘기를 늘어놓았다죠.

내가 대답하기도 전에, 그녀는 높고 가냘픈 목소리로 생텍스의 표현들을 해석했다.

단 하나의 시원한 샘물은

나의 어린 시절 어느 추억 속에서 찾아요.

우리가 만든 이 대결의 세계는 나에게

다른 그 어떤 세계보다 필사적으로 진짜처럼 보이겠지요.

그러나 그 뒤로 내가 세상을 살아오긴 한 건지 확실하지 않네요.

— 어때요? 아시겠어요? 생텍스는 어른들 사이에서 길을 잃은 어린아이라고요! 어린 왕자가 1939년 '인간의 대지'에 처음으로 등장했다는 걸 아나요? 부모 품에 안겨 잠든 아이의 모습으로 말이에요. 그 부모는 열차 삼등석에 생텍스와 함께 타고 있던 폴란드인 노동자였죠. 생텍스는 이 '전설의 어린 왕자', '틀로 찍어내듯 길러지는 어린 모차르트'를 보고 마음이 일렁였던 거예요. 유년 시절이 암살당한 거죠, 또다시! 네벤, '어린 왕자'의 최고 광팬이 누구였는지 아나요?

— 글쎄, 음…… 당신인가요!

— 농담하지 말고요! 작품이 출간된 뒤로 이곳 미국에서 유명했던 사람이에요.

— 음…….

— 영원한 청년, 그도 성인이 되기 전에 홀연히 세상을 떠났죠!

– 글쎄요……

– 제임스 딘이요! 제임스 딘이 열성 팬이었고, 어린 왕자 역을 하고 싶어 했죠. 책이 출간될 당시 열두 살이었는데, 스물넷에 꿈을 이루지도 못한 채 죽고 말았지요! '어린 왕자'도 피터 팬 증후군이에요! 마이클 잭슨의 네버랜드…… 마이클 잭슨 장례식에서 그의 친구들이 '어린 왕자'의 구절을 발췌해 읽었지요.

앤디는 여전히 급해 보이지 않았다. 그녀가 맥주를 한 잔 더 시킬까 봐 걱정됐다. 나는 그녀가 짧게 답할 수 있는 질문을 던지려 애썼다.

– 생텍쥐페리는 자식이 한 명도 없었나요?

– 없었어요…… 원했지만……. 그런 얘기를 한 적이 있어요. 적어도 몇몇 편지 속에서 말이에요.

– 좋아요, 그럼 이야기를 요약해 보죠. 동기를 끄집어내 봅시다. 상징적 살인. 생텍쥐페리가 자신의 안에 있는 내면의 아이를 죽인 거로군요.

앤디가 가만히 생각에 빠졌다. 처음엔 조용하더니 다시 목소리를 높였다.

– 그가 '어린 왕자' 원고를 전달한 시점이 프랑스를 위해 다시 참전하러 떠나는 순간이었어요. 출간되는 걸 보지도 않고 떠났죠. 자신이 의도했던 일인 듯 말이에요. 어린아이를 저버리고 어른 세계의 부조리를 받아들인 거죠. 최악의 부조리. 세계적 차원의 전쟁. (앤디가 빈 술잔을 테이블에 탁, 하고 내려놓았다.) 앞뒤가 딱 들어맞아요, 어린 왕자는 조종사를 남겨 두고 죽는 거죠, 조종사 혼자 어른의 임

무와 마주하도록 말이에요. 어린 왕자가 뱀에게 물려 죽기 전에 한 반사적 행동이 생텍스를 보호하는 것이었어요. '뱀이 두 번째 물 땐 더 이상 독이 없긴 하지'. 이 말은 나머지 한 사람을 풀어주려면 둘 중 하나가 죽어야 함을 뜻하죠. 내 안에 있는 어린 왕자를 죽이고, 전쟁터로 떠난 거예요!

나는 앤디의 말을 듣고 울컥했다. 아놀드 카페에 있는 수십 명의 넥타이 차림의 장사꾼과 허영심 많은 사람을 바라보았다. 그들도 그들 안에 있는 어린 왕자를 죽이고 전쟁터에 나선 것이 아니겠는가. 나도 내 안의 어린 왕자를 죽였을까? 내 안에 어린 왕자가 있긴 한 걸까…….

앤디가 멍하니 생각에 빠진 나를 흔들어 깨우며 몸을 일으켰다.

— 자, 어서 자러 가야죠. 내일 일찍 일어나야 한다고요!

— 그런데 우리 마리 스완과의 약속은 오후에 있지 않나요?

교활한 노부인 같으니라고! 맨해튼에서의 산책 막바지에 우리가 오코 돌로에 대한 질문을 시작으로 협박에 관한 이야기를 꺼냈더니, 마리 스완은 피곤하다는 말로 대답을 대신했다……. 대신 내일 점심 이후에 다시 들르면, Club 612에 관한 이야기를 모두 해 주겠다고 했다.

자신을 산책시켜준다는 조건으로!

나는 밤새 조종한 뒤였다. 그리고 그다음 날 오후엔 다시 조종간을 잡아야 했다. 난 늦잠 잘 자격이 충분히 있는 사람이었다…….

— 일찍 일어나야 해요. 어쩔 수 없어요! 내일 아침에 박물관에 가야 해요!

XVI

마리 스완은 일평생 이보다 더 행복한 적은 없었다. 그녀의 고사리 손에 부모님께서 주신 책이 들려 있다. 컬러 그림이 그려진 책장들을 넘겨 본다. 장미꽃과 바오바브나무가 있는 행성의 그림들이 특히 그녀의 눈에 들어온다. 한시라도 빨리 자기 방으로 달려가 책을 읽고 싶다. 그녀가 이제 막 글을 읽게 되었기 때문이다. 그녀가 막 여섯 살이 된 때였다. 그녀는 표지에 쓰인 제목, '어린 왕자'를 다시 읽고선 책장 사이에 끼워 둔 종이를 꺼낸다. 키다리 프랑스 아저씨가 펜으로 그린 작은 별과 그녀를 위해, 오직 그녀만을 위해 직접 써 준 글귀를 감탄하며 바라본다.

이것은 마리 스완이 태어나기 전에 살았던 별이다.
마리 스완이 그곳을 떠난 뒤로, 별빛이 사라졌다.

그녀가 책을 품에 꼭 끌어안는다. 세상에서 가장 귀한 보물을 끌어안듯. 그녀가 회상한다.

이 책 역시, 키다리 프랑스 아저씨가 그녀를 위해, 오직 그녀만을 위해 썼다. 아저씨가 기다란 팔로 자신을 위로 들어 올려 비행기를 태우듯 빙글빙글 돌리며 말했다. 아빠나 엄마는 한 번도 해주지 않은 거였다. 이 키다리 프랑스 아저씨가 저녁을 먹으러 올 때면, 항상 자신과 시간을 보내며 이야기를 들려주었다. 자신이 말도 알아듣지 못할 때 보았던 만화 속 주인공들처럼 손짓을 크게 해 가며 말이다. 그리고 그는 특히 여기저기에다 자신처럼 금발인 매력적인 작은 사람을 잔뜩 그렸다. 머리가 헝클어진 모습으로 말이다. 이 부분은 자신과 달랐다. 엄마가 매일 아침 무려 세 시간에 걸쳐 자신의 머리를 손질해주니까.

그런데 이제 더 이상 키다리 프랑스 아저씨가 그녀를 보지 않고, 또 다른 어른들과 함께 테이블에 앉아 있다. 자신은 알아듣지 못하는 심각한 것들, 정치, 전쟁에 대해 논한다. 계속 이야기하고 술을 마신다. 그가 유명한 사람이고, 어른들이 읽는 책을 쓰는 작가라는 걸 안다. 그녀는 그가 자기한테 와서 함께 놀아줬으면 좋겠다. 놀아달라는 부탁을 용감하게 하고 싶다. 다음번에 또 그가 오면 과감히 해볼 생각이다. 그는 자주 왔다. 언젠가 그녀가 그 앞에서 모자를 정중히 벗으며 인사를 하자 참 예쁘다고 말했다. 밝은 빛깔의 금발 머리가 멋지다고. 5억 개의 별처럼 미소가 빛난다고. 하지만 그러고선 그는 다시 어른들과 토론하러 갔다. 다음번엔 꼭 부탁할 거다. 책 이야

기를 들려 달라고. 잘 모르는 것을 설명해 달라고. 그림을 또 그려달
라고.

하지만 그는 그 뒤로 다시 오지 않았다.

하루는 그녀가 용기를 내 엄마에게 왜 이제 더 이상 키다리 프랑
스 아저씨를 초대하지 않는지, 아빠엄마가 아저씨 책을 산 뒤로 왜
그를 다시 볼 수 없는지 물었다. 엄마가 그녀의 눈높이에 맞춰 쪼그
려 앉더니 진지한 눈빛으로 그녀를 바라보았다.

– 아가, 아저씨는 전쟁터에 나갔단다. 다시 오지 않으실 거야. 다
시는.

마리 스완은 평생 '어린 왕자' 영어판 책을 간직했다. 책장 사이에
그녀가 끼워 놓은 생텍쥐페리의 서명도 있었다. 그녀는 청소년 시절,
6번가 현대 미술관 맞은편에 자리 잡은 자신의 방에 제임스 딘 포스
터를 걸어 놓았다. 제임스 딘보다 잘생긴 남자는 없지만, 멋진 외모
는 중요치 않았다. 중요한 건 오직 지성이었다. 세상 그 어떤 남자도
생텍쥐페리의 지성을 따라올 수 없었다. 결국, 그녀는 생텍쥐페리와
사랑에 빠졌다.

그녀는 생텍쥐페리에 관한 자료와 책, 편지 일체를 수집했다. 그녀
는 그의 작품에 관해 최고의 전문가가 되었다. 그의 정부들 존재를
알게 되고, 생텍쥐페리가 영어를 배우고 싶어 하시 않은 이유가 미
국 여자들이 자신의 제스처를 보고 좋아하는데 영어를 하게 되면
그러지 않을까 봐 걱정돼서라는 글을 발견했을 땐 살짝 실망도 했

다. 생텍쥐페리가 여자아이들의 미소보다 성인 여자들의 미소를 더 좋아했다는 것을 알게 되었을 때도 실망감을 감출 수 없었다.

　마리 스완은 서른 살에 세인트 패트릭 대성당에서 결혼식을 올렸다. 새로 지어진 쌍둥이 타워 월드트레이드센터 바로 맞은편이었다. 결혼 상대는 브리지와 골프, 정치, 넥타이를 좋아하는 돈 많은 기업가였다. 마리 스완은 그림을 그리고, 자유로이 자신을 표현하고, 시와 산문을 쓰고, 작곡하고, 전시했다. 그녀는 자신이 갤러리를 들어서며 우아하게 모자를 벗을 때, 애인들이 보내는 찬사를 좋아했다. 나머지 옷들을 하나씩 벗을 때마다, 애인들이 보내는 찬사를 좋아했다. 그녀는 자신의 기업가 남편도 좋아했다. 남편이 자신보다 나이가 더 많고, 훨씬 바쁘고, 걱정이 많다는 것도 알고 있었다. 그녀는 자기 방식대로 남편을 사랑했다. 정신적으로 성숙한 그만의 방식, 유년기의 뿌리들을 모조리 뽑아 버리고 그 안에서 결코 맴도는 법이 없는 그의 모습이 멋지다고 생각했다. 하지만 그녀가 가장 사랑하는 사람은 생텍쥐페리였다. 저녁이면 자기 집에 와서 자기더러 예쁘다는 말을 건네고, 다른 나라 말을 하던 키다리 아저씨. 그녀는 그가 떠난 뒤로 자신의 별이 꺼졌다고 생각했다. 그녀는 그가 살아 있다고 확신했다. 그가 그녀를 기다린다고 확신했다. 어디선가, 그녀가 다시 빛을 밝혀줄 별에서. 그녀의 머릿속에서 생텍쥐페리는 여전히 마흔 살이었고, 그는 늙지 않지만, 그가 사랑한 여자들은 이제 나이가 들어, 생텍쥐페리가 늙은 여자들에게서 멀어졌다. 이제 자기 차례가

올 것이라 확신했다. 그녀는 때때로 자기 이름을 바꿔 썼다. 마리 스완 대신 마리 스타라고 불렸다. 그녀는 '어린 왕자'를 자주 읽고 또 읽었다. 그리고 작품 속에서 허영심 많고, 시기심 많고, 잘난 체하는 모습으로 묘사된 장미꽃 이야기를 자주 읽었다. 그가 사랑한 장미꽃. 그녀는 이 글귀를 어깨뼈에 문신으로 새겼다.

- 정말 아름다워요!
- 그렇죠? 나는 해와 함께 태어났어요.

그녀는 남자가 뒤에서 자신의 원피스 훅을 끄르고 평생 자신과 함께 한 이 글귀를 발견하는 순간을 좋아했다. 생텍쥐페리가 그랬던 것처럼 감탄하며.

마리 스완은 미망인이 된 지 일 년이 채 되지 않은 쉰 살에, 오코 돌로를 알게 되었다. 유경험자인 그녀는 상대가 장사꾼이라고 해서 성가실 이유가 전혀 없었다! 심지어 이 장사꾼은 말도 안 되게 '어린 왕자'에 정통한 사람이었다. 그녀는 그가 제안한 Club 612 아이디어를 듣자마자 솔깃해했다. 오코처럼 그녀 역시 생텍쥐페리가 유서도 남기지 않고 떠났을 리 없다는 확신이 있었다. 그의 책 속에 비밀이 숨어 있을 거라 확신했다. 그녀는 자신이 그 비밀을 발견하리라 확신했다. 오코 돌로라는 사람의 동기는 알지 못해도, 자기 자신만큼은 동기가 확실했다. 그녀는 생텍쥐페리를 다시 만나고 싶었다. 그녀는 생텍쥐페리를 사랑했다. 그녀는 Club 612 활동을 시작해, 자기가 알고 있던 정보를 나누며 뛰어난 수완을 발휘했다. 오코는 Club 612에서 자금줄 역할을 했고, 그녀가 회장을 맡았다.

그게 이미 아주 오래전 일이다.

마리 스완은 휠체어를 밀어 거실에 놓인 낮은 탁자 앞으로 갔다. 구멍이 세 개 뚫린 직사각형 상자를 다시 살펴보았다.

누가 보낸 걸까?

오코?

그녀가 구슬려 삶은 당돌한 계집과 어벙한 조종사, 이 두 명의 프랑스 조사단과 같이 보낸 걸까?

아니발이 그녀 무릎 위에서 잠들었다. 그녀는 아니발을 깨우고 싶지 않았다. 차라리 옛일을 회상하는 편을 택했다. 그녀는 모든 것이 뒤바뀐 2005년 1월 그날 저녁을 다시 떠올렸다.

그녀는 그 일이 있기 전까지, 생텍쥐페리가 어린 왕자를 죽였다고 확신했었다. 마침내 어른이 되기 위해, 성장하기 위해, 어리석게도 세상 사람 모두가 믿었던 이유처럼 전장에 나가기 위해서가 아니라, 사랑하기 위해! 마침내 한 남자가 한 여자를 사랑하듯 사랑하기 위해. 어른처럼 사랑하기 위해. 언젠가 그녀를 사랑하기 위해.

겨울 그날 저녁, 그녀가 뉴욕 시티 오페라단 공연을 보러 갔다. 생텍쥐페리의 이야기를 서정적으로 각색해서 만든 작품이었다. 작품 안에서 어린 왕자 역은 당연히 천상의 목소리를 가진 훌륭한 남자

98

아역 배우가 맡았다. 그런데 이 공연에서 처음으로 장미꽃 역 또한 여자 아역 배우가 맡았다. 수정처럼 맑은 음색을 가진 아주 어린 소프라노였다.

바로 그날 저녁, 그녀가 깨달았다.

그녀의 나이 예순다섯 살에, 마침내 알게 되었다. 그녀는 저녁마다 찾아온 키 크고 지성을 갖춘 작가 손님과 사랑에 빠진 게 아니었다. 그녀는 그의 내면에 있는 아이와 사랑에 빠진 것이었다. 바로 어린 왕자와 말이다. 그녀가 평생 애타게 찾은 대상은 어린 왕자였다. 그도 그녀의 내면에 있는 아이를 사랑했으니까. 툭하면 토라지고, 허영심 많고, 변덕스러운 장미꽃 말이다. 이제 더 이상 남자들이 그녀를 보고 눈길을 주지 않아도, 그녀는 여전히 자신이 아름답다고 느끼니까. 그녀의 내면에 있는 소녀 덕분에.

마리 스완은 휠체어를 앞으로 밀어 창가로 가서는 5번가의 부산한 풍경을 바라보았다. 그녀의 입가에 미소가 번졌다. 그녀는 프랑스에서 온 이 탐정들에게 거짓말을 했다. 생텍쥐페리는 내면의 아이를 죽이지 않았다. 이 아이는 살아 있었다.

만약 아이가 죽었다면, 그녀도 죽었을 테니.

XVII

- 자기, 별일 없고?
- 보고 싶어.
- 나도 보고 싶어, 베로니크……
- 지금 뭐 해?
- 호텔이야.
- 탐정 파트너도 같이?
- 응.
- 그 사람은 어때?
- 그 사람은…… 맥주를 마셔…….
- 중절모에 가죽 잠바 차림인가?
- 응…… 뭐 얼추 비슷해…….
- 콧수염도 있고?
- 응…… 맥주 마실 땐…….
- 뉴욕은 근사해?

- 아찔해⋯⋯ 당신 원하면 한번 같이 오자⋯⋯. 이제 내가 조종
도 다시 할 줄 알게 되었으니.

　- 그냥 당신이 돌아오기나 했으면 좋겠어. 난 우리의 작은 행성만
으로 충분해.

　- 얼른 돌아갈게, 약속해⋯⋯ 이제 딱 한 군데만 더 경유하면 돼,
간단한 일이지. 그런데⋯⋯ 돈은 꽤 많이 받아.

　- 난 부족한 게 전혀 없어, 당신도 잘 알잖아. 여긴 바람도 살랑거
리고, 풀도 끊임없이 자라고. 나에겐 정원사만 있으면 돼.

　- 얼른 돌아갈게, 베로니크. 최대한 빨리! 약속해.

XVIII

나는 뉴욕 리츠칼튼 호텔의 근사한 아메리칸 브렉퍼스트 앞에서 피곤한 기색으로 하품을 했다.

- 잠을 설쳤어요?

앤디가 걱정스레 물었다. 센트럴 파크가 내려다보이는 자리였다. 느릅나무가 서 있는 땅에 바람이 불었다.

- 지루해요.

- 뭐가 지루해요?

앤디가 구운 빵에 오렌지잼을 바르며 물었다.

- 생텍스 작품, 지루하다고요! 어젯밤 '성채'를 읽어 봤거든요. 이 것도 전쟁 이야기죠. 어젯밤에 좀 읽었는데, 지루하더라고요!

- 정말요?

- '어린 왕자'는 가볍게 읽히고, 세련되고 재밌는데. 나머지는……
신, 인간, 행성 등에 관한 은유들이라…… 신부님의 설교가 가미된 철학 수업 같다고나 할까.

앤디가 빙긋이 웃었다. 그녀는 그저 발코니 쪽으로 돌아보며 베이컨을 조금씩 뜯어먹기만 했다.

— 분명 당신도 속으로는 나랑 같은 생각일 텐데요!

그녀는 묵묵부답이었다.

— 생텍스가 고루한 사람이 된 것 같지 않나요? 자기중심적이고 위선적인 데다가 허세를 부리기까지. 그가 이 동화를 쓴 사람이라고 믿을 수 없을 정도라고요!

앤디가 불쑥 고개를 들었다.

— 그럼 누가 써요?

— 어린 왕자요! 생텍스가 쓴 거지만 고루한 어른이 되기 이전의 생텍스인 거죠. 자기 안에 남아 있던 명랑한 소년으로서의 모습이 모조리 소멸하기 이전 말이에요.

그녀가 오랫동안 곰곰이 생각했다. 그런 뒤에 말했다.

— 가요!

나는 택시를 타고 가는 길에도 연신 하품을 해댔다.

앤디가 설명해주길 마리 스완과 오코 돌로와의 친분 덕분에 관장이 수기 원고를 열람할 수 있는 특별실을 개방해준다고 했다.

나는 박물관 앞에서까지 하품을 했다. 매표소에서도. 그러다가 모건 뮤지엄 열람실에 들이시는 순간 잠이 확 깼다. 사방이 말도 안 되게 높은 책 성벽으로 에워싸인 곳이었다. 그야말로 성채가 따로 없었다.

앤디와 나는 가이드가 총 35만 권에 달하는 장서에 관해 들려주는 이야기를 듣는 둥 마는 둥 했다. 특별한 작품들, 구텐베르크 성서, 모차르트나 베토벤의 악보, 반 고흐의 그림들까지 다양했다. 우리는 그저 VIP 벙커까지 따라가기만 했다. 생텍쥐페리가 출정하는 날, 실비아 해밀턴에게 전해 준 원고가 있는 곳 말이다.

이슬에 씻긴 클로버만큼이나 싱그러운 앤디가 내 손에 '어린 왕자' 문고판 한 권을 쓱 밀어 넣었다. 자기 건 없었다. 이미 책을 외우고 있으니까. 나는 책을 펼치고 물었다.

– 뭘 찾으면 되죠?

– 뭘 찾아야 하는진 아이들만 알죠…….

내가 그녀에게 혀를 내밀었다!

– 농담이에요, 조종사 아저씨! 다른 일곱 군데 찾기를 해야 해요. 생텍쥐페리가 한 번도 보지 못한, 1946년 출간된 프랑스어판과 만약 그가 출정하지 않았다면 쓰게 되었을 진짜 책 사이에 다른 부분을 모두 찾아야 해요.

원고의 각 장이 판유리가 덮인 상태로 전시돼 있었다. 어린 왕자에 들어간 그림들 스케치와 본문 페이지들도 있었다. 생텍쥐페리의 글씨는 거의 판독이 어려운 상태였다. 중간중간 줄이 직직 그어져 있고, 여백에다 이런저런 주석들을 달아놓았다. 집중해야만 했다.

실패!

앤디가 나를 팔꿈치로 툭 쳤다.

– 오, 여기 봐요, 네벤. 기억나나요? 우리가 미대륙 연안에 가까워

졌을 때, 제가 생텍쥐페리가 쓴 이 문장을 읊어줬잖아요.

지구에 사는 20억 명의 사람들이
모두 모여 따닥따닥 붙어 선다면,
광장 하나 정도 공간이면 충분할 것이다.
이 모든 사람을 태평양의 가장 작은 섬에 쌓아 올릴 수도 있을 것이다.

그런데 원본을 한번 읽어봐요!
내가 그 부분의 글씨를 판독했다. 이 단락을 생텍쥐페리는 이렇게
써 놓았다.

맨해튼이 50층짜리 건물들로 꽉 차 있고
사람들이 서로 딱 붙어 선다면
이 건물들의 모든 층에 가득 찰 것이다.
온 인류가 맨해튼에 살 수도 있을 것이다.

— 역시 이상하다니까요. 어째서 이 단락을 통째로 바꾼 걸까요?
어째서 맨해튼을 태평양의 어느 외딴섬으로 바꿨을까요?
앤디가 극도로 흥분해서는 말을 내뱉었다.
나는 도무지 알 수 없었다!
아무래도 앤디는 이미 생각 한 귀퉁이에 모든 답을 적어둔 것 같았
다. 나는 삽화에 오랜 시간 눈길이 갔다. 삽화들이 최종판에 실린 것

보다 훨씬 어두웠다. 이 삽화에는 어린 왕자가 걱정하거나 화나거나 좌절하거나 파도 모양을 닮은 모래언덕 사막에 드러눕거나 놀랍게도 여우를 줄로 매어놓은 모습이 종종 눈에 띄었다. 장미꽃이나 뱀, 어린 왕자의 죽음을 그린 스케치는 어디에도 없었다……. 어째서?

나는 다시 원고 쪽으로 시선을 옮겼다. 다른 일곱 군데 찾기 게임에서는 내가 앤디보다 속도는 빨랐다. 아니면 내가 덜 꼼꼼하거나. 내가 벌써 마지막 쪽을 보고 있을 때, 그녀는 아직 반도 못 본 상태였다.

내가 이미 알고 있는 '어린 왕자'와 진열장에 전시된 것을 비교하는 게 무슨 소용인가 싶던 내게 순간 두 눈을 의심하게 만드는 부분이 보였다.

내가 당황한 목소리로 앤디를 불렀다.

– 마지막이요. 마지막이 달라요.

– 뭐라고요?

– 실비아 해밀턴에게 전달한 원고는 우리가 아는 내용과 끝이 완전히 다르다고요. 한번 들어봐요, 읽어볼게요.

> 나는 게임에서 빠졌다. 나는 결코 어른들에게
> 내가 그들과 다르다고 얘기한 적 없다. 나는 그들에게
> 내 마음의 나이가 여전히 대여섯 살에 불과하다는 것을 숨겼다.

이번엔 내가 흥분된 마음을 감추기 어려웠다.

– 앤디 당신이 말한 논리가 확실하다는 증거예요. 유년기가 그에
겐 가장 친한 비밀 친구였고, 그 유년 시절이 희생된 거예요!

아주 놀랍게도, 아니 그보다 아주 실망스럽게도, 앤디는 내 말을
듣지 않았다.

그녀는 다른 페이지를 읽느라 정신없었다!

짜증이 난 내가 그녀 가까이 갔다. 그녀가 어느 페이지를 뚫어져라
바라보는지 살폈다. 여우가 어린 왕자를 만나는 장면에 등장하는 여
우 그림은 딱 봐도 눈에 띄었다. 나는 앤디 어깨너머로 작품의 가장 유
명한 구절 일부를 읽었다. 그녀에게 모든 의미를 가져다주는 구절들.

비밀 하나 알려 줄게. 아주 간단한 건데,

마음으로 봐야 잘 보인다는 거야. 중요한 건 눈에 보이지 않아.

네 장미꽃이 네게 그토록 중요한 것은

네가 장미에게 들인 시간 때문이야.

네가 길들인 것에

언제까지나 책임이 있으니까.

앤디는 코가 거의 진열장에 닿을 정도로 고개를 숙여 지워진 부분
을 살폈다. 나는 끝내 판독에 실패한 부분이었다. 나는 그녀의 눈에
서 눈물이 흐르는 것을 알아차렸다. 그녀가 흐느끼며 중얼거렸다.

– 말도 안 돼, 말도 안 돼, 우린 하나도 이해하지 못한 거야. 처음
부터 잘못 짚은 걸까? 완전히 반대로 생각한 걸까?

내가 그녀의 점퍼 소매를 슬쩍 잡아당겨 설명해달라는 눈길을 보냈지만, 그녀는 마지막으로 코를 훌쩍이고는 이렇게 말했다.

– 가요, 얼른 가요, 마리 스완이 기다려요.

그 말이 전부였다. 그녀는 그 순간에는, 원본에서 발견한 것을 공유할 마음이 없어 보였다.

그녀는 내가 물고 늘어질까 봐 엄청 당황한 기색이었다.

그녀가 단정 지었다.

– 나중에요. 나중에요, 네벤. 마리 스완이 기다려요.

하지만 앤디의 생각이 틀렸다.

– 사무실인가? 마리 스완이네요!

우리가 센트럴 파크 벤치에 자리를 잡고 청서가 몇 마리인지 세어보려 할 때, 앤디의 전화가 울렸다. 앤디가 나도 대화에 낄 수 있게 스피커 버튼을 눌렀다.

– 미리…… 얘기하려 했는데, 올 필요…… 없어요.

– 네?

말소리가 중간중간 끊겼다. 마리 스완이 외부와 차단된 공간으로 이동한 듯했다. 자동차나 비행기, 배, 이런 곳으로.

노부인이 같은 말을 반복했다.

– 우리…… 다시 만날…… 필요 없어요. 어제…… 맨해튼 산책하면서…… 할 말…… 다 했어요. 내가…… 틀렸어요!

내가 앤디에게 의아한 눈길을 보냈다. 내가 제대로 들은 건가? 그녀가 자기도 모르겠다는 듯 어깨를 으쓱해 보이더니 목소리를 높였다.

– 마리 스완 씨, 지금 어디세요? 당신 말이 잘 안 들려요! 약속한 대로 센트럴 파크에서 보는 건가요?

노부인 쪽에서는 우리 말소리가 아주 잘 들리는 듯했다. 그녀의 목소리가 점차 매끄럽게 들렸다. 통신이 잘 되는 곳으로 가까이 간 듯했다.

– 아니요…… 그렇지 않아요, 아가씨……. 내가 당신들을 잘못된 길로 이끌었어요. 토니오는 내면의 아이를 죽인 게 아니었어요. 다시 말할게요…… 생텍스는 어린 왕자를 죽이지 않았어요. 그가 범인이 아니에요.

마리 스완은 마치 경찰관 둘 앞에서 잔뜩 위축된 증인처럼 말했다. 나는 어리둥절했다! 앤디도 마찬가지였다.

– 지금 농담하시는 거죠! 모든 게 딱 들어맞는걸요!

노부인이 가만히 웃는 소리가 들렸다.

– 당연히 모든 게 들어맞지요. 하지만 토니오가 그렇게 어리석을 리 없잖아요! 오히려 증거들을 경계해야 해요. 그 안에 우리에게 주는 가르침이 있는 거지요. 모든 추리 소설처럼 '어린 왕자'도 거짓 단서들로 가득하다고요……. 토니오가 당신들에게 덫을 놓았고 당신들이 걸려든 거란 말이에요!

당황한 앤디는 표정이 굳었다. 앤디가 머릿속으로 모든 단서를 하나씩 되짚는 것 같았다. '어린 왕자' 발췌문, 생텍스의 편지, 생텍스

109

의 유년 시절을 가리키는 모든 것들…….

마리 스완이 말을 이어갔다,

– 아가씨, 내 말 믿어요. 토니오는 내면의 아이를 희생시킬 수 없었어요. 그럴 수가 없어요! 적혀 있다고요! 당신들이 놓친 중대한 단서가 하나 있어요.

– 어째서요? 어디요?

앤디가 분을 이기지 못하고 벤치에서 벌떡 일어섰다. 마리 스완이 대답 대신 아주 차분하게 질문을 하나 던졌다.

– 어린 왕자가 사막에서 생텍스를 만났을 때, 맨 먼저 부탁했던 게 뭐죠?

– 양을 그려달라고! 그건…… 그렇지만…….

– 뭔가 떠오르는 게 없나요?

마리 스완이 끼어들었다.

신경질 난 앤디가 발로 자갈을 툭툭 찼다. 자갈이 청서 한 마리의 눈에 그대로 날아갔다. 떠오르는 게 하나도 없었다. 그녀도, 나도.

마리 스완이 놀리듯 말했다.

– 자, 어서 맞혀 봐요. 자신의 아이를 희생시켜야 하는 사람…… 그리고 양!

마침내 떠올랐다! 소름이 돋았다. 나는 몸을 일으켜 전화기 쪽으로 다가가 다급한 목소리로 말했다.

– 양은 우리가 제물로 바친 동물이죠! 기독교와 유대교에서는 물론이고 이슬람교에서도 말이에요. (순간 나는 오래전 교리 교육을 받

앴던 기억에 잠겼다.) 하느님 혹은 알라신이 인간의 아버지인 아브라함 혹은 이브라힘에게 아들 이삭을 죽이라 했고, 마지막 순간에 아들을 양으로 바꾸었잖아요. 아이 대신 양 혹은 어린양이 희생된 거죠.

– 브라보. 생각보다 그리 멍청하진 않군요.

마리 스완이 빈정대는 투로 말했다.

떠올리기 어려운 생각은 아니었다. 교회에 다니거나 이슬람교를 믿는 사람이라면 누구나 아는 내용이니까!

혼란스러워진 앤디가 큰 소리로 되짚었다.

– '어린 왕자'에서 양은 생텍쥐페리가 전쟁터에 나가기 위해 그의 유년기를 희생했어야 함을 뜻하는 거군요……. 하지만 그러지 않았고요! 도저히 그럴 수가 없었던 거예요. 어린 왕자가 조종사에게 양을 그려달라 부탁했다는 건, 바꿔 말하면 어른에게 자기를 희생시키지 말라고 부탁하는 거군요! 자기 대신 소행성 B612호에 양을 보내달라고! 오래 사는 양을 부탁했죠. 단, 관을 닮은 상자에 넣은 채로 말이에요. 이럴 수가, 생각해 보면 명확하군요!

– 그렇다니까요.

마리 스완이 의기양양한 목소리로 말했다.

그제야 우리가 완벽히 그녀의 생각을 파악했다. 마침내 이야기가 목적지에 다다른 듯했다.

그때 예리한 앤디가 물었다.

– 그럼 누구죠? 그럼 누가 어린 왕자를 죽인 거죠?

노부인의 목소리가 갑자기 피곤해 보였다.

- 그 대답은 다른 데서 들어야 할 것 같네요. 또 다른 증인들이 있어요. 나보다 더 잘 아는 증인들 말이에요. 앤디가 물었다.

- 무아제라는 사람 말인가요? 엘살바도르 콘차귀타 섬에 산다는 분이요? 당신 클럽 멤버 목록 중 세 번째로 적혀 있던 분이요?

- 아마도…… 아직 살아 있다면요……. 당신들에게 말할 수 있는 상태라면…… 그럼 진짜 놀랍겠군요!

마리 스완이 이번에도 웃었다.

- 좀 더 말해주세요!

앤디가 고집스레 부탁했다.

노부인은 잠시 망설였지만 거절하진 않았다.

- 진짜 범인은, 오랫동안 나도 인정하고 싶지 않았어요. 세상에서 가장 오래된 존재. 열정, 사랑, 질투. (그녀는 다음 말을 내뱉기 전에 짧게 침묵했다.) 다시 책을 읽어보면 눈에 바로 들어올 거예요. 어린 왕자를 죽인 범인은 장미꽃이에요!

그 뒤로 그녀는 아무 말도 하지 않았다.

전화기 너머로 개 짖는 소리만 들렸다.

마리 스완이 전화를 끊었다. 그녀가 도착했다.

그녀는 거울에 자기 모습을 비추며 모자를 벗었다. 맞은편에 있는 추한 늙은 여자가 그녀에게 인사했다. 아니발이 거울 속 여인을 알아 보고 한 번 더 짖었다.

멍청한 녀석!

엘리베이터 문이 열렸다. 마리 스완은 마침내 이 보기 힘든 모습을 등질 수 있었다. 엠파이어스테이트빌딩 꼭대기에는 바람이 세차게 불었다. 그녀는 무릎 사이에 끼운 직사각형 상자를 더 세게 죄였다. 상자가 너무 가벼워서 그녀가 놓아버리면, 허드슨강까지 날아갈 듯했다. 나이가 들어 힘이 빠진 그녀의 양팔로도 쉽게 들 수 있을 만큼 가벼웠다. 상자를 건물 가장자리로 가서 열어보려 했다. 마지막 아찔함을 즐기기 위해. 마지막으로 높은 곳에서 도시를 바라보기 위해. 종이비행기를 날리고 물풍선을 던지던 축복받은 시절에 했던 것처럼. 그녀가 아름다웠고, 어린 왕자의 약혼녀였고, 어린 왕자의 장미꽃이었던 그 시절처럼.

마리 스완은 건물 가장자리에서 몇 센티미터 떨어진 위치에 휠체어를 멈춰 세웠다. 5번가 위로 300미터가 넘는 높이였다.

그녀가 상자를 들어 올렸다.

이 소포를 보낼 만한 사람이 누굴까?

늘 술에 절어 있는 무아제? 고약한 미치광이 이자르? 영리하지만 비겁한 호시?

마침내 누가 배신자인지 알게 될 차례였다.

그녀가 상자를 열었다.

그녀가 꼼짝할 새도 없이, 뱀이 튀어나왔다.

그녀의 다리 주변으로 오직 노란 섬광만 비쳤다.

그녀는 잠시 미동도 하지 않았다. 소리도 지르지 않았다.

그는 가을 낙엽 떨어지듯 천천히 떨어졌다.
바람 소리에 가려 소리조차 나지 않았다.

5번가를 지나던 한 행인이 처음으로 고개를 들어 빌딩 꼭대기를 보았고, 그때 다른 행인이 소리를 지르고, 뒤이어 수많은 행인이 아우성쳤다. 차들이 급정거하고, 여기저기서 사진기 셔터 소리가 났다. 사람들이 처음엔 발코니나 지붕 일부분이 떨어져 나온 것이라 생각했다. 그러다가 어느 정신병자가 창밖으로 협탁이나 냉장고나 세탁기를 던진 거라 생각했다. 그런데 결국 눈에 들어온 건 비현실적인 형체의 휠체어였다. 우주 끝단에서 온 장애 외계인의 의자 같은 것이 핑글핑글 돌며 떨어지더니…… 거리 한가운데서 박살 났다.

술꾼의 섬

물은 마음에도 좋을 수 있지.

술꾼, 소행성 327호

쓸데없이 투쟁하는 일은 어렵군.
도대체 난 어디로 가야 숨 쉴 수 있을까?

〈X 장군에게 보낸 편지〉, 1943

XIX

F900 기체가 정남 방향으로 엘살바도르를 향해 미대륙 상공을 날았다! 플로리다 연안을 따라서 갔다. 죽 늘어선 도시와 해변에서 팜 비치, 케이프 커내버럴, 마이애미, 키 웨스트 등등이 어디 있는지 알아보려 했다……. 직접 가 볼 순 없으니…….

– '어린 왕자'를 영화화하겠다고 저작권을 최초로 사들인 사람이 누군지 알아요?

앤디가 물었다. 나는 비행에 집중하고 있었다.

– 그냥 누군지 말해 줘요!

– 오손 웰즈요! 책이 나온 지 겨우 일주일 된 시점에요! 그는 이 책에 푹 빠져, 저작권을 당장 사들여 곧장 월트 디즈니를 찾아가서는 영화화 작업을 함께 하자고 했어요……. 할리우드 최고의 천재 둘이 만난 거죠. 하지만 천재 둘의 조합은 너무 과했던 걸까요……. 월트와 오손이 의견 차이를 좁히지 못한 탓에 프로젝트가 무산되고 말았어요.

나는 덤덤한 반응을 보였다. 솔직히 나는 오손 웰즈가 누군지 잘 몰랐다. 앤디는 굳이 묻지 않고서도 내가 그렇다는 걸 알아차렸다. 그녀가 주머니에서 종이를 꺼내더니, 거기에 적힌 글 중 한 군데에 열심히 줄을 그었다.

어린 왕자를 죽인 자는 조종사

이렇게 고쳤다.

어린 왕자를 죽인 자는 장미꽃

기체가 멕시코만을 가로질러 쿠바에 가까이 갔다.
  - 아무리 그래도 체 게바라가 누군진 알겠죠?
앤디가 비꼬듯 말했다. 정말 누굴 바보로 아는 건가?
  - 체 게바라도 '어린 왕자' 팬이었나요?
  - 맞아요, 조종사 아저씨! 그가 화장실에 틀어박혀서는 쉬지 않고 책을 뜯어먹었다는 얘기가 있어요. 주변 사람들이 걱정할 정도로 말이죠. 그러고는 다시 밖으로 나와서는 "내가 단숨에 이 걸작을 읽었다네." 같은 말을 했다지 뭐예요!
  - 참 별나군요!
나는 잠시 체 게바라의 시를 가만히 떠올려보다가 앤디 쪽으로 돌아보았다.

- 엘살바도르에 가서는 뭘 하죠? 남미에서 제일 작은 나라잖아요! (나는 영화보단 지리에 일가견이 있다.) 거긴 정말 아무것도 없어요!

- 콘차귀타 섬에서 무아제라는 사람을 찾아야죠. 분명 콘쉬엘로와 관련이 있을 거예요……. 콘쉬엘로가 엘살바도르 출신이거든요, 그래서 생텍쥐페리가 그녀에게 '섬의 작은 새'라는 애칭도 붙였죠. 제가 봤더니, 콘차귀타는 엘살바도르에 있는 사람이 거의 살지 않는 섬 세 곳 중 하나더라고요. 관광 명소로 금세 자리 잡을 만한 태평양의 작은 천국이랄까요.

앤디는 심지어 지리도 나보다 더 많이 알고 있군! 다시 양 이야기나 해야 하나?

- 콘쉬엘로가 생텍스의 부인이니까, 그녀가 장미꽃인 건가요? 그러니까 우리가 찾는 범인?

- 워워. 이건 아주 중요한 문제예요! 생텍쥐페리는 한 번도 공식적으로 자신의 장미꽃이 누구인지 밝힌 적 없다고요.

- 콘쉬엘로가 아니라면 누구죠? 그의 정부 중 한 명일까요? 용의선상에 올릴 만한 명단을 말해 볼래요?

앤디가 웃어 보였다. 나는 앤디와 내가 증거물들을 앞에 두고 수사관처럼 이야기를 주고받는 순간들이 점점 흥미로웠다.

- 그럼 해 보죠! 엘살바도르까지 아직 한참 남았으면 하네요. 명단이 꽤 길거든요. 장미꽃 후보자들이 누군지는 생텍쥐페리가 편지를 보낸 사람들을 보면 알 수 있어요. 편지는 불탔지만요. 하지만 여전히 그들이 애인인지 연인인지 그저 속내를 나누는 친구인지는 알

지 못하죠. 특히 뉴욕에서 지낸 마지막 몇 달 사이에 새로운 꽃들이 여러 송이 폈어요. 대개 키 크고 금발에 기품 있고 독선적인 장미꽃들이었죠……. 작은 콘쉬엘로와는 정반대로요! 준비됐어요? 이제 명단을 말해 볼까요?

앤디는 이번에도 나를 놀라게 했다, 아무것도 보지 않고 줄줄 읊었다.

- 완벽히 검증된 건 아니에요……. 시작할게요! 나디아 불랑제, 미국에서 처음 만난 프랑스 출신 오케스트라 지휘자. 뉴욕필하모닉 지휘자로 활동. 아나벨라, 로스앤젤레스 병상에서 만난 여배우. 센트럴 파크까지 그를 다시 만나러 옴. 나탈리 페일리, 모델. 비극적 운명에 유별나게 심취한 러시아 공주. 루이즈 드 빌모랭, 그의 첫사랑이자 약혼녀. 그녀를 위해 비행을 포기할 생각까지 함. 이본느 드 르스트랑주, 그가 유명 작가가 되기 전까지 후원자 역할도 하고 남몰래 간호사 역할도 함. 그가 알제리에 있을 때 그녀에게 아주 멋진 시를 써 줌……. 뭐, 이 밖에도 더 있어요. 생텍쥐페리가 그의 누이 디디에게 고백한 장미꽃 후보자들 말이에요. '콜레트', '폴레트', '수지', '데이지', '가비', 그가 구애한 여자들이 잇달아 있지요. 생텍쥐페리가 '대기실'이라고 표현한 대상들 말이에요.

- 뭘 대기해요?

앤디는 굳이 대답하지 않았다. 그녀는 잠시 생각하더니, 다시 말을 이어갔다.

- 하지만 제가 방금 언급한 장미꽃 중에는 토니오가 특별히 장미

꽃 역을 맡길 만큼 영향력이 큰 존재는 없어요. 콘쉬엘로를 빼고 나면, 남은 장미꽃 후보자는 단 두 명이죠. 먼저 넬리 드 보귀에. 돈 많은 기업가와 결혼한 파리 출신 정부였죠. 가장 믿을 만한 지지자인 그녀가 그를 재정적으로나 예술적으로 항상 지원했어요. 1943년에는 미국 비행기를 타고 알제까지 날아가 그를 만날 정도였죠. 게다가 그가 사라진 날 마지막으로 편지를 쓰고 '성채'를 비롯한 미출간 원고 일체를 유산으로 남긴 상대도 그녀였어요. 나머지 한 사람은 두말할 것 없이 실비아 해밀턴이고요, 뉴욕 출신의 젊은 여기자, 다정하고 모성애적 성향이 짙은…….

— 그 유명한 원고를 상속받은 당사자이죠! 거참, 장미 꽃다발이 따로 없군요!

앤디가 나의 반응을 살폈다. 나는 그녀 같은 소녀는 사랑과 신의, 책임에 관해 아주 훌륭한 교훈을 주는 글을 쓴 이 남자를 어떻게 생각하는지 궁금했다……. 한편으로는 애인들을 계속해서 만들면서 말이다. 앤디가 단언했다.

— 시든 장미 꽃다발이요. 몇 년 전부터 말이에요! 오십 년 넘게 장미꽃 이야기는 언급되지 않았고, 이미 끝난 일이었으니까요. 장미꽃은 그의 마음을 사로잡은 상대가 아니었어요. 생텍쥐페리가 그들 모두에게 쓸쓸한 어린 왕자와 별똥별, 엄청난 약속을 그려주긴 했지만요. 생텍스는 어느 날 갑자기 자취를 감추고 사람 마음을 아프게 하기 일쑤였죠. 그들을 슬프게 만들고요. 그만큼 질투도 사고…… 나열하자면 끝도 없죠.

앤디도 나를 헷갈리게 했다.

– 장미꽃이 그의 마음을 사로잡은 상대가 아니라면, 그 상대는 누구죠?

– 어머니요!

나는 유카탄반도 상공에서 공중회전 할 뻔했다.

– 어머니요? 아들이 실종되고 일 년 뒤 아들에게서 편지를 받았다고 했죠……. 아들의 죽음을 절대 믿지 않았고요……. 세상에, 얘기나 한번 들어봅시다!

– 생텍쥐페리는 어머니 마리에게 애착이 컸어요. 마리는 인간적이고 모성이 아주 강한 여자였지요. 앙투안의 아버지는 토니오가 네 살 때 뇌졸중으로 사망했고, 그의 남동생 프랑수아는 열다섯 살에 죽었는데 당시 토니오 나이가 열일곱 살이었어요. 마리는 재혼하지 않았고 생텍스는 어머니와 누나 셋 밑에서 자랐죠.

앤디의 목소리에서 약간의 떨림이 감지됐다. 나의 신경을 건드리는 떨림이었다.

– 그러니까…… 가여운 생텍쥐페리는 어렸을 때 자기 주변에 남성이 없었던 거군요……. 엄마 품에서 응석받이로 자란 세상의 모든 영재처럼 말이죠.

내 생각을 들은 앤디가 미소를 지어 보였다.

– 더 깊이 들어가자면, 어린 왕자 이야기를 연구한 정신분석학자들은 장미꽃이 그의 어머니라고 단정 지어 말했어요. 책의 첫 부분부터 나오는 보아뱀 배 속에 든 코끼리는 엄마 뱃속에 든 아이인 거

죠. 어린 왕자는 아이라고 책 속에서 소개되니까, 장미꽃은 그의 어머니일 수밖에 없는 거라고…….

– 이 이론이 생텍쥐페리 가족들에게는 제법 그럴싸하게 들렸겠군요?

– 맞아요!

– 우리에겐 아니지만요, 팍스 수사관님! 만약 장미꽃이 어린 왕자의 엄마라면 장미꽃이 그를 죽였을 리 없잖아요! 엄마가 아들을 죽이는 일은 없으니까요!

나는 앤디가 나에게 던진 존경의 눈빛을 즐겼다. 우리는 멕시코 남쪽 상공을 지났다. 저 멀리 탯줄처럼 길고 가느다란 중앙아메리카의 모습이 보였다.

– 하지만 괜히 더 애쓸 필요 없어요, 르 파우 수사관님. 이젠 더 이상 의심의 여지가 없으니까요. 어린 왕자의 장미꽃은 다름 아닌 콘쉬엘로예요.

– 오, 오, 너무 성급하면 안 되죠. 증거요, 증거가 있어야죠!

앤디가 한숨을 내뱉을 참이었다.

– 생텍쥐페리의 콘쉬엘로는 천식을 앓는 연약하고 작은 여인이었어요……. 어린 왕자의 장미꽃은 끊임없이 기침을 하지요. 장미꽃은 매일 청소를 해줘야만 하는 화산이 있는 아주 작은 행성에 살고, 콘쉬엘로는 이 작은 화산의 나라 엘살바도르 출신이고요. 1934년에 생텍쥐페리가 콘쉬엘로의 초상화를 어린 왕자와 놀라울 정도로 닮게 그린 적이 있어요……. 장미꽃은 콘쉬엘로처럼 제멋대로이고 변덕스

럽죠······.

나는 조종장치에서 한 손을 떼어 앤디의 어깨 위에 올렸다.

– 좀 천천히, 진정해요. 우선 이 섬의 작은 새부터 소개해주면 이해가 더 잘 될 것 같네요.

앤디가 저 멀리 두 대륙 사이로 보이는 중간중간 끊어진 선을 바라보았다. 호수와 수많은 섬, 파나마 만곡부를 칼로 베어낸 듯 패인 부분이 있었다.

– 아······ 콘쉬엘로······. 유별난 취향에 가식 없고, 성깔 있고, 수다스러운데 스페인어 억양까지 있는 키 작고 갈색 머리인 그녀는 생텍쥐페리 가문의 기품 있는 분위기와 맞지 않았어요. 오직 생텍쥐페리의 어머니만 그녀에게 호의를 베풀었지요. 콘쉬엘로는 잠자코 지냈어요. 생텍쥐페리가 죽고 난 뒤, 그녀는 거의 페인이 되어 입을 닫았고요. 세 번째로 미망인이 된 순간이었죠. (나는 이 대목에서 눈썹을 치켜올렸다가, 지금은 범인을 찾고 있다는 사실을 떠올렸다.) 그녀는 한평생 토니오를 기다리며 보낼 거라는 말을 입버릇처럼 했어요······. 그가 죽고 나서도 말이에요! 그녀는 둘의 모든 추억을 커다란 여행용 가방에 정리했어요. 편지부터 개인 소지품, 비밀 이야기, 사진 등을 말이죠. 그녀는 그 가방을 절대 열지 않으려 했어요. 생텍쥐페리의 전기가 그녀 없이 쓰이는 일이 없도록 말이에요. 그녀가 1979년에 사망했을 때 거의 아무도 신경 쓰지 않았어요. 이야기가 달라지기까지 이십 년 넘게 더 기다려야만 했죠······. 2000년에 그 여행용 가방을 상속받은 그녀의 비서가 세상에 모든 자료를 공개하기

로 했거든요. 콘쉬엘로의 일기장인 '장미의 회고록'까지 말이에요.
참 당혹스럽고 절절한 이야기죠…….

　- 믿을 만한 건가요?

　- 그거야 아무도 모르죠! 생텍쥐페리의 전기 중 가장 정확한 두 편을 꼽자면 각각 그의 정부와 배우자가 쓴 것이에요. 그가 사랑한 여인들이 밝힌 내용이나 그가 그들에게 쓴 편지 내용과 대조해보면 알 수 있지요. 거짓말일까요? 지어낸 이야기일까요? 가식일까요?

　- 그럼 이 문제의 여행용 가방에 든 자료들은 어떤가요?

　- 콘쉬엘로가 장미꽃이라는 걸 검증해주죠! 책으로 나올 만한 얘기들이에요. '장미의 회고록'이 나오면 이전과 상황이 완전히 달라질 거예요! 생텍쥐페리가 유지해 온 이상적인 보이스카우트 이미지, 점잖은 평화주의자, 순수한 이야기꾼, 애국심이 뛰어난 대천사 같은 이미지는 끝인 거죠. 그의 후광에 금이 갈지도 몰라요. 특히 토니오와 콘쉬엘로가 전설의 커플로 영원히 남을 거예요. 태양처럼 빛나는 연인, 빛이 반짝이는 연인, 서로 사랑하고 헤어지고, 얽매이고 벗어나고, 결혼하고 배반하고…… 결국엔 비운의 결말에 이르지만요. 콘쉬엘로가 오랜 시간을 기다렸지만, 끝내 고인이 되어서야 뮤즈의 자리를 차지했으니까요.

　나는 앤디에게 눈짓을 보냈다.

　- 참 엄청난 뒷이야기네요. 범죄를 저지르기에 꽤 그럴싸한 동기 아닌가요?

　앤디가 생각에 잠긴 듯했다.

내가 덧붙였다.

– 콘쉬엘로가 정말로 장미꽃이 맞다 칩시다! 그렇다고 해도 당신이 나열한 천식, 화산, 변덕은 증거로는 좀 약하지 않나요?

이번에는 앤디가 발끈했다.

– 여행용 가방에도 증거가 몇 가지 있었어요. 특히 편지가 있었죠. 토니오가 콘쉬엘로에게 보낸 편지에 이런 내용이 있어요. '있잖아, 장미꽃은 당신이야. 내가 당신에게 항상 마음 쓰지 못했을지 몰라도 난 항상 당신이 예쁘다고 생각했어.' 그는 아내에게 책임감을 느낀다는 고백을 종종 했어요, 어린 왕자가 장미꽃에게 말했듯 말이죠. 특히 콘쉬엘로는 '어린 왕자'가 원래는 그녀에게 헌정한 작품이었다고 주장했어요. 생텍쥐페리가 생각을 바꿔 춥고 배고픈 그의 유대인 친구 레옹 베르트에게 헌정하기로 하기 전까지 말이에요. 그런데 콘쉬엘로 말로는 생텍쥐페리가 아프리카로 떠나는 날, 그녀에게 후회한다며, 전쟁이 끝나면 기필코 '어린 왕자' 속편을 써서 헌정하겠다는 얘기를 전했다고 해요.

– '어린 왕자' 속편이요? 정말요?

– 아무도 모르죠……. 생텍쥐페리가 공식 석상에서 한 말은 아니었으니까요. 공식적으로 그의 장미꽃에게 찬사를 보낸 적도 없고요. 분명 콘쉬엘로에겐 천추의 한으로 남았을 거예요.

– 어쩌면 콘쉬엘로가 생텍쥐페리가 그녀를 향해 보낸 애정과…… 어린 왕자가 장미꽃을 향해 보낸 애정을 미화했던 건 아닐까요?

앤디가 고개를 끄덕였다.

— 아마도요……. 당혹스러운 얘기도 있어요, 생텍쥐페리가 죽기 바로 몇 달 전의 기간에 알제리로 망명한 어느 프랑스 여인이 그와 저녁 식사를 자주 함께했다고 해요. 그녀 기억으로는 생텍스라는 사람이 미국에서 출간된 자신의 책 이야기를 하며 환멸을 느낀 어린 왕자를 언급했다고. 그리고 자기만의 특별한 장미꽃과 사랑에 빠진 어린 왕자도 언급하고요. 어린 왕자에겐 오직 장미꽃뿐이며, 장미꽃을 책임져야 한다고 말이에요. 과연 그런 그가 다른 들판에서 또 다른 장미꽃들을 찾았을까요? 그렇게나 많이요?

나는 반색했다.

— 어린 왕자가 자신의 장미꽃을 버리고 다른 장미꽃들을 찾았겠죠. 생텍쥐페리가 그의 아내를 버리고 다른 여자들에게 간 것처럼요……. 죄의식이니 책임감이니 하는 것들은 어찌 보면 감언이설 아닐까요? 일은 이미 벌어졌잖아요! 버림받은 장미꽃은 질투가 나서 회고록을 쓰며 사후에 알리바이를 꾸며냈지만, 여전히 용서할 수가 없는 거죠…….

나는 잠시 생각에 잠겼다. 우리는 과테말라 상공을 지났다. 잇달아 늘어서 있는 작고 뾰족한 화산들이 우리 위로 용암을 분출하려고 우리가 지나가기만을 기다리는 듯했다. 나는 나의 논리를 이어서 펼쳤다.

— 장미꽃은 알리바이가 없어요. 뱀에게 어린 왕자를 물어 죽이라고 부탁할 순 있었겠죠……. 하지만 콘쉬엘로가 어떻게 생텍쥐페리

를 죽일 수 있었겠어요?

　이번에는 앤디가 기체 아래 펼쳐진 과테말라의 화산들을 쳐다보았다.

　- 그녀는 그를 죽이지 않았어요. 그는 여기서 죽을 뻔했어요. 오히려 그녀가 그를 구했다고요!

XX

무아제 코카브가 메스칼 술병을 비웠다. 그는 바다를 바라보며 술 마시는 것을 좋아한다. 파도를 바라보며 흔들리는 것은 대양이며, 온 대지이며, 우주이지 자신은 아니라고 생각하기를 좋아한다.

그는 홀로 선 야자수에 등을 기대고 다리 사이에 메즈칼이나 테킬라 일 리터를 끼우고 앉아 있는 것을 좋아한다.

그의 뒤로 기중기들이 용 그림자를 비출지언정, 유리 궁전을 지어 올리기 위한 콘크리트 뼈대들이 햇빛을 가릴지언정, 모래 해변과 수평선 사이에 세워진 벽이 뒤집힌 세상의 포말을 보지 못하게 할지언정, 그의 뒤로 멕시코 인부들이 굴착기로 땅을 파고 있을지언정. 어쩔 수 없다. 그는 기억하고 싶다. 자신의 부끄러움을 잊기 위해 기억하고 싶다.

흰 정장 차림의 아저씨가 교실로 들어온 당시 무아제는 열세 살이었다. 부에노스아이레스에서 가장 큰 빈민촌인 빌라 31에 있는 소학교에는 한 학급 학생 수가 오십 명이 넘었다. 그 아저씨는 이상한 억양의 스페인어로 자기는 프랑스인이며 토바어를 할 줄 아는 학생을 찾고 있다고 했다. 반 아이들이 일제히 웃었다. 그중 누구도 토바를 들어본 적이 없었다. 새로운 춤 이름인가? 깃털이 달린 뱀인가? TV 시리즈인가? 무아제는 교실 구석에 숨었다. 그는 토바어를 할 줄 알지만 나서고 싶지 않았다. 그 아저씨 눈에 띄는 게 싫었다. 그게 어떤 함정이라는 걸 이미 알아차린 사람처럼 말이다.

아저씨는 학생들에게 토바는 전 세계 오만 명이 채 안 되는 사람들이 쓰는 언어이고, 볼리비아와 파라과이 사이에 있는 어느 벽지에 사는 아주 작은 공동체가 쓰는 말인데, 그들이 사는 숲이 파괴된 뒤로 토바어를 쓰는 사람 중 대부분이 살던 곳을 떠나 아르헨티나 또는 브라질 대도시에 뿔뿔이 흩어지게 됐다고 설명했다. 결국, 그들의 언어가 사라지게 될 것이라고.

그러자 몇몇 시선들이 무아제를 향했다. 그들은 무아제가 파라과이 출신임을 알고 있었다. 그는 가끔 아무도 알아듣지 못하는 이상한 말들을 썼다.

아저씨는 설명을 이어갔다. 자신이 토바어를 하는 학생을 찾는 이유는 어느 프랑스 책을 토바어로 번역하기 위해서라고. 이 책은 이미 전 세계 수많은 언어로 번역된 책이라고 했다. 번역서 중 희귀어도 종종 있는데, 그 덕분에 희귀어들이 살아남게 되었다고. 아저씨가 자신은 부자라고. 이 일을 도와줄 학생들에게 경제적 도움을 줄 수 있다고도 말했다. 마지막으로 그 책 제목이 '어린 왕자'라고 덧붙였다.

교사인 세뇨르 로페즈 이 플라네즈가 무아제를 호명했다. 무아제도 마지못해 '네'라고 대답했다. 작업은 그리 복잡해 보이지 않았다. 그리고 무엇보다 작업료가 쏠쏠했다. 무려 1,000페소.

무아제는 그 뒤로 몇 달 동안 매주 부에노스아이레스에 있는 또다른 토바 출신 학생 다섯 명과 함께 프랑스 고등학교로 갔다. 그들은 '어린 왕자' 이야기를 스페인어로 듣고 토바어로 번역했다.

몇 달이 걸렸다. 막상 그리 쉬운 작업은 아니었다. 토바어로는 왕자나 넥타이, 가로등 같은 말을 가리키는 단어가 없었다. 다행히 나머지 말들은 번역이 쉬웠다. 해, 바다, 별, 꽃, 여우. 교사들은 무아제가 작업을 제법 훌륭히 해낸다고 했다.

그럴 수 있었던 건, 무아제는 이 책이 정말 마음에 들었기 때문이다. 어린 왕자와 장미꽃 사이의 러브스토리는 마음에 들지 않았지만. 무아제는 이 세상 러브스토리들을 믿지 않았다. 그는 자신이 원하는 소녀들과 가까워질 만큼 넉넉한 돈이 없었다. 그가 이 책에서 마음에 든 것은 어린 왕자가 자신의 소행성에 관해 말한 부분이었다. 예를 들면, 자기 행성을 가꾸는 데 신경을 써야 한다는 내용 같은 것 말이다. 어린 왕자는 바오바브나무가 자라지 못하도록 매일같이 뿌리를 뽑아냈다. 무아제는 자기 침대맡에 이 책에서 가장 멋진 그림을 걸어두었다. 행성에 사는 게으른 자가 바오바브 세 그루를 그냥 두는 바람에 그 나무들 뿌리 사이에서 행성이 폭발하기 직전인 상태를 묘사한 그림이었다. 무아제는 자신의 행성을 잘 돌봐야 한다는 생각이 마음에 와닿았다. 종종 부에노스아이레스에 있는 사촌들 몇몇이 파라과이에 사는 토바인들의 숲이 어떻게 파괴되었는지 이야기해 주었다. 이제 더 이상 아무것도 남아 있지 않다고 했다. 사람들이 숲을 없애고 지어 올린 집이나 새로 낸 도로마저도. 비가 내리면 그저 진창만 있고 마른 날엔 먼지만 날린다고 했다.

마침내 '어린 왕자' 토바어판이 출간됐을 당시 무아제는 열다섯 살이었다. 그는 주아르헨티나 프랑스 대사관에서 열린 성대한 출판기념식에 초청되었고, 수많은 귀빈 앞에서 토바어 연설자로 나서게 되었다. 까맣고 긴 머리에 매부리코인 그는 자랑스럽게 맨발로 연단에 올라섰다. 그를 본 사람들은 깊은 감명을 받았다. 비록 그의 연설 시간은 2분 남짓이었지만 말이다. 그는 '어린 왕자'에는 없는 생텍쥐페리의 문장을 토바어로 번역했다.

우리는 이 땅을 부모에게서 물려받은 것이 아니라,
우리 아이들에게 빌려 쓰는 것이다.

그가 캐슈너트를 곁들여 샴페인을 마시는 귀빈 무리 속에 들어가자, 그들이 그에게 다가가 칭찬을 건넸다. 어느 은발 남자가 그에게 분명히 말했다. 그가 언급한 인용문은 생텍쥐페리의 것이 아니라 명구라고 말이다. 사실 아메리카 인디언이나 아프리가 속담 중 하나인데, 그건 중요치 않다고. 중요한 건 희망이 담긴 메시지에 있다고 했다. 그러고는 무아제에게 자기와 함께 일해보지 않겠냐고 했다.

그 뒤로 무아제는 몇 년 동안 환경 보호 협회에서 일하게 되었다. 말하자면 물과 땅, 공기, 사람들을 지키는 일 말이다. 그는 이런저런 협정들을 잘 이끌며 라틴아메리카 곳곳을 돌아다녔다. 그는 리우데자네이루나 카라카스, 보고타에서 또 다른 토바인들과 마주하면서 자신이 직업을 갖고, 술을 마시지 않고, 희망이 있는 유일한 토바인이라는 걸 깨달았다. 그리고 매번, 이게 다 '어린 왕자' 덕분이라는 사실을 떠올렸다. 더군다나 '어린 왕자'는 그가 아마존이나 치아파스 부족들을 가서 만나거나 고립된 지역에 사는 토착민들을 설득시킬 때 패스 같은 역할을 했다. 그가 어린 왕자 이야기를 들려주기 시작하면 아이들이 감탄 어린 시선을 보내고, 어른들은 놀라워하며, 나이 많은 현자들은 이야기를 이해하고 고개를 끄덕였다. 장미꽃은 한순간이고, 다음번에 또 사라질 위협을 받는다고. 사람들은 그들의 행성을 책임져야만 한다고.

무아제가 마나우스 라파 바에서 스무 번째 생일을 축하하고 있을 때, 마리 스완이 그에게 연락했다. 아마존 수도 거리를 찾은 이 금발의 뉴요커는 마치 하늘에서 떨어진 외계인 같았다. 혹은 사막에 떨어진 어린 왕자 같았다. 이런 분위기에 이끌려 무아제가 자기도 모르게 그러겠다고 대답했는지도 모른다. 이런 말도 안 되는 일을 저지르기로. 마리 스완은 무아제가 하는 말을 들었다. 생텍쥐페리를 얼마나 좋아하는지, 어떤 여행을 즐기는지, 희귀어를 얼마나 잘하는지. 그녀는 뉴욕에서 일부러 그곳을 찾아온 만큼 그를 고용하고 싶었다. 그녀는 돈이 아주 많았다. 그녀는 라파 바에서 손님들이 모두 빠져나가길 기다렸다가 문을 닫고서 술을 한 잔 권한 뒤 못다 한 이야기를 풀어놓았다.

'어린 왕자' 광팬 몇몇이 모여 클럽을 결성했는데, 아주 비밀스러운 클럽이며 클럽명은 'Club 612'라고. 클럽 멤버들이 무아제에게 가입을 제안한다고 했다……. 마리 스완은 그에게 술을 더 권했다. 어린 왕자 이야기 행간에는 숨겨진 진실, 풀어야 할 암호, 찾아야 할 보물이 있다고 했다. 그게 바로 Club 612의 목적이라고. 그것을 찾아내는 것! 클럽 멤버들이 모두 나이가 많아서 재치 있고, 여기저기 잘 돌아다니고, 지도를 읽을 줄 알고, 모든 걸 버리는 데 두려움이 없는 젊은 보물찾기 대원이 필요하다고 했다. 무아제는 그 상황을 도무지 믿기 어려웠다, 비록 그녀는 그에게 연거푸 술을 권했지만 말이다. 그 순간 그녀가 잠시 기다려달라며 자리를 비웠다가 참모본부 지도와 해상 지도, 숲 지도, 하이킹 경로 같은 다양한 지도를 갖고 돌아왔다. 지도는 나머지 클럽 멤버 다섯 중 한 명인 지리학자가 제공한 것이라고 했다. 지리학자가 작품에 나온 문자와 숫자들을 깊이 연구해서 세운 가정을 바탕으로 나온 지도라고 했다.

이후로 무아제는 '어린 왕자'의 유서를 찾는 데 인생의 십오 년을 바치게 되었다. 지리학자가 제시한 단서와 오코 돌로의 경제적 지원, 마리 스완의 인맥, 이자르의 보호 덕분에 무아제는 세계 곳곳을 다니게 되었다. 주비곶의 사막과 파리의 지역구, 지중해 연안, 파타고니아 평원에서 티에라델푸에고 제도까지, 안데스산맥, 대서양과 태평양의 화산섬을 찾아다녔다. 어느새 이 작업에 집착할 정도로. 다른 토바인들처럼 술을 엄청 마셔대기 시작할 정도로. 처음엔 과테말라였다가 나중에 엘살바도르에 눌러앉게 될 정도로.

결국, 그는 실패했다.

아무것도 찾지 못했다.

그나마 술을 마시고 또 마셔대면 그 진실이 자기 눈앞에 있는 것 같은 착각이 들었다. 눈에 보이진 않았다. 진실을 볼 줄 몰랐으니까. 그저 마음으로 보았다.

무아제는 다 마신 테킬라 병을 메즈칼 병 쪽으로 툭 던져 자기 무릎 사이에 포근한 자리가 나게 했다. 발밑에 놓인 직사각형 상자를 놓을 작은 공간 말이다.

그는 혼자 조용히 웃었다.

소포를 못 받은 지 여러 해 되었다.

누군가 그를 찾아온 지도 오래되었다.

그는 잠들기 전, 마지막으로 거대한 공사장으로 담이 쳐진 낯선 해변을 바라보았다.

XXI

나는 산미구엘 소규모 비행장의 소형 활주로에 착륙했다. 심지어 포장 상태가 매끈하지 않아 군데군데 움푹 파인 웅덩이 사이를 요리조리 피하는 실력도 발휘했다.

- 조종 실력이 영 나쁘진 않군요!

앤디가 칭찬의 말을 건넸다.

장시간 비행으로 몸이 뻐근한 나는 안전벨트를 풀었다.

- 어쨌든 생텍쥐페리보단 한 수 위죠!

앤디가 발끈했다.

- 그런 말씀 하시면 곤란하죠! 생텍스는 훌륭한 조종사였어요, 약간 주의가 산만했을 뿐이라고요!

- 그렇죠……. 그야말로 무모한 사람이죠!

앤디가 웃으며 비행기에서 폴짝 뛰어내렸다.

- 그건 맞아요. 비행기 조종을 하다가 수차례 죽을 고비를 넘겼으니까요. 부르제에서 외상성 뇌 손상을 입었고, 수상비행기를 몰다

가 지중해에 빠지기도 하고, 사막에서 목이 말라 죽을 뻔하기도 했죠. 1938년에 바로 이곳에서도 죽을 뻔했고요. 그의 기체가 과테말라에 추락해 박살 났거든요. 다행히 간신히 목숨을 건졌지만요. 처음엔 실종됐다고 생각했는데 나중에 알고 보니 그가 절단된 기체에서 빠져나와 과테말라의 옛 수도 안티구아 병원에 있었죠. 여기 근처였어요. 콘쉬엘로가 소식을 듣고 대서양 횡단 정기선을 타고 그쪽으로 갔어요. 그땐 이미 둘 사이가 틀어진 때였는데……. 그래도 그녀는 병상으로 달려가 그를 간호하고 달래주었어요……. 이렇게 해서 몇 달 동안은 둘 사이가 기적적으로 치유되며 좋아졌지요.

나는 정비가 잘 안된 활주로를 살펴보았다. 이상하게 쓸쓸한 마음이 들었다. 만약 내가 메르모즈나 기요메, 생텍쥐페리와 동시대 사람이었다면 나도 그들처럼 과감히 프로토타입 비행기를 조종할 수 있었을까? 목숨을 내놓을 수도 있다는 생각으로?

앤디가 계류장 도로에서 아스팔트를 뚫고 자란 보라색 꽃을 한 송이 꺾었다.

– 콘쉬엘로가 심지어 이런 일화도 남겼어요, 회복 중인 토니오와 유령도시 안티구아에서 오랜 산책도 했다고요. 도시가 장미 나무로 뒤덮여 있었다고, 토니오가 장미 한 송이를 꺾어 건네며 그녀가 여주인공인 이야기를 써주겠다는 약속을 할 정도로 말이에요.

내 귀엔 그 일화가 비현실적으로 아름답게 들렸다!

– 뭐, 그렇군요…….

이번엔 내가 기체에서 내리려다가 조종석에 머리를 부딪치고 말았다.

– 아야!

앤디가 웃음을 터뜨렸다.

– 생텍스보다 조종을 잘하는진 모르겠지만, 당신도 생텍스만큼이나 덜렁거리네요! 생텍쥐페리는 자기 몸무게나 키가 얼만지, 체력이 어느 정도인지도 모르는 둔한 사람이었어요. 그래서 툭 하면 문에 부딪히고 건드리는 것마다 망가뜨릴 정도였죠……. 심지어 한 번은 피아노도 망가뜨렸다니까요. 꼭 당신처럼요!

나는 짜증을 내며 이마를 문질렀다.

– 뭐라고요!

사실이지 나는 피아노를 부순 적은 없었다!

– 그리고 그는 항상 구겨진 옷을 입곤 했어요. 신발 한 짝을 잃어버리기 일쑤였고요. 외출복 차림 그대로 자곤 했지요.

앤디가 내 모습을 쭉 살피더니 빙긋이 웃었다. 나는 차마 내 옷차림을 보지 못했다. 셔츠가 바지 밖으로 다 빠져나온 그 모습을 말이다. 나는 얼굴이 빨개져서는 장장 열다섯 시간의 비행에서 빠져나왔다!

앤디가 또다시 웃음을 터뜨렸다.

– 농담이에요. 칭찬하려 했던 거예요, 조종사 아저씨. 당신은 생텍스만큼이나 멋있어요! 뒤돌아보세요, 화산이에요.

내가 뒤돌아섰다. 콘치구이 화신 꼭내기가 압노적인 풍경을 만들어냈다. 발이 빠질 것 같은 검은 해변처럼 봉긋했다. 장관이었다!

쓰러질 듯한 더위와 멋진 배경에 이끌린 내가 제안했다.

‐ 바다에 들어갈까요?

앤디는 내 말을 듣기도 전에 이미 달려간 듯하다.

콘차귀타 섬까지 가는 길은 그 뒤로도 먼 여정이었다. 기차. 버스. 자동차. 배. 나는 멀고도 험한 여정 동안 열쇠를 잃어버리고, 가방을 두고 내리고, 물에 빠지고, 부리토 구아카몰 소스를 마지막 한 장 남은 티셔츠에 쏟았다. 앤디는 나더러 좀 과하다고, 굳이 생텍쥐페리와 닮으려고 애쓸 필요는 없다고 말했다. 그녀는 영어만큼 스페인어도 잘했고 뉴욕 택시 운전사들과 마찬가지로 엘살바도르 버스 운전사들도 매료시켰다. 지구 어디에 떨어뜨려 놓아도 잘 살 것 같았다.

마침내 배가 콘차귀타 부두에 도착했다.

우리는 엘살바도르와 온두라스, 니카라과 경계에 있는 폰세카 만에 위치한 아주 작은 외딴섬을 발견하고 그저 놀랐다. 야자수들보다 키가 큰 기중기들이 숲에서 비죽 나와 있었다. 우리가 타고 온 어선이 대어져 있는 목재로 놓은 부교 옆에 콘크리트로 방파제를 기다랗게 지어 놓았고, 그곳에 온갖 종류의 자재들을 수송하는 화물선들이 줄지어 정박해 있었다. 철. 회반죽. 시멘트. 유리. 항구에 세워 놓은 커다란 게시물에는 홍보성 문구로 가득했다. 몇 달 안에 거대한 호텔 단지가 이 외딴섬에 세월질 터였다.

내가 '파라다이스 아일랜드' 게시물을 홀린 듯 보고 있을 때, 앤디가 맞은편에서 푸드트럭을 운영 중인 문신을 새기고 콧수염을 기른 남자에게 가서 무아제 코카브라는 사람을 아느냐고 물어보았다.

푸드트럭 사장이 단번에 옆에 있는 해변을 가리켰다.

– 소포가 먼저 오더니! 이번엔 손님까지……. 콘차귀타에 세상의
종말이 다가오는군!

무아제가 술병을 우리 쪽으로 치켜들어 건배를 외치더니 우리가
그를 향해 걸어가는 동안 술병을 비우고선 빈 병을 모래 위에 던졌
다. 무아제는 아무도 없는 해변에 죽 서 있는 야자수 중 하나에 등을
기대고 있었다. 나는 버려진 초가집에 놓인 의자 중 하나를 가져오
려다 의자가 모조리 무거운 사슬로 야자수에 결박되어 있다는 걸 알
게 되었다. 테이블도 모두 사슬로 묶여 있었고, 그것 말고도 해변에
널려 있는 물건이란 물건은 모두 마찬가지였다. 휴지통, 녹슨 자전거,
바비큐…….

의아했다……. 이런 것들을 누가 훔쳐 간다고?

보통은 뛰어난 관찰력을 발휘하는 앤디가 이번엔 전혀 알아보지
못했다. 그녀는 그저 무아제에게 정신이 팔려 모래 해변에 그와 마
주하고 앉았다.

무아제는 멋졌다. 세계 일주 한 배처럼 멋졌다.

지금은 파선되었지만.

무아제는 말수가 적었다. 그는 몇 분이 지나서야 입을 뗐다. 앤디
가 나더러 부두에 있는 푸드트럭에 다녀오라고 해서 코로나와 메즈
칼 레포사도를 품에 안고 세 차례나 왔다 갔다 다녀온 참이었다. 그

는 코로나를 세 병째 마시고서 오코를 기억해냈고, 여섯 병째 마시고서야 마리 스완을 기억해냈다. 메즈칼 병을 반쯤 비우고 나니 그의 기억들이 마침내 선명해지는 듯했다.

무아제가 앤디를 멍하니 바라보며 설명을 시작했다. 무아제는 술병만큼이나 투명해 보였다.

— 우린 클럽을 결성했어요. 최고의 '어린 왕자' 전문가들이 모인 클럽이었죠. 각자 맡은 역할이 있었고요.

그래요. 난 속으로 생각했다, 그래요, 무아제 씨. 그건 우리가 이미 다 안다고요.

— 우리는 수없이 많은 가정을 세우고 또 좌절하는 과정을 반복하며 자료를 아주 많이 모았어요……

그건 알아요, 무아제 씨. 앤디가 비행기 안에서 모두 설명해 줬다고요, 쓸데없이 몇 시간에 걸쳐.

무아제가 다시 입을 닫고 자신이 실패한 일을 찬찬히 떠올렸다. 앤디가 마침내 주변 상황을 제대로 보기 시작했다. 앤디도 나처럼 수 미터에 달하는 높이로 태평양을 가로막으며 해변에 세워진 의아한 벽에 궁금증이 든 것이다. 끝 간 데를 모르고 높이 치솟아 있고, 섬을 빙 두른 듯한 벽. 무엇 때문에 이렇게 높은 벽을 세운 걸까? 이민자들의 접근을 막으려고? 아니면 밀항자들? 아니면 멕시코인들?

— Club 612 멤버들끼리 서로 알고 지냈나요?

앤디가 물었다.

무아제가 힘겹게 대답했다.

– 네. 상황을 점검할 목적으로 매년 한자리에 모이곤 했어요. 세미나를 연 거죠. 일종의 선출된 사람들끼리의 콘클라베인 거죠. 며칠씩 이자르의 집에서 모였어요. 우리 클럽에서 이자르가 맡은 역할이 우리를 자신의 성에서 맞이하는 것이었거든요. 몇 시간씩 토론했죠…… 공연히.

성이라니!

드디어 새로운 정보가 나왔군…….

나는 머릿속으로 상황을 정리했다. 클럽 명단에 네 번째로 적힌 이자르가 왕인 거로군! 무아제는 당연히 술꾼이고. 그렇다면 다섯 번째인 호시가 가로등 켜는 사람인가? 이제 미스터리로 남은 건 지리학자뿐이었다…….

무아제가 또다시 옛 기억 속으로 빠져들었다. 앤디는 이번에도 나보다 한발 빨랐다. 앤디는 무아제가 정신이 들도록 자신의 코로나 병을 무아제의 것에 경쾌하게 부딪쳤다.

– 희소식이네요! 다시 이어가 봅시다! 오코가 우리에게 일련의 임무를 맡겼거든요. 처음부터 되짚어보도록 하죠. 마리 스완이 말하길, 어린 왕자를 죽인 범인이 장미꽃이라고 했어요. 맞나요?

앤디는 꼭 무아제에게 경찰 신분증을 꺼내 보일 것만 같았다.

무아제는 별 감흥이 없어 보였다. 오히려 그는 걸걸한 웃음을 터뜨리며 손가락으로 입가에 묻은 맥주 거품을 닦아냈다.

– 하하하. 스완은 여전하군요! 여전히 다른 장미꽃을 그토록 질

투하는군요…… 특히 콘쉬엘로! 하지만 이 비열한 작자와 사랑에 빠진 장미꽃 중 그 누구도 사랑하는 이의 마음을 다치게 하지 못했겠죠. 그들은 토니오를 너무 사랑했으니까요. 장미꽃이 어린 왕자를 죽인다고요? 정말 말도 안 돼요!

– 어째서 말이 안 된다는 거죠?

앤디가 의아해했다.

– 어째서? (무아제가 코로나를 단숨에 비웠다.) 어째서냐고요? 당연하죠, 정반대니까요.

– 정반대라고요?

– 그래요, 정반대. (그는 이로 새 맥주병을 땄다.) 콘쉬엘로를 저버린 건 토니오라고요. 어린 왕자가 장미꽃을 저버렸듯 말이에요. 그렇게 해서 장미는 죽었다고요!

– 뭐라고요?

앤디가 모래에서 펄쩍 뛰어올랐다. 그녀가 들고 있던 코로나 맥주가 밖으로 튀어나올 정도였다. 나중에 보고는 내가 흘린 건 줄 알겠지!

– 글 읽을 줄 몰라요?

무아제가 날카롭게 쏘아붙였다.

– 어린 왕자는 사랑받을 자격이 없는 겁쟁이라고요. 영영 새장에 갇혀 있을까 봐 두려워서 새들과 함께 도망가잖아요, 무례하게. 그러고는 한심하게도 '떠나지 말았어야 했는데'하고 후회를 하죠. '그때 난 너무 어려서 꽃을 진정으로 사랑하지 못했어요'라며 세상에

142

서 가장 형편없는 변명 뒤로 숨기까지 하고요. 그뿐 아니라 '꽃이 얼마나 모순된 존재인지'라며 잘못의 화살을 늘 상대편에게 돌렸지요. 그렇다고 해서 그가 책임에서 완전히 벗어날 순 없는 노릇이었지만요. 그는 되돌아오지 않아요. 장미꽃은 작별 인사를 가장한 '부디 행복하기를'이란 말을 그에게 건넬 때부터 이미 그걸 알고 있었어요.

그는 맥주를 몇 병째 들이켰다. 푸드트럭 가게에서 맥주를 운반 탱크에 실어 배달해 주었으면 싶었다.

무아제가 말을 이어갔다.

– 사실, 어린 왕자는 자신의 장미꽃이 죽은 걸 이미 알았던 거예요. 그의 행성에서 외로이, 물도 보호도 없이. 그는 장미꽃이 '어느 순간 사라질 수 있다는 걸' 알았다고요. 장미는 '세상에 맞서 자신을 보호할 수 있는 거라곤 가시 네 개가 전부이거든요!' 그러고는 '장미를 별에 혼자 남겨 두고 떠나왔다며' 가련한 토니오가 눈물을 흘리죠, '그리고 갑자기 소리 내어 울었어요'. 일 년이나 홀로 두다니! 후회하기엔 너무 늦었다고, 불쌍한 토니오!

앤디가 생각에 잠긴 동안(나는 그녀의 이맛살과 눈살이 찌푸려진 모습이 정말 좋았다.), 나의 시선은 또다시 해변의 나무에 묶여 있는 테이블과 의자로 향했다. 이런 것들이 어째서 매여 있는 걸까? 풍랑이 몰아칠까 봐? 하지만 일기예보에는 바람 예보가 일절 없었다. 그래도 명색이 내가 조종사 아니겠는가!

– 어린 왕자가 장미꽃을 내버렸을 거라고요? 생텍쥐페리가 콘쉬

143

엘로를 내버린 것처럼요?

앤디가 약간은 서글픈 목소리로 말했다.

— 그래요……. 그가 이 작은 나라 엘살바도르의 작은 공주님을 유혹해 이국적인 작은 동물 보듯 사랑하고, 그녀를 길들인 뒤 결국 권태를 느꼈죠. 그러고는 한마디 말도 없이, 심지어 유서 하나 남기지 않고 사라졌어요. 그녀가 그의 유일한 장미꽃이라는 걸 알리는 공식적 증거도, 약속한 속편도, 심지어 헌사도 남기지 않고 말이에요……. 그는 자신의 비겁함과 마주하기가 겁나서 사라진 거라고요!

앤디가 가만히 생각에 잠겼다. 이번에도 얼굴을 온통 찡그린 채 뇌를 짜내어 어떠한 생각이라도 끄집어내려는 듯 말이다. 그녀는 뉴욕 뮤지엄에서도 똑같은 표정을 지어 보였었다. 그가 길들인 친구 여우, 책임감, 밀밭이 나오는 장에 수정하려고 그어놓은 줄을 판독했던 때였다.

그 순간 해변에 따스한 보슬비가 내렸다. 마치 건설 중인 호화로운 건물들을 지어 올리는 데 박차를 가하듯 빗방울이 떨어졌다.

— 그럼 누가 어린 왕자를 죽인 거죠? 누가 생텍쥐페리를 죽인 거죠?

무아제는 묵묵부답이었다. 그저 자기의 주머니를 뒤지며 양다리 사이로 이상한 흰색 종이 상자 하나를 꽉 죄었다. 그는 결국 자신이 찾던 걸 끄집어내어 우리에게 빨간 비자 두 개를 내밀었다.

나는 Club 612 네 번째 멤버의 주소를 기억했다.

이자르. 스코틀랜드 오크니 제도. 허머니(Herminie) 자치 왕국.

- 그게 유용할 거예요. 허머니 공국의 세관원들이 좀 깐깐한 면이 있거든요.

술꾼이 한바탕 웃더니 단호히 말했다.

- 이제 그만 가 봐요.

나는 몸을 일으켰다. 앤디는 꼼짝하지 않았다.

- 이젠 날 내버려 둬요. 잠은 딴 곳에 가서 자요……. 너무 일찍 와서 호텔에 머무르진 못하겠군요.

그는 또다시 웃었다. 이번에는 앤디도 일어섰다. 둘이서 자리를 떠난 뒤, 나는 멀리서 무아제를 바라보았다. 그는 아주 조심스레 자기 허리에도 사슬을 두른 뒤, 그 사슬을 야자수에 고정시켰다.

어마어마한 천재지변을 예상한 듯.

XXII

- 여보세요, 자기?
- 네벤! 드디어! 어디야?
- 미대륙…… 여전히 미대륙이야.
- 뉴욕?
- 아니…… 아니고…… 약간…… 그보다 약간 아래.
- 잘 안 들려. 주변이 시끄럽네.
- 응, 공사 중이라…….
- 주변에 사람들이 있어? 길거리야? 도시에 있는 거야?
- 아니…….
- 그럼 어딘데?
- 난…… 어느 섬이야.
- 섬? 미대륙에?
- 엘살바도르…… 외딴섬.
- …….

- 듣고 있어, 베로니크?

- 당연히 듣고 있지. 난 항상 여기에 있어. 난 꼼짝하지 않아.

- ·······.

- 악어가 있어? 타란툴라는? 해적은? 당신이 걱정돼. 돌아와, 얼른!

- 내일 비행기 타고 유럽으로 갈 거야.

- 드디어 돌아오는구나!

- 거의······ 마지막으로 딱 한 군데만 들르면 돼······. 스코틀랜드, 스코틀랜드 북부.

- 네벤?

- 응?

- 네벤, 날 버리지 마.

- 대체 무슨 뚱딴지같은 소리야?

- 당신 말이 안 들려. 그러니까 잘 들어. 그저 듣기만 해. 날 두고 가지 마. 난 당신이 필요해. 당신 없으면 겁이 나. 꽃잎을 잃어버려. 당신 없으면 시든다고.

XXIII

우리는 붉게 물든 노을빛을 바라보며 해변에 앉았다.

인부들은 육지로 돌아갔다. 섬은 다시 고요해졌다. 몇몇 단골이 대나무로 지붕을 이은 작은 초가집에서 조용히 식사했다. 저녁으로 정어리 요리를 먹었다. 아이들은 먼지투성이 공을 차고 놀았다. 흰색 앞치마를 두른 젊은 남자 요리사가 키가 자그마한 갈색 머리 웨이트 리스에게 다가가서는 품에 안고 그녀와 함께 수평선 너머로 지는 석양을 가만히 바라보았다.

사랑은 함께 같은 방향을
바라보는 거야.

우리는 그다음 날 아침 섬을 떠나기로 했다. 이른 아침, 첫 어선을 타고. 초가집에서는 구운 고기와 생선 요리, 단 음료와 술은 권했지만 정작 방은 없었다. 결국, 우리는 별빛이 비치는 폰세카 만의 고요한 모래 해변에서 잠을 청할 처지에 놓였다. 무아제가 있는 건너편 만에서는 술꾼이 코 고는 소리 대신 콘크리트 작업 소리가 들리게 되어 있었다. 우리가 있는 쪽에는 공사장도, 사슬에 묶인 테이블이나 의자도, 모래 해변과 바다 사이에 놓인 벽도 없었다. 그저 눈부시게 푸른 바닷물과 앤디의 머리칼만큼 붉은 태양만이 있었다.

— 난 석양이 정말 좋아요. 어린 왕자의 행성은 너무 작아서 그가 원할 때마다 의자를 몇 발자국만 옮기면 언제든 석양을 볼 수 있었죠……. 기다릴 필요 없이 말이에요!

나는 아무런 대답도 하지 않고 베로니크를 생각했다.

더불어 석양의 백미는 해가 천천히 떨어지는 모습을 기다리는 순간임을 떠올렸다.

앤디가 말을 이어 나갔다.

— 어린 왕자가 말했죠. 누구나 슬플 때면 석양을 보고 싶어 한다고……. 어린 왕자가 해 지는 모습을 마흔세 번 본 날도 있었잖아요.

— 몹시도 슬픈 날이었을까요?

앤디가 내 쪽으로 고개를 돌려 웃어 보였다. 저녁의 황금빛 후광에 둘러싸인 그녀가 예뻤다.

— 심지어 마흔네 번이에요!

앤디가 콕 집어 말했다.

— '어린 왕자' 초판에는 '44'라고 나오거든요. 그런데 생텍쥐페리가 직접 원고에 숫자를 '43'으로 수정했죠……. 그가 특별히 고친 부

분인데 이와 관련해선 아무런 설명이 없어요. 어째서 '43'일까요? 콘쉬엘로의 나이임과 동시에 '어린 왕자' 영어판 출간 연도이자 그가 다시 출정한 연도죠. 이런 것들이 그를 그토록 슬프게 했던 걸까요? 이것이 유일한 단서일지도……

내가 앤디의 입술에 손가락을 갖다 댔다.

– 쉿. 잠깐만 단 한 번만이라도 조용히 하고, 가만히 바라봐요.

내가 그녀의 손을 잡았다.

고요함이 우리를 감싸도록 두었다. 따뜻한 바람이 커피와 코코넛 향기를 코끝에 실어 나르도록 두었다.

내가 입을 뗐다.

– 석양은 슬프지 않아요. 둘이서 바라보면요.

– 그거 알아요, 당신도 나만큼이나 수다스러워요! 말하는 걸 자제할 줄 모른다고요.

이번엔 내가 웃어 보였다. 내 손과 포개어진 그녀의 손이 따뜻했다.

– 앤디, 당신 나이가 궁금해요.

– 어린 왕자 나이요…… 석양을 바라보며 슬퍼하는 나이. 석양을 누군가와 함께 보면 행복해하는 나이. 사랑할 나이.

우리 둘의 손에 닿는 모래가 따뜻했다.

– 특이한 이름이에요, 앤디라는 이름. 남자 이름 같잖아요.

– 탐정이라면 남자다운 이름을 가져야 하는 것 아닌가요?

– 아니요.

– 아니라고요? 그럼 나이 든 조종사 아저씨껜 솔직히 털어놓을게

요. 앤디는 진짜 제 이름이 아니에요……. 필요해서…… 그러니까 직업적인 이유로 이름을 바꾼 거예요. 진짜 제 이름은…… 옹딘이에요.

우리의 발에 스친 파도가 따뜻했다.

– 옹딘? 그건…… 정말이지…… 엄청 여성스럽네요. 게다가 그 이름은 분명히 어린 왕자와 관련이 있겠죠.

– 빙고! 점점 추론 실력이 느는군요. 옹딘은 안데르센 동화 '인어 공주'의 이름이에요. 생텍쥐페리가 가장 좋아한 동화여서 그가 병상에 있을 때 배우 아나벨라가 와서 읽어주기도 했고, 아마도 '어린 왕자'에 영감을 주기도 했겠죠, 그리고…….

내가 재차 그녀의 입술에 손가락을 갖다 댔다.

– 쉿, 그만.

그녀가 말을 그쳤다. 태양이 졌다. 수평선이 불타올랐다. 별빛 몇 점이 잉걸불이 날리듯 반짝였다. 우리를 둘러싼 모든 것이 아름다웠다. 더 이상 베로니크 생각이 전혀 나질 않았다.

– 옹딘?

– 네?

– 우리 더 이상 아무 말도 하지 않으면 어때요? 내일 아침까지? 어떤 별 이름도 대지 않기로 해요, 심지어 어린 왕자가 갔던 B612호나 소행성 325호부터 330호까지도, 사람들이 자신의 업적을 기려 이름 붙인 신싸 별 이름까시도 밀이에요. 약속해줄래요?

– 약속할게요!

옹딘, 앤디, 앤딘이 해변에 길게 누웠다. 별빛이 비친 얼굴. 달빛 아래 모래언덕에 누운 육체. 나는 모래가 묻은 그녀의 피부에 입술을 갖다 대고 싶었다, 그저 모래알을 날려 보내기 위해.

나는 토니오를 떠올렸다. 나는 장미꽃을 떠올렸다. 나는 유리 덮개를 떠올렸다. 나는 소행성을 떠올렸다. 나는 철새의 비행을 떠올렸다. 나는 서로 닮은 장미꽃들을 떠올렸다. 나는 측백나무로 둘러싸인 우리 집을 떠올렸다. 나는 나의 장미꽃을 떠올렸다.

– 앤디?

– 네?

– 잘 자요, 먼저 잘게요. 내일 허머니 공국까지 비행을 열다섯 시간이나 해야 하니까요.

XXIV

무아제가 머리 위로 F900이 날아가는 것을 보았다.

이른 새벽이었다.

두 수사관은 이미 첫 어선을 타고 떠난 뒤였다. 다음 배들이 펌프
와 관, 터빈을 싣고 벌써 도착해 있었다.

물이 이미 차오르기 시작했다.

무아제는 자신이 야자수에 제대로 묶여 있는지 확인하고 자물쇠
열쇠를 모래에 내던졌다. 사람들이 자물쇠를 떼어 내 쇠고리를 절단
하고 야자수를 톱질하려면 오랜 시간이 걸리도록……

사람들이 그와 함께 물에 빠질 생각은 하지 않을 테니까. 이미 테
킬라와 메즈칼, 코로나에 취해 정신 못 차리는 술주정뱅이를 위해
물에 빠지진 않을 테니까.

터빈이 작동되자 관을 타고 바닷물보다 더 맑은 물이 흘러나왔다.

아직 시간이 있다. 상자를 열어 볼 시간. 상자가 너무 가벼웠다. 상
자는 물에 뜰 것이다. 건물, 집, 나무와 같은 나머지 것들과는 달리

말이다. 사슬에 결박된 모든 것들은 물에 깊이 잠길 것이다. 그와 마찬가지로!

인부들이 지나가며 그를 보고 비키라고 손짓했다. 그는 꼼짝하지 않았다. 인부들은 어깨를 으쓱했다. 별꼴이네 싶었을 것이다. 어쨌든 '파라다이스 아일랜드'에 머물 사람은 그들이 아니었다.

방 삼천 개. 골프장, 동물원, 영화관까지. 특히 바닷물이 아주 차갑고, 아주 짜고, 아주 위험하기에 전 세계 관광객들의 마음을 사로잡을 만한 곳이었다. 세계에서 가장 큰 수영장! 9헥타르에 달하는 면적에 3억 리터 가까운 물로 채워진 곳이기에. 칠레가 세운 2.5억 리터 기록을 상당한 깊이로 깨버린 곳이었다!

섬 3분의 1이 잠기려면 사흘 넘게 걸리는 곳이었다.

서서히 죽어가는 것이었다.

우리는 이 바다를 부모에게서 물려받은 것이 아니라,

우리 아이들에게 빌려 쓰는 것이다.

무아제가 흰 상자를 열어 볼 결심을 했다. 떨지 않고, 체념한 채. 덫이 놓인 소포일지라도, 발신인이 그를 단죄하는 거라면 어쩔 수 없지 않겠는가.

그는 모든 반사 신경을 잃은 지 이미 오래였다.

모든 것을 잃은 지 이미 오래였다.

이 비밀을 찾아서. 그렇지만 그는 엘도라도가 존재한다고 확신했다. 그는 작고 빨강 머리인 공주와 그녀의 조종사, 이 두 사람이 그것을 찾길 바랐다. 분명 둘이라면 조금 더 수월할 테니까.

뚜껑이 스르륵 열렸다. 뱀이 튀어 올랐고, 무아제는 미동도 하지 않고 가만히 있었다.

그의 관자놀이 주변으로 오직 노란 섬광만 비쳤다.

그는 잠시 미동도 하지 않았다. 소리도 지르지 않았다.

그는 모래탑이 쓰러지듯 천천히 쓰러졌다.

터빈 엔진 소리에 가려 소리조차 나지 않았다.

XXV

- 잘 잤어요?

앤디가 물었다.

- 네!

- 그렇게 보이지 않는데, 본인 몰골을 보긴 했어요?

- 무슨?

- 떨고 있잖아요…… 버튼을 있는 대로 눌러 대고요. 자리에서
몸을 들썩거리잖아요.

- 아무것도…….

- 아, 알겠다.

앤디가 F900의 그림자에 가려 거의 보이지 않는 환상 산호초를 발
견하고선 소리쳤다. 바다엔 그저 약간 선명한 얼룩만 몇 군데 보일
뿐이었다.

- 또다시 버뮤다 삼각지 상공을 지나는군요, 계기판들이 모조리
엉망이 되겠어요!

나는 어깨를 으쓱했다. 나는 사라진 화물선과 비행기 이야기를 또 하고 싶진 않았다. 앤디는 장난기가 동하여 신나게 풍속계, 고도계, 승강계 등등을 톡톡 건드렸다.

짜증이 났다!

그런데 내가 아무 말도 하지 않았는데 그녀가 갑자기 동작을 멈췄다. 그녀의 눈빛이 흔들렸다, 그녀가 GPS를 바라보았다.

- 앤디, 귀신이라도 본 거예요?

- 아니, 아니요.

- 그럼 왜 그래요?

- 아니, 아무것도 아니에요.

이번엔 좀 더 짜증이 났다.

- 또 비밀이에요? 뉴욕 뮤지엄에서 '어린 왕자' 원본을 보고도 그러더니…….

- 당신을 혼란스럽게 하지 않으려는 거예요. 내 머릿속으로 퍼즐 조각들을 모으고 있는 거라고요. 퍼즐이 완성되면, 얘기할게요…….

나를 혼란스럽게 하지 않으려던 거라면, 실패였다!

- 참 고맙네요! 잘 알겠어요, 난 그저 택시 기사일 뿐이군요, 인어 공주님. 석양 앞에선 더 상냥했었는데.

- 아니에요……. 그저 더 울적했던 거예요. 아니면 더 쓸쓸했거나. (그녀가 웃어 보였다.) 꽃은 정말 모순적인 존재잖아요.

이번에는 웃음만으로 무마할 수 없었다…….

- 무슨 말인지 알아들었어요. 다음부턴 가슴에다 앤디인지 옹딘인

지 작게 이름표라도 달도록 해요. 그래야 내가 상황 파악을 할 테니.

　- 화내지 마요, 네벤.

　- 나의 부족함이 미안할 뿐이군요, 앤디…… 오코가 대체 왜 날 골랐는지 모르겠어요, 난 그저 불만투성이 정비공에, 만날 코에 기름 묻히고 계류장에나 서 있는 사람인데 말이죠. 지도도 없이 아프리카, 아메리카 대륙 상공을 비행하고, 도로나 과수원, 집들이 어디에 있는지 낱낱이 아는 세계 최고의 천재 조종사들과는 급이 완전히 다른 사람이거든요.

　하지만 그토록 애처로운 눈길로 날 바라보면 어찌 거부할 수 있단 말인가?

　- 네벤, 당신도 알다시피 생텍쥐페리는 곡예사이자 시인이기만 했던 건 아니었어요. 과학자이기도 했다고요. 그도 엔진에 코를 박고 있었어요. 항공 관련 발명 특허권을 무려 열세 개나 냈고요! 글자만큼이나 숫자도 좋아했어요. 친구들에게 수학 수수께끼를 내는 일도 즐겼죠. '어린 왕자'에도 수비학이 나오고, '어른들은 숫자를 좋아해'라는 말도 나오고, 이야기 속에서 숫자를 계속해서 등장시키잖아요. 소행성 612는 물론이고 또 다른 여섯 군데 행성에도 325부터 330까지 숫자를 붙였고요.

　뭐라고 반박하기 어려웠다.

　- 좋아요, 알겠어요. 비밀번호를 찾아내 보죠. 그의 유서가 숨겨진 금고의 일련 숫자 말이에요.

　- 농담하지 마요! 예를 들어 생텍쥐페리가 이렇게 써놓은 걸 보

면 혼란스럽지 않나요? '나는 어린 왕자가 소행성 B612호에서 왔다고 믿는다. 그럴 만한 근거가 있다. 이 행성은 1909년 터키의 한 천문학자가 딱 한 차례 망원경으로 관측한 적이 있다.' 도대체 왜 이리도 상세한 설명을 한 걸까요? 소행성에 붙인 번호 같은 것들 말이에요!

– 그건 간단해요!

– 네?

– 612······ 6-12, 12월 6일, 성 니콜라스 축일은 어린이들의 축제. 이보다 더 필연적일 순 없죠!

앤디의 한숨 소리가 들렸다. 비록 내 생각엔 그녀도 약간 흠칫한 것 같았지만.

– 그럼 소행성을 발견한 연도는요? 심지어 천문학자의 국적은요? 어째서 터키 출신 천문학자인 거죠? 생텍쥐페리는 터키에 한 번도 가 본 적 없단 말이에요!

– 터키 출신 유명 천문학자가 있나 보죠?

– 없어요, 제가 이미 확인해봤어요!

나는 다시 우위를 점할 수 있는 뜻밖의 기회를 잡았다.

– 아니면, 생텍쥐페리가 탐험가 얘기를 하고 싶었던 것 아닐까요?

– 터키 출신 탐험가요?

– 그래요! 피리 레이스에 관해 들어본 적 없어요?

앤디는 다시 옹딘이 되었다, 이야기를 사랑하는 인어공주. 그녀는 다음 이야기가 엄청 궁금하다는 듯, 모른다는 뜻으로 고개를 저었다.

– 피리 레이스는 르네상스 시대에 오스만튀르크의 대 제독이자

항해가였어요. 그는 당시 세상에서 가장 미스터리한 지도를 만들었죠. 가젤 가죽에다 그린 지도였는데, 여기에는 아프리카와 남미 대륙 서해안과 카리브해의 섬들이 모두 기록되어 있어요…….

– 아에로포스탈사 베테랑 조종사들이 비행한 반경과 일치하네요!

– 그러니까요. 그런데 1513년 당시 모습을 자세히 기록한 이 지도에 그로부터 300년이 지난 뒤에야 발견된 남극 대륙의 해안선이 정확히 나타나 있는 거예요. 이건 말도 안 되는 우연이거나…… 외계인의 관측이라고 설명할 수밖에 없는 거죠!

– 정말 그렇게밖에 설명이 안 되는 건가요!

– 그래요! 피리 레이스의 지도는 우리가 날고 있는 지점에서 끊겨 있어요, 다시는 찾지 못한 지도 조각, 대서양 일부분이 있는 곳에서요…….

앤디가 으스스한 목소리를 냈다.

– 외계인들이 버뮤다 삼각지 미스터리를 지키고 싶었군요! 하지만 아직 끝난 게 아니랍니다, 용감한 비행사님, 우리가 스코틀랜드로 향하고 있잖아요, 그곳의 유령들과 유령이 나오는 성을 향해서 말이에요.

– 스코틀랜드라니요! 말은 정확히 해야죠, 앤디. 우린 지금 주권국이자 자치 공국인 허머니로 향하고 있다고요!

왕의 섬

타인을 판단하는 것보다 자기를 평가하는 일이
훨씬 더 어려운 법이오.

왕, 소행성 325호

나는 인간을 위해 싸울 테요. 그들의 적과도
대항하지만 나 자신과도.

『전시 조종사』

XXVI

여덟 살 이자르가 그의 아버지 파우스토의 손을 잡고 있었다. 둘이 도망을 쳤다. 아버지는 이자르에게 자동차나 집이 폭발하기 전에 아주 빠르게 달리는 법과 도랑이나 벽 뒤에 엎드려 몸을 숨기는 법을 가르쳤다.

아버지 파우스토는 공산당원이자 민족주의자, 테러리스트, 아나키스트였다.

아버지 파우스토는 영웅이었다.

이자르는 아버지와 함께 이곳저곳 엄청 많이 다녔다. 프랑코에게서 도망치기 위해 피레네산맥을 넘고, 티토에게서 도망치기 위해 철의 장막을 건넜다. 그리고 대처에게서 도망치기 위해 영불해협을 건너 아일랜드까지 갔다. 그의 아버지는 어떤 이유로든 자신의 손길과 주먹이 필요한 곳이 있으면 빌려주었다.

이자르가 어느 날 밤 더블린에서 있었던 일을 떠올렸다. 그날 파우스토가 침대에 책 몇 권을 내려놓았다. 성경과 코란,『마오쩌둥 어록』, 『자본론』, 심지어 애덤 스미스의 『국부론』까지 있었다. 그런 뒤에 파우스토가 그에게 말했다. 있지 아들아, 여기 있는 책들은 수백 개의 언어로 번역되었단다, 그래서 이 세상 누구라도 마음만 먹으면 이 책의 내용을 알 수 있지. 그런데 이 책에 담긴 어마어마한 단어들이 무슨 짓을 하고 있는지 아니? 전쟁을 퍼뜨리고 있어! 지구를 불공평하게 여러 부분으로 나누고 있지. 지구가 여러 대륙으로 나뉜 것처럼 분명하게 말이야. 이 책들 좀 보거라 아들. 이 책의 저자들은 너무도 진지하게 자신의 이념과 자신이 믿는 신과 유토피아를 온 세상 사람들에게 강요하려 하지! 나도 그걸 믿었단다, 아들. 나조차도.

그날 밤, 이자르의 아버지는 이미 늙고 지쳐 있었다.

하지만 아들, 넌 이 책들을 믿으면 안 된단다. 그랬다가는 너의 꿈을 모조리 놓치게 될 테니. 이 아비처럼.

그러더니 파우스토가 주머니에서 다른 책 한 권을 꺼냈다. 표지에 한 소년과 행성, 별이 그려진 바스크어로 된 책이었다.

있지 아들. 이 책이 세상의 모든 경전과 정치 개론, 경제 이론을 대신할 수 있을 거다. 나는 단번에 알아듣진 못했지만 결국 아버지의 말을 이해했다.

다른 책들은 이 세상을 뜯어 놓지만, 이 책은 세상을 꿰맨다.

아들. '이자르'가 바스크어로 무슨 뜻인지 알지?

당연히 이자르는 알고 있었다.

'이자르'는 별을 뜻한다. 그리고 그날 밤, 아버지가 이자르를 품에 꼭 안았다.

그날 밤 이후로 파우스토는 임무 수행 중에 틈틈이 주머니에서 '어린 왕자'를 꺼내어 아들에게 몇 구절씩 읽어주었다. 읽어주는 데 그치지 않고 해석도 해주고, 프랑스 작가가 쓴 작품 중 유일하게 미국에서 출간된 책이며, 철의 장막 건너편인 러시아, 체코슬로바키아, 루마니아에서도 읽을 수 있는 책이라는 설명도 해주었다. 어떤 날은 낙관적으로 여전히 희망을 꿈꿀 수 있다고 했다가 또 어떤 날은 낙담한 모습을 보였다. 헝가리에서 공표된 법령을 읽은 탓이었다. '어린이들은 성실하게 살아야만 한다. 고개를 들어 하늘을 바라보며 스푸트니크호를 찾아야만 한다. 우리 아이들을 동화의 악으로부터 지키자. 부조리와 병적인 우울감이 담긴 어린 왕자 같은 동화는 매우 어리석게도 죽음을 동경케 한다'. 그래서 슬퍼했다. 사람들이 전혀 이해하지 못했다고. 이제 세상이 끝났고 세상을 폭파하는 수밖에 없다고 했다.

어느 날 밤, 파우스토가 벨파스트에서 오르모 로드에 서 있는 통합주의자들의 건물을 폭파했다. 건물 안에서 술을 깨던 중인 늙은 경찰관 한 명이 함께 튀어 올랐다. 그 사건으로 파우스토는 크럼린 로드 교도소에서 칠 년을 옥살이했다.

그가 출감했을 때, 이자르의 나이는 열일곱이었다.

모든 것이 이전과 달랐다.

단둘이 스코틀랜드를 떠나 오크니 제도의 외딴섬으로 갔다. 어느 나이 든 스코틀랜드 출신 민족주의자가 영광스러운 과거를 기리며 그곳에 살도록 허락했다.

둘은 그곳에 여러 해 살았다. 이자르의 머릿속에는 아버지가 설치한 폭탄들이 쉬지 않고 터졌다. 파우스토는 자신이 틀렸다고, 완전히 새로 시작해야만 한다고, 만약 세상을 바꿀 수 없다면 다른 세상을 새롭게 세워야 한다고, 그 세상을 이곳에 지어야 한다고 했다. 내 말 알겠니? 아들. 이자르의 나이가 서른이 다 되어가는데도 파우스토는 여전히 그를 '아들'이라 불렀다, 알아들었지 아들. 새로운 세상을 이곳에 세우는 거야. 내가 세상을 떠났을 때 그 세상을 지켜야 할 사람이 바로 너란다. 바로 너……. 그 세상의 왕은 바로 너란다.

어느 날 파우스토가 죽었다. 이자르는 아버지의 유골을 북해에 뿌렸다. 그는 아버지에게 국장을 치러드렸다. 비록 그들의 왕국은 아직 아주 작았지만 말이다.

하지만 이자르는 왕국을 건국했고, 수려하게 꾸미고 충성을 다짐했다.

마음속 한구석에 단 하나의 아쉬움이 있었다.

바오바브. 스코틀랜드 토양에서는 꿈도 못 꿀 일이었다.

XXVII

F900이 허머니 자치 공국의 계류장 도로에 내려앉았다. 아스팔트로 말끔히 포장된 도로였다.

앤디는 내가 시동을 끄기 직전에 부탁했다.

– 조종사 아저씨, 저한테 지리 강의를 간단히 한번 해줄래요······.

나는 전용기를 기다란 활주로를 따라 천천히 몰았다. 이토록 작은 섬에 이렇게 관리가 잘 된 비행장이 있다는 사실이 그저 놀라웠다.

– 음, 오크니 제도는 헤브리디스 제도와 셰틀랜드 제도에 이어 세 번째로 큰 스코틀랜드 제도예요, 70여 개의 섬으로 이루어져 있고, 그중 25%도 못 미치는 곳에만 사람이 살고 있어요. 오크니 제도 총인구가······.

– 고마워요!

앤디가 내 말을 끊었다.

– 어머, 저기 좀 봐요!

그녀가 고개를 들며 손가락을 뻗어 가리켰다.

회색 돌로 지어진 작은 공항 위로 깃발 하나가 펄럭였다. 이상한 깃발이었다! 쪽빛 바탕에 바오바브 한 그루가 그려져 있는 게 아닌가!

우리는 활주로를 따라 걸어 터미널처럼 보이는 건물까지 갔다. 콧수염을 기른 세관원 한 명이 안쪽에서 나무로 만든 카운터에 앉아 우리를 기다렸다. 작지만 다부진 체형의 그는 별 모양 계급장이 달린 녹색 제복을 입고 있었다. 그는 아무 말 없이 엘살바도르에서 무아제가 우리에게 건넨 비자만 가져갔다.

세관원이 의심의 눈초리로 비자를 살피더니 서류에다가 도장을 찍었다.

장미가 새겨진 소인이었다!

마침내 세관원이 몇 음절을 내뱉었다. 정확히 여섯 음절.

– 환전하시나요?

나는 깜짝 놀라 말문이 막힐 정도였다.

– 네?

– 이곳 허머니 공국에서는 르나르('르나르'는 프랑스어로 '여우'를 뜻한다–옮긴이주) 화폐를 사용합니다. (그는 컴퓨터 화면을 바라보며 말했다.) 1르나르가 1.27달러입니다……

– 아…….

우리가 어쩔 줄 몰라 하자, 세관원이 서둘러 설명을 덧붙였다.

– 수도에 가서 환전하실 수도 있습니다. 그리고 전용 기사가 곧 도착할 겁니다.

놀라움의 연속을 맛본 나는 앤디와 함께 나와 아스팔트 도로 앞에서 기다렸다. 도로는 저 멀리 기복을 이루는 섬으로 이어지는 듯했다. 우리는 몇 분을 기다렸다.

앤디가 내 귀에 대고 속삭였다.

– 저기 보이는 언덕들, 정말 화산인 거예요?

앤디가 나에게 더 말할 틈은 없었다.

기다란 검은 롤스로이스 한 대가 가장 가까운 언덕 너머로 모습을 드러냈다. 우리 쪽으로 향하는 자동차 보닛 양쪽 끝에 쪽빛에 바오바브가 그려진 작은 깃발이 달린 것이 눈에 띄었다.

키가 작아서 훤칠하진 않지만 넓은 어깨에 말쑥하게 차려입은 운전사가 차에서 내렸다. 흰 장갑을 낀 손으로 문을 열어주었다. 장미 장식이 달린 모자를 벗어 인사까지 건넸다. 그는 선글라스 너머로 우리를 바라보고 있는 게 분명했다.

앤디가 몹시 즐거워 보였다. 그녀와 내가 빨간 가죽 시트에 나란히 앉았다. 롤스로이스가 기복이 심한 도로를 천천히 달렸다. 섬에 펼쳐진 광야에 수백여 마리씩 무리 지어 자유로이 풀 뜯는 양들을 칠까 봐 조심조심 달리는 듯했다.

– 곧 도착하나요?

앤디가 짐짓 귀족 목소리를 내며 물었다.

– 일 분 내로 수도에 도착합니다.

운전사가 대답했다.

내 계산으로는 우리가 공항에서부터 6킬로미터 정도 달려온 듯했다. 게다가 길 따라 화강암으로 된 표석이 세워져 있었다.

325, 326.

앤디가 목소리를 가다듬었다.

– 기사님, 이 공국이 어떤 곳인지 좀 말씀해 주시겠어요?

– 물론이죠. 허머니 공국은 지금으로부터 약 150년 전에 건국된 자치 공국입니다. 이곳은 고유 화폐를 사용하고, 공공요금 및 세금을 거두고, 왕권 국가이며 경찰과 소규모 군대를 갖추고 있습니다. 경제 번영 또한 이루었습니다…….

– 양들이 한몫하겠군요.

나도 관심 있는 척하려고 한마디 했다.

– 아니요.

운전사가 단호히 대답했다.

– 허머니 공국에 있는 양들은 절대 잡아먹지도, 팔지도, 심지어 털을 깎지도 않습니다. 양은 신성한 존재이지요. 허머니 공국의 번영을 이끄는 진짜 자원은 바닷속에 숨어 있습니다. 바로 석유입니다.

표석 327, 328, 329.

양들의 모습은 점점 뜸해지고, 어느새 장미 숲이 많아졌다.

운전사가 말을 이었다.

– 허머니 공국에는 대사들도 있습니다. UN과 EU에게서 우방국으로 인정받도록 애쓰고 있지요. 비록 어떠한 정치적 다툼도 허용하지 않지만요. 우리 공국은 오직 평화적 활동만 추구하는 비동맹국입니다.

마지막 커브를 지났다.

표석 330.

왕궁이 갑자기 툭 나타났다. 완벽한 스코틀랜드 영주 저택의 모습을 띠고 있었다. 회색 돌과 첨탑, 거대한 톱니 모양의 돌출 회랑과 용의 눈을 닮은 노랗고 둥근 창문.

궁의 박공 부분에 적힌 표어가 눈에 들어왔다.

권위는 이치에 맞을 때 주어지는 것이다.

운전사는 궁 뒤편에 자동차를 주차하러 갔다. 우리는 도개교를 통해 외호를 건너 떡갈나무 문 앞에서 잠시 기다렸다. (나는 그 문이 바오바브나무 널빤지로 되어 있을 거라곤 감히 상상도 못 했다. 바오바브나무도 얇게 잘라내기엔 너무나 신성한 존재 아닌가!)

마침내 문이 열렸다.

덥수룩한 수염에 은발인 우두머리 하인이 문 뒤에 서 있었다. 그는 멋진 노란 스카프와 눈까지 내려오는 커다란 터번을 두르고 있었다. 우리가 들어서자, 작지만 체격이 다부진 그가 육중한 문을 닫고서 우리를 계단으로 안내했다. 계단을 올라 넓은 응접실에 이르렀다.

우리 둘은 그곳에 꿀 먹은 벙어리처럼 가만히 있었다.

바오바브나무로 된 대들보가 떠받치고 높은 벽난로로 데워진 거대한 방에, 세상에 존재하는 가장 놀라운 어린 왕자 수집품이 전시되어 있었다.

나는 아니었지만, 어린 왕자 전문가인 앤디는 깊은 인상을 받은 듯했다. 유리 진열장에서 귀한 유물의 아우라를 내뿜는 것들이 내 눈에 들어왔다. 어린 왕자의 칼, 견장에 달린 별, 어린 왕자가 앉아서 석양을 바라본 의자, 장미꽃을 위한 바람막이와 물뿌리개, 유리 덮개, 작은 화산에 놓인 난로. 없는 게 없었다!

회색 돌벽에 장미 문양으로 스테인드글라스 장식을 넣은 맞은편 진열장에는 천문학자의 망원경과 지리학자의 대형지도와 돋보기, 사냥꾼의 총, 장사꾼의 넥타이가 놓여 있었다.

앤디는 그곳의 매력에 사로잡힌 듯 어디로 고개를 돌려야 할지 몰랐다.

하지만 압권은 따로 있었다. 가장 큰 벽면에 '어린 왕자' 책들이 진열되어 있었다……. 세상에 있는 모든 언어의 번역본까지! 다양한 형태의 문자들이 눈앞에서 춤추고, 세상의 모든 얼굴색을 띤 어린 왕자와 다양한 비행기, 행성, 별의 모습까지 눈에 들어왔다……. 마치 세계 각국, 각 부족의 어린이들이 서로 악수하고 있는 것 같았다.

나는 무언가에 홀린 듯 책들을 세기 시작했다.

– 모두 318권입니다.

내 등 뒤에서 우두머리 하인이 말했다.

– 세계에서 가장 많이 번역된 책의 세상에서 가장 방대한 수집품이지요. 단 한 번도 동화책이 출간된 적 없는 언어들까지 전부 있습니다. 벽지에 사는 몇몇 소수 민족의 구어는 '어린 왕자'가 글로 쓰인 유일한 이야기입니다. 자폐아들을 위한 책도 있고, 점자책, 심지어

스타워즈의 언어인 아우레베시로 된 책도 있습니다. 그리고 이건 팔레스타인 학생들을 위해 히브리어로 된 책입니다. 이보다 더 강력하게 평화를 상징하는 것이 세상에 있을까요?

그는 우리에게 조금 더 전시 수집품들을 둘러볼 시간을 주고서는 헛기침했다.

— 이제 접견실로 가실까요?

그가 또 다른 문을 열었다. 우리는 전체에 내벽을 두른 방으로 들어갔다. 그림과 지도 몇 점이 걸려 있었다. 사막과 화산 풍경이었다.

앤디는 고개를 숙여 왕좌에 놓인 보라색 꽃을 바라보았다. 아주 소박하면서도 도도함이 묻어났다. 그런 뒤에 쿠션 위에 놓인 왕관으로 시선을 옮겼다. 반면, 나의 시선은 벽에 걸린 지도 중 하나에 멈췄다.

나는 내 눈을 의심했다. 가죽 위에 그려진 지도였다.

피리 레이스 지도가 틀림없어 보였다!

내가 앤디에게 그 사실을 알릴 새도 없이, 우두머리 하인이 또다시 헛기침했다.

— 이자르 1세 국왕 폐하께서 들어오십니다.

XXVIII

왕이 화려한 자줏빛 흰담비 모피 망토를 두르고 우리를 맞이했다.

- 아, 신하들이군!

그가 스스로 던진 농담에 매우 뿌듯해하는 얼굴을 하며 웃음을
터뜨렸다. 키가 너무 작아서 망토가 땅에 끌렸다. 딱 벌어진 양쪽 어
깨에는 별 장식이 있었다.

- 짐이 더 잘 볼 수 있도록 가까이 오라.

이자르 1세가 또 한마디 했다.

우리는 그의 말을 따랐다. 그가 머리 위에 왕관을 썼다. 왕관이 너
무 커서 눈까지 덮을 정도로 내려왔지만, 그 아래로 드러난 부분만
봐도 어디선가 이미 본 듯한 생각이 들었다. 콕 집어 말할 순 없는 데
자뷔 같은 느낌.

- 신 여성이었겠군.

왕이 계속해서 말을 이어갔다.

- 그대들이 하품해도 좋다…… 짐이 하품하는 모습을 본 지 여

러 해가 되었도다. 하품하는 모습도 재미난 구경거리구나.

그가 또다시 웃음을 터뜨렸다.

- 농담이오! 농담해 보았소. 생텍쥐페리 친구들끼리는 즐겁게 어울려야 하지 않겠소!

왕이 의자를 가리켰다.

- 의자에 앉으시오……. 하하, 응당 짐이 이 섬에서 무엇을 통치하고 있는지 묻는다면 모두 답해주겠소!

우리는 의자에 앉았다. 이자르 1세는 왕좌에 앉았다.

앤디는 딱히 이야기를 이어갈 마음이 없어 보였다.

- Club 612에 관한 이야기를 나눌 수 있을까요?

왕이 잠시 고민했다.

- 물론이오……. 당신들이 이곳을 찾아온 이유가 그것 때문 아니겠소. 나도 알고 있소. 허머니 공국은 세상과 단절된 곳이 아니오, 당신들이 조사한다는 사실을 이미 알고 있었소. 오코, 마리 스완, 무아제, 호시는 잘 지내고 있소? 그들을 못 본 지 오래되었구려. 우리는 내 궁에서 종종 모이곤 했다오. 내가 초대하고, 환대했소. 규약대로 한 것이었소. 어찌 되었건 어린 왕자가 가장 먼저 찾아간 행성의 주인이 나니까! Club 612 멤버들과 이곳에서 며칠 동안 머무르며 '어린 왕자'에 관해 토론하고, 각자 찾은 단서를 모아 보고, 이런저런 가정을 세워보기도 했다오. 허머니 공국 건립자인 아버지께서 나를 아주 자랑스럽게 여기실 것이오.

앤디가 이제 좀 이야기에 끼어들 마음이 생긴 듯했다.

- 이곳에 오기 전에 무아제를 만나고 왔는데, 그분은 자신을 자랑스레 여기지 않는 것처럼 보였습니다. Club 612가 아무것도 찾지 못했다고 고백하더군요.

이자르의 시선이 벽 쪽을 향했다. 모래사막과 분화구 풍경을 멍하니 바라보았다.

- 그렇지 않소⋯⋯. 오히려 Club 612 활동을 통해 명확한 결론을 내렸소. 멤버들 대부분, 그중 무아제가 특히 인정하기 어려워한 결론이었소. 하지만 그것만이 유일한 진실이오!

- 그게 뭔가요? 앤디가 갑자기 자리를 박차고 일어서며 외쳤다.

- 가장 어려운 일은 자기 자신을 평가하는 일이오, 왕이 앤디에게 대답했다. 남을 판단하는 것보다 자기 자신을 평가하는 일이 훨씬 어려운 법이오.

팍스컴퍼니 소속 인턴 탐정이 또다시 인상을 찌푸리며 귀를 쫑긋했다. 나는 나의 어린 여우가 얼굴이 주름진 샤페이로 변장하는 순간들이 정말 좋았다.

- 네, 국왕 폐하, 저도 말씀하신 문장은 익히 알고 있어요. 도대체 그 진실이라는 게 무엇인가요?

- 생텍쥐페리는 자기 자신을 평가했소!

- 그게 어떤 의미인가요?

앤니의 말투에 싸증이 묻어났나.

- 좀 더 명확히 말씀해 주시죠. 저희는 명확한 답변을 찾고 있어요. 누가 어린 왕자를 죽였나요? 누가 생텍쥐페리를 죽였나요?

이자르 1세가 왕관을 벗으려다가 다시 내려썼다.

– 아주 명백한 것 아니겠소.

왕이 분명히 말했다.

– 어린 왕자를 죽인 범인은 어린 왕자이고, 생텍쥐페리를 죽인 범인은 생텍쥐페리이오. 생텍쥐페리는 자살했소. '어린 왕자'에서 자신은 자살할 거라고 세상 사람들에게 공표하고 있지 않소! 그의 정신적 유언, 그가 이별을 고한 방식이오.

– 와우!

앤디가 심정을 가감 없이 표현했다.

– 국왕 폐하 가까이 가도 될까요?

앤디가 의자를 이자르의 왕좌 가까이 당겨 앉았다. 나도 똑같이 의자를 당겨 앉으며 계속해서 왕의 얼굴을 유심히 살폈다. 그 와중에 뭔가 야릇한 기분을 떨쳐낼 수 없었다. '이런 표정들을 이미 수차례 마주친 적 있는 것 같은데.'

도대체 언제? 어디서?

이자르는 몸집에 비해 지나치게 큰 왕좌에 몸을 깊숙이 파묻고는 이야기를 시작했다.

– 오코나 스완, 무아제는 내 말을 믿고 싶어 하지 않았소! 그렇지만 생텍쥐페리가 1943년 '어린 왕자' 영어판 출간 시점부터 죽기 직전 몇 달 동안 우울증을 심하게 앓았음을 보여주는 단서들이 많이 있소. 그가 쓴 마지막 편지들만 읽어 봐도 그가 느낀 슬픔의 깊이가 어느 정도인지 가늠할 수 있소. 그는 자신이 살아가는 시대를 증오

했소. '인간이 온순하고 얌전한 가축이 되어 버린' 시대 말이오. 아에로포스탈 소속 동료들은 모두 비행 중 사망했소. 메르모즈는 '6-12-1936' 비행에 나섰다가 의문사했고, 특히 그의 오랜 동료 기요메는 그가 '어린 왕자' 집필을 시작하기 몇 달 전에 사망했소. 실종되기 전 몇 주 동안 생텍스가 이런 글도 남겼소. '난 전장에서 죽는다 한들 아무 상관 없다. 그런데 내가 사랑한 대상은 어떻게 지낼까?' 그는 정부 넬리 드 보귀에에게 속마음을 털어놓았소, 어린 왕자 둘을 대충 그려 놓고 그사이에 이렇게 써 놓았소, '정말 편히 쉬고 싶어요. 뜰에서 채소나 키우며 정원사로 지내고 싶어요, 아니면 죽거나. 이토록 비참한 세상에서 더 이상 살 수 없어요.'. 그리고 실비아 해밀턴에게 원고를 전달하며 미공개 그림도 함께 주었소. 지구에 세워진 교수대에 매달린 어린 왕자! 그는 마지막 몇 주 동안 점점 더 위험한 공중 작전 임무를 거침없이 태연하게 수행했소. 상관들이 프로방스 상륙 작전 기밀을 밝히며 그의 비행을 막아보려 했지만, 그는 거절했소.

앤디가 의자에서 안절부절못하고 몸을 비틀었다.

– 좋아요, 그건 이미 제가 다 아는 이야기예요. 그러니까, 생텍스가 무모하게 위험을 감수했으니 독일군에게 격추당했을 가능성이 있는 것 아닐까요.

이자르가 앤디의 가설에 수긍하며 고개를 끄덕였다. 그나저나 나는 지지하면서도 냉소적인 이 시선을 도대체 어디서 이미 봤던 걸까? 이 과장된 몸짓과 눈살 찌푸린 표정을 어디서 봤던 걸까?

– 우연치고는 정말 수상하오, 그렇지 않소? 7월 31일 나간 마지막

비행에서 격추당했다? 생텍스는 심지어 그날 저녁 군에서 제대 명령을 내릴 것을 알고 있었는데 말이오. 사전 계획하에 매력적인 여인을 끌어들여 연출하고, 마지막 편지 두 통을 마치 유서처럼 책상 위에 눈에 띄게 올려놓은 정황도 있지 않소. 심지어 7월 31일에 수행한 정찰 임무는 언뜻 보기에 그 이전 몇 주 동안 수행한 것보다 훨씬 덜 위험했는데도 말이오. 그의 친구 피에르 달로즈에게 보낸 편지에는 '정신적으로 정말 외롭다네! 내가 만약 죽는다고 해도, 전혀 후회하지 않을 테요.'라고 쓰고, 넬리에게 보낸 편지에는 '나는 네 차례나 죽을 뻔했어요. 그런데도 정말 아무렇지 않군요.'라고 썼소. 그에게 죽음은 아무렇지 않은 대상이었던 것이오!

– 그렇긴 해도….

앤디가 끈질기게 응수했다.

– 죽임을 당하려고 하는 것과 자살하는 것은 서로 다른 겁니다!

이자르가 왕좌에서 흥분한 듯 몸을 움직였다, 마침내 제대로 된 토론 상대를 만나 몹시 반가운 기색이었다.

– 스완과 오코의 주장도 그러했소. 그럼 마치 우연처럼 생텍스가 자신이 원했던 날 하늘에서 사형 집행자와 마주한 거란 말이오! 그럼 2004년에 한 어부가 자신이 1944년 7월 31일 정오에 리우 섬 먼바다에서 비행기 한 대가 추락하는 것을 목격했다는 증언은 어떻게 되는 것이오? 생텍쥐페리가 탄 P-38과 닮은 비행기 말이오. 비행기한 대가 홀로 바다 쪽으로 급강하했고, 주변에 그 어떤 독일군 비행기도 보지 못했다고 했잖소.

- 저도 그 증언에 대해 알고 있어요. 하지만 목격할 당시 어부의 나이가 열일곱이었어요! 증언을 한 건 무려 60년이 지난 뒤였고요…….

- 바로 그 팔찌가 발견되었을 때지 않소……. 그걸 보고 나서야 기억이 떠올랐던 것이오. 그렇다면 당신은 '장미의 회고록'에 나오는 이 구절에 대해서는 어떻게 생각하오? 콘쉬엘로의 기록에는 토니오가 수상비행기 사고로 지중해에 빠져 거의 죽을 뻔했다가 다시 살아난 뒤 이렇게 말했다고 적혀 있소, '죽는 건, 물에 빠져 죽는 건 간단하지.'

앤디가 불만을 표할 것 같았다. 하지만 그녀는 팔짱을 끼더니 우선 한발 물러섰다.

- 좋아요, 생텍스가 생텍스를 죽인 거라 칩시다! 하지만 어린 왕자가 어린 왕자를 죽였다는 증거는 어디에도 없잖아요!

이자르 쪽으로 판이 넘어왔다.

- 생텍쥐페리가 자살한 것을 인정하고 나면, 어린 왕자가 그의 분신이라는 게 명백해지는 것 아니겠소. 어린 왕자는 뱀에게 자신을 물어달라고 부탁하잖소. 마치 혈관에 독을 스스로 주사하듯 말이오. 당신도 어린 왕자 이야기는 모든 구절을 다 외우고 있겠지만, 좀 더 깊이 들여다볼 구절은 따로 있소. 43년도 '어린 왕자' 영어판 출간 이후 몇 주 뒤, 알제리에서 어느 미지의 여인에게 보낸 편지에 나오는 구절이오. 그 편지에다가 자신을 어린 왕자의 모습으로 그려내고 자신의 어린 영웅과 하나가 된 모습으로 표현했소. '오늘 어린 왕

자는 없어요, 이제 영원히. 어린 왕자는 죽었어요. 이제 더 이상 편지도, 전화도, 기별도 없을 거예요. 장미 한 송이를 따려다 장미 줄기에 상처를 입었지 뭐예요. 장미 나무는 이렇게 묻겠죠, 난 당신에게 얼마나 중요한 존재였나요? 전혀, 전혀요. 삶에서 중요한 건 아무것도 없어요. (심지어 삶조차도.) 안녕, 잘 있어요, 장미 나무.'

앤디는 완전히 설득당한 듯했다.

'안녕, 잘 있어요, 장미 나무……'

이자르는 거기서 멈추지 않았다.

– '어린 왕자는 답을 주지 않는다. 생텍스는 답을 찾지 않았다. 그는 결코 답을 찾지 않을 것이다. 그는 희생하러 갈 것이다, 전쟁터로, 죽음으로. 그곳에선 답을 찾을 거라는 확신을 안고.'

앤디가 눈을 감았다. 이 마지막 표현들을 머릿속으로 되뇌는 듯했다.

– 이건 누가 쓴 문장인가요? 국왕 폐하께서 직접 쓰신 건가요?

– 아니오, 생텍스의 친구가 쓴 것이오. 앤 모로 린드버그. 유명한 여성 조종사요. '어린 왕자' 영어판을 맨 먼저 읽은 사람 중 하나였소…….

– 이야기에 숨어 있는 뜻을 맨 먼저 풀어낸 사람이기도 하고요!

– 그렇소. '어린 왕자는 어린이를 위한 책이 아니다. 온 우주의 고독과 마주한 위대한 시인의 증언이다.'

– 이번엔 폐하께서 쓰신 건가요?

– 이번에도 아니오……. 1949년 출간된 독일어판에 실린 철학자

마르틴 하이데거의 서문이오. 그는 자신이 가장 좋아하는 책으로 '어린 왕자'를 꼽았었소.

젊은 탐정 앤디는 종이를 꺼내 무릎 위에 놓고는 이미 적힌 문장에 줄을 긋고

~~어린 왕자를 죽인 범인은 장미꽃~~

다시 적었다.

어린 왕자를 죽인 범인은 어린 왕자
생텍쥐페리를 죽인 범인은 생텍쥐페리

마침내 이자르 1세가 일어섰다. 그는 정말 작았다! 흰담비 모피 망토에 발이 걸려 넘어질 것만 같았다.
 - 두 사람 모두 매우 피곤할 듯하오! 하인을 시켜 두 사람을 방으로 안내하도록 하리다. 스위트룸으로 준비해놓았소.
왕이 기다란 띠에 매달린 종을 치고 기다렸다. 아무도 오지 않았다! 다시 종을 쳤지만, 여전히 아무도 오지 않았다!, 종을 치고 또 치고 투덜대더니 접견실을 빠져나가며 다시 구시렁거렸다.

잠시 기다리자 우두머리 하인이 들어왔다. 이번에도 역시 덥수룩

한 수염에 각 잡힌 자세로 말끔하게 차려입은 모습이었다. 그런데 한 가지 부자연스러운 부분이 있었다. 은발 가발을 거꾸로 쓴 것이 아닌가!

즉시 내 머릿속에서 흩어진 퍼즐 조각들을 하나하나 끼워 맞춰 나갔다. 콧수염 기른 세관원, 선글라스 낀 운전사, 수염이 덥수룩한 우두머리 하인, 왕관을 쓴 왕. 하나같이 작고 다부진 모습이었다…….

마침내 깨달았다!

이 모두가 동일인의 형상을 한 것이다!

나는 우두머리 하인이 머리카락 매무새를 다듬는 동안 앤디 쪽으로 고개를 돌렸다. 그녀 역시 깨달았다.

이자르 1세 혼자 이 섬에 살고 있다는 것을.

그가 이 엉터리 왕국의 유일한 거주인이라는 것을.

XXIX

이자르는 여느 매일 저녁처럼 성의 큰 탑에 올랐다. 성탑 꼭대기는 섬에서 가장 높은 곳이다. 이자르는 그곳에 올라, 자신이 온 세상과 세상의 모든 사람을 한눈에 둘러보는 순간을 그려보기도 한다. 하지만 그의 눈에 들어오는 건 바늘처럼 비죽비죽 솟은 바위산뿐이다. 그가 이 꼭대기를 찾는 이유가 또 하나 있다. 바로 메아리 때문이다.

— 친구가 되어 주게나. 외로워.

그가 말했다.

— 외로워…… 외로워…… 외로워…….

메아리가 답했다.

그가 미소 지었다. 그는 직사각형 상자의 무게를 가늠해 보았다. 상자는 무척 가벼웠다.

Club 612, 발신인과 관련된 내용은 그게 전부였다.

누구지?

이자르는 멤버들이 마치 G8이나 G20 정상회담을 하듯 허머니 공국에 모두 모였던 날들을 떠올렸다. 그들의 모임은 G6이었다……. 굳이 정확히 말하자면 G5였다. 지리학자는 참석하지 않았다. 그는 그저 소포나 우편으로만 소통했다.

이자르는 치열하게 열정적으로 토론했던 순간들을 떠올렸다. 그들은 수많은 단서를 모았다. 누군가 범인으로 지목될 때마다 그 어느 때보다 꼼꼼히 조사했다. 그들은 진실에 다가갔다. 이자르가 이 두 관광객에게 제시한 공식적 진실이 아닌, 숨겨진 진실 말이다.

그들은 목표지점에 거의 도달했다. 지리학자가 터키인이 그린 지도 '피리 레이스'를 발견해 그들에게 보내며, 함께 자리하지 못해 미안하다고 했었다. 그들은 그 지도를 함께 연구했다…… 아무래도 뭔가 숨기는 게 많은 호시는 더 많은 걸 알고 있는 듯했지만 말이다. 멤버 다섯 명 중, 호시가 가장 지리학자에 가까웠다. 이미 그 지도에 대해 알고 있는 사람은 호시가 유일한 듯했다.

이자르는 항상 호시를 부러워했다.

호시가 그들을 배신한 걸까?

아니면 교활한 오코? 샘이 많은 마리 스완? 술꾼 무아제?

이제는 상자를 열어볼까……?

그는 망설였다. 아니다, 이미 그는 자신이 관광객 둘이 떠나고 나면 상자를 열어볼 거라는 것을 알고 있었다.

왜냐하면 두 사람도 결국 되돌아갈 테니까, 아아!

그가 성탑 꼭대기에서 몸을 약간 숙여 비죽비죽 솟은 바위들을 눈에 담았다.

    – 친구가 되어 주게나. 외로워.

그가 말했다.

    – 외로워…… 외로워…… 외로워…….

메아리가 답했다.

XXX

Club 612

– 이제 눈 떠도 되나요?

– 아직. 잠깐만요.

그녀가 스위트룸 칸막이 뒤에서 채비를 마쳤다. 그녀는 신중하게 색깔을 골랐다.

– 짜잔!

그녀가 칸막이를 옆으로 열어젖혔다. 빨간 공주 드레스를 입고 있었다. 루비 목걸이도 했다. 머리카락 곳곳에 개양귀비도 꽂았다.

– 맘에 들어요, 네벤?

– 음…… 음…….

나는 무슨 말을 해야 할지 몰랐다.

옹딘이 웃었다.

– 입에 발린 말이라도 해야죠, 나의 왕자님. 우린 궁전에 있잖아요, 누려야죠. 원래 동화 속 세상은 그다지 오래 가지 않는 법이에요. 생텍쥐페리가 썼던 말인데, 혹시 알아요?

나는 딱히 알고 싶지도 않았다.

옹딘이 내 손을 잡고 스테인드글라스 창가 쪽으로 나를 이끌었다. 암청색 호수로 에워싸인 골짜기의 광경이 정말 멋졌다. 가로등이 성 안뜰에 서 있는 조각상들을 비추었다. 우리의 눈에 우물과 샘물이 들어왔다. '어린 왕자'에 등장하는 것과 완전히 똑같은 모습이었다. 그런 뒤에 우리의 시선이 머문 곳은 어린 공주의 동상이었다. 이 공주는 감옥 창살에 가로막혀 멋진 왕자님과 떨어져 있었다. 왕자와 공주 모두 쇠창살을 가로질러 날아오르는 새를 바라보고 있었다.

사랑한다는 건, 서로 같은 곳을
바라보는 거지.

앤디가 소리 내어 외웠다.

동화라는 게 그렇지. 어느 날 아침 잠에서 깨어나 이렇게 말하지.
"그냥 동화 같은 이야기일 뿐이지……" 그러고는 씩 웃어 보이지.
하지만 속으로는 전혀 웃질 않아. 동화만이 삶의 유일한 진실임을
우리는 잘 아니까.

저 멀리 색종이 조각처럼 흩뿌려진 섬들 위로 석양이 졌다.

옹딘은 뜨거운 손으로 내 손을 어루만졌다. 그녀는 내 어깨 위로 고개를 기댔다. 그녀의 눈꺼풀이 내 턱밑에서 나비처럼 팔랑거렸고, 속

눈썹은 내 입술 주변으로 수염을 그렸다. 그녀의 입술이 속삭였다.

– 우린 서로에게 길드는 중이에요.

내가 빙긋이 웃으며, 그녀의 손을 더 꽉 쥐었다.

– 넌 누구니? 참 예쁘구나…….

– 난 여우라고 해.

옹딘이 말했다.

– 하지만 난 너랑 어울릴 수 없어. 난 길들지 않았거든.

– 그럼 널 경계해야겠군. 여우는 영리하니까.

옹딘이 내 손을 놓고는 내 쪽으로 몸을 돌렸다. 그녀의 작은 몸과 나의 거대한 몸이 거의 찰싹 붙었다.

– 네벤, 대사가 틀렸잖아요! '길들인다는 게 무슨 뜻이야?'라고 말했어야죠.

내가 앤디의 허리를 잡았다. 내가 하는 말에는 확신이 들었지만, 행동은 긴가민가했다.

– 하지만 내가 한 대사가 생텍쥐페리가 원래 쓴 글이에요. 우리가 뉴욕 모건 뮤지엄에서 읽었던 원본 말이에요. 어린 왕자가 조종사에게 '여우를 알게 됐다고' 이야기하죠. 그러자 조종사가 입을 비죽거리며 '여우는 너무 교활하다고' 답하죠. 이어지는 부분은 원본에서 판독이 어려웠지만…… 그래도 생텍스가 전하고자 한 메시지의 본질은 명확하다고요. 우리가 알고 있는 내용과는 달리 여우를 경계해야 한다는 메시지를 전하고 있는 거예요!

나는 옹딘이 나를 존경의 시선으로 바라보는 순간이 좋았다.

– 당신은 날 경계하나요?

나는 입을 다물었다. 옹딘의 가슴이 나의 가슴을 건드렸다. 그녀는 아무 말 않고 나를 한참 바라보았다.

그녀가 말했다…….

– 부탁인데, 날 길들여 줄래요?

난 망설였다. 그러고는 입을 뗐다.

– '내가 널 길들이면 난 평생 널 책임져야 해. 사람은 자신이 길들인 것을 평생 책임져야 하지. 난 이미 장미꽃을 책임지고 있어, 내가 길들인 장미.' 날 기다리는 장미…….

옹딘이 내 귓가에 입술을 갖다 댔고, 내가 입을 다물어야 할 순간임을 알아차렸다.

그녀가 속삭였다.

– 내가 깜짝 선물 하나 할게요. 생텍쥐페리가 원본에 실제로 쓴 내용을 알려줄게요. 판독하지 못한 부분을 내가 해석해냈거든요. 전혀 다른 진실이에요. 날 따라 말해봐요. '넌 너의 장미꽃을 책임져야 해.'

– 난 나의 장미꽃을 책임져야 해.

– '하지만 어쩌면 장미꽃이 널 길들인 것 아닐까?'

– 하지만…… 하지만 어쩌면 장미꽃이 날 길들인 것 아닐까.

– '누가 길들이는 건지 아무도 모르지……'

– 누가…… 누가 길들이는 건지 아무도 모르지.

나는 옹딘의 품에서 빠져나오려 애썼다.

– 생텍스가 정말로 그렇게 썼다고요?

그녀가 나를 꽉 껴안았다. 그녀의 심장이 내 심장과 맞닿아 떨리는 게 느껴졌다.

– 네…… 책의 교훈을 완전히 바꾸는 문장이죠. 여우가 '누가 길들이는 건지 아무도 모른다'고 말했더니, 어린 왕자가 자문해요. 실은 장미꽃이 자신을 길들인 거라면? 그렇다면 내가 책임질 대상은 누구인가? 장미꽃을 떠날 권리가 정말로 없는 건가? 실제 이야기 속에 나온 교훈보다 훨씬 매력적인 교훈 아닌가요? 책임보다는 자유에 대해 말하고 있잖아요!

– …….

– 토니오는 얽매이기 싫어하는 사람이었어요…… 책임지는 것도 싫어했고요……. 이 교훈이 그가 생각하는 인생관과 훨씬 더 잘 어울려요. 죽음을 바라보는 관점과도 그렇고요. 모건 뮤지엄에서 봤던 스케치 기억해요? 여우가 우울한 모습으로 어린 왕자에게 잡아 매여 있었잖아요.

– …….

– '책임진다'는 게 무슨 뜻인지 알아요, 네벤?

내가 한 마디 한 마디 내뱉을 때마다 나의 가슴이 옹딘의 가슴에 스쳤다.

– 자신의 행동을 설명할 줄 아는 것?

– 맞아요, 조종사 아저씨. 하지만 이러한 행동의 속성이 뭘까요? 가만히 생각해 보면, '책임진다'는 건 내가 사랑하는 이를 지킨다는 뜻보다 불행의 원인이 된다는 뜻에 더 가까워요. 어린 왕자는 자신

의 장미꽃을 책임진 거죠, 마치 가뭄이 굶주림을 책임지거나 운전이
서툰 사람이 사고를 책임지듯 말이에요. 그 누구도 행복을 책임지진
않지만, 고통은 책임지잖아요. 그 누구도 웃음을 책임지진 않지만,
슬픔은 책임지잖아요. 그 누구도 첫눈에 반한 사랑을 책임지진 않
지만, 이별은 책임지잖아요. 날 따라 말해봐요, 조종사 아저씨. '내가
길들인 것을 책임져야 해.'

　－ 내가 길들인 것을 책임져야 해.

　그녀가 입술을 내 입술에 포개었다.

　－ '하지만 누가 길들이는 건지 아무도 모르지.'

　나도 입술을 그녀 입술에 포개었다.

　－ 하지만 누가 길들이는 건지 아무도 모르지.

XXXI

시끄러운 소리에 깜짝 놀라 잠을 깼다. 우리 앞에 놓인 TV가 갑자기 켜진 게 아닌가!

우리는 잠자리에서 벌떡 일어났다.

넥타이를 매고 화장을 진하게 한 기자가 보도자료를 띄어 놓고 보도했다. 이자르 1세라고 착각할 만큼 닮은 모습이었다.

— 카날 612 아침 8시 뉴스입니다. 허머니 남부 전역에 온화한 날씨가 예보되어 있습니다. 날씨와는 달리 분쟁 위험도는 그 어느 때보다 높은 상황입니다. 무한궤도 소리가 본국 국경 지대까지 가득 메우고 있습니다. 다행히도 본국의 명예로운 군대가 경계 태세를 갖춘 상태입니다.

잠시 뒤 장군이 화면에 모습을 드러냈다. 왕과 기자를 비롯한 허머니 공국에 사는 모든 사람과 쌍둥이 형제 같았다.

— 전 국민에게 경계 태세를 갖출 것을 호소합니다.

화면 안에서는 군대가 구호를 외쳤다.

- 은밀한 공격에 반격합시다. 각자 위치에 서서 나무를 베어내듯 상대를 총살합시다.

우리는 몸을 일으켜 옷을 입었다, 웅덩은 다시 앤디가 되었다. 우리는 왕을 만나러 갔다. 왕이 왕좌에 가만히 앉아 있었다.

- 저희는 더 이상 이곳에 볼일이 없습니다.

내가 왕에게 말했다.

- 저희는 다시 떠나겠습니다!

- 떠나지 마시오.

이자르가 마침내 신하 둘을 얻은 것에 만족해하며 말했다.

앤디는 나보다 정신이 말짱한 상태였다. 아니면 내 정신이 더 혼란스러웠던가.

앤디가 제안했다.

- 국왕 폐하께서 저희가 복종하기를 원하신다면, 먼저 합당한 명령을 내리셔야 합니다. 지금 당장 떠나라는 명령을 내리시는 것이 합당할 줄로 압니다.

나는 왕좌 위에 적힌 공국의 표어를 읽었다.

권위는 이치에 맞을 때 주어지는 것이다.

- 잠깐만 기다리시오. 그대들에게 줄 것이 있소.

왕이 말했다.

그가 가장 가까운 벽 쪽으로 몸을 기울이더니 인터폰과 연결되는 빨간 버튼을 눌렀다.

– 여봐라, 문서를 가져오너라.

그가 벽돌로 된 벽을 향해 명령했다.

잠시 기다리더니 다시 버튼을 누르고는 벽돌을 향해 화를 냈다.

– 도대체 뭘들 하는 것이냐! 공국 대사들이 바쁜 모양이로군!

그가 또 기다리더니 이번에는 결국 직접 왕좌에서 몸을 일으켰다.

– 여기 잠시만 기다리시오. 내가 깨우고 오겠소.

그가 나갔다. 잠시 뒤, 이번에는 은발 가발을 제대로 쓴 우두머리 하인이 들어왔다. 그가 손에 든 커다란 흰 봉투를 우리에게 건넸다.

– 국왕 폐하께서 전하라 하십니다!

– 영광입니다.

앤디가 아주 공손히 몸을 숙이며 감사 인사를 했다.

그가 나갔다.

왕이 되돌아왔다. 우리가 미처 봉투를 열어보기도 전에 들어왔다.

– 봉투는 비행기에 타서 열어보는 것이 더 현명한 선택일 것이오. 호시가 전부 설명해줄 거요. 늙은 은둔자에게 내 안부를 전해주게나!

– 뭐 전하실 말씀이라도?

그때 이후로 왕은 온통 왕관에만 신경이 가 있는 듯했다. 왕관은 마치 그의 머리 크기가 그사이 작아지기라도 한 듯, 전보다 훨씬 더 아래로 푹 내려왔다. 그는 짜증 섞인 투로 대답했다.

– 누가 어린 왕자를 죽였는지나 물어보시오.

앤디가 소리쳤다.

– 뭐라고요? 어린 왕자는 자살했다고 하지 않았나요?

– 그랬소……. 관광객들에게는 그렇게 들려주오. 하지만 당신들도 어차피 이 헛소리를 믿을 마음은 없었잖소? 어린 왕자라면 이런 비참한 결말보다 좀 더 나은 결말을 맞아야 하지 않겠소! 생텍쥐페리 같은 천재도 마찬가지이고. 자살은 조악한 속임수에 불과하오. 생텍쥐페리는 자신의 어린 왕자를 위해 훨씬 더 원대한 야망을 품지 않았겠소? 어린 왕자를 그저 별똥별로 만들고 싶었겠소? 우주의 공백으로 만들고 싶었겠소? 아마도 생텍쥐페리는 그보단 훨씬 영리한 사람이었을 것이오!

– 그게 도대체 무슨 말씀이시죠?

앤디는 벌써 흰 종이를 다시 꺼내놓고서 물었다.

나는 이자르 1세가 덧없는 진실을 새롭게 펼쳐 보일 틈을 주지 않았다.

이제 미스터리라면 진절머리가 났다!

나는 봉투를 열었다. 우선 손으로 더듬어보았다. 지도였다.

– 이만 가죠.

내가 앤디의 손을 붙들며 말했다.

– 그대들을 탐험가로 임명하노라.

우리가 빠져나가자 왕이 다급히 소리쳤다.

그는 위엄에 가득 찬 표정을 지으나.

XXXII

- 누구도 날 막지 못해!

왕이 성의 텅 빈 복도에서 명령했다.

- 누구도 날 막지 못해! 누구도 날 막지 못해!

메아리가 울렸다.

이자르가 대형 응접실 벽난로 앞에 멈춰 섰다. 마루 위 발걸음 소리가 여전히 뒤에서 울렸다, 마치 군대가 복도를 성큼성큼 걸어오는 소리 같았다.

그가 직사각형 상자를 불 앞에 놓았다. 순간 상자를 불길 속으로 던질지 망설였다. 열어보지 않고. 그것이 가장 현명한 방법이지 않겠는가. 그토록 조악한 덫에 걸리지 않을 것이다. 그는 허머니 공국의 왕이니까. 이 땅은 그를 필요로 한다.

하지만 호기심을 떨치기 어려웠다.

비록 자신이 불타 죽을 거라는 걸 알면서도.

자신이 평생을 바쳐 찾은 열쇠를 꽂아 열어볼 수 있는 미스터리 문을 어찌 지나칠 수 있겠는가?

그는 자신이 갖고 있던 어린 왕자의 칼을 왼손에 쥐고, 문 두드릴 준비를 했다.

그는 아주 조심스럽게 뚜껑을 들어 올렸다.

뱀이 튀어나와 칼날이 까딱할 새도 없이 그를 물었다.

그의 심장 주변으로 오직 노란 섬광만 비쳤다.

그는 잠시 미동도 하지 않았다. 소리도 지르지 않았다.

그는 한 군인이 쓰러지듯 천천히 쓰러졌다.

비단 카펫 때문에 소리조차 나지 않았다.

XXXIII

- 조종간 좀 잡아봐요!
- 무슨 소리예요!
- 조종간 좀 잡아보라고요. 집에 전화를 걸어야 해요.
- 이미 거의 한 시간 째 활주로 위에서 전화기를 붙들고 있잖아요!
- 그러니까요. 계속 전화를 걸어도 받질 않는다고요!
- 대체 왜 지금 통화를 해야 하는 건데요?
- 왜냐하면…… 이륙해서 고도를 높이면 통신이 되지 않을 테고, 그 상태로 열 시간을 비행해야 하니 그 전에 집에 전화를 걸고 싶은 거죠.
- 그런데 왜 자꾸만 '집'이라고 말하는 거예요?
- 그럼 내가 어떻게 말해야 하는데요?
- '아내'에게 전화해야 한다. 나의 장미꽃. 사랑하는 베로니크.
- 난…… 당신 생각해서 그렇게 말한 건데.
- 참 배려심도 깊으시군요, 조종사 아저씨! 조종간이나 다시 세워

요, 이러다가 비행기 박살 나겠어요.

나는 씩씩거리며 휴대폰을 다시 주머니 깊숙이 넣었다.
어째서 베로니크가 전화를 받지 않는 걸까?
앤디가 손을 뻗어 내 머리카락을 쓸어 넘겼다.
– 가만히 길드는 편이 훨씬 쉬워요.
그녀가 말했다.

우리는 검고 짙은 연기 기둥을 통과했다. F900 기체 아래로 높은
불길이 여기저기 치솟았다.
허머니 공국 성이 불타고 있었다.

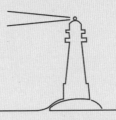

가로등 켜는 사람의 섬

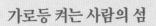

아주 멋진 직업이에요.
멋지니까 정말로 유용한 거죠.
가로등 켜는 사람, 소행성 329호

사막은 우리가 자신을 알게 된 땅이다.
『인간의 대지』

XXXIV

F900 아래로 사하라 사막이 끝없이 펼쳐졌다. 우리가 탄 기체의 그림자가 모래언덕 위에서 춤을 췄다.

– 호시.

앤디가 소리 내어 읽었다.

– 사우디아라비아 지다 등대. 이상하지 않나요? '호시', 일본 이름 인데, 주소는 아라비아반도?

– 부디 그 사람이 여전히 그 주소에 살고 있기를! 목록에서 맨 마지막에 있던 이름, 보물찾기의 마지막 단계라고 봐야겠지요. Club 612의 여섯 번째 멤버…… 그놈의 지리학자에 관해서는 아무런 정보도 없으니까.

F900이 경로를 살짝 벗어났다. 약한 난기류였다. 앤디는 내가 차분하게 다시 기체 고도를 높이는 모습을 지켜보았다.

– 부디 비행기가 고장 났다는 어설픈 핑계를 대는 일이 없기를!

– 사막에서…… 그것참 생텍쥐페리답지 않나요? (나는 또 한 차

례 난기류를 빠져나갔다.) 그리고 궁금한 게 한 가지 있어요, 척척박사님, 어째서 생텍스와 어린 왕자에게는 사막이 그토록 절실했던 걸까요?

앤디가 대양처럼 펼쳐진 모래를 바라보았다. 그 어떠한 생명의 흔적도, 심지어 세 장의 꽃잎을 가진 아주 소박한 꽃조차 찾아볼 수 없었다.

— '당신을 오아시스로부터 떼어놓는 모래야말로 동화의 잔디이다.'

앤디의 시선이 모래언덕을 따라 오르락내리락했다.

— 정말 멋지네요! 그것도 '어린 왕자'에 나오는 문장이에요?

앤디가 고개를 돌려 나를 바라보았다, 마치 짧은 명상에서 깨어난 듯했다.

— 아니요, 이건 '어느 인질에게 보내는 편지'에 나오는 문장이에요. '어린 왕자'와 쌍을 이루는 작품이죠, 거의 동시에 집필되고 출간되었어요. 그리고 그거 알아요, '어린 왕자' 이야기는 이미 '인간의 대지'에서 풀어낸 적 있는 실제 사건에서 영감을 받은 거예요. 생텍스가 실제로 비행기 고장으로 사막 한가운데 고립돼서 죽을 뻔한 적이 있거든요······.

모래, 모래, 끝없이 펼쳐진 모래.

— 하지만 그의 사막을 향한 사랑은 훨씬 오래선으로 서슬러 올라가요.

앤디가 말을 이어갔다.

－ 생텍스는 젊은 시절 비행하다가 모로코 남부 해안에 있는 주비 곶에 매료돼요. 서사하라와 접경 지역이고, 바다 건너 카나리아제도와 마주한 곳이죠. 그곳에서 아예 자리를 잡고 18개월을 머무르게 되는데, 그 경험이 평생 그의 기억에 강렬하게 남은 거예요! 그때부터 그는 끊임없이 인간의 고독과 가장 아름다운 정신적 추구인 욕구를 향한 느린 걸음에 관해 이야기했던 거죠.

우리 밑에는 오아시스도, 우물도, 생명도 전혀 없었다. 생텍스의 생각이 옳았다. 지구는 텅 비어 있고, 사람들은 고작 몇몇 도시에 쌓여 있었다. 어느 외계인이 우주 저편에서 우리를 바라본다면, 지구에는 사람이 살지 않는다고 생각했을 것이다. 하늘에서 뚝 떨어진 어린 왕자가 사람들은 도대체 어디에 있는 건지 궁금해했듯. 뿌리가 없어서 바람결에 휩쓸려 다니던 사람들 말이다.

－ 여긴 사람이 살지 않네.

내가 말했다.

－ 우린 사람이 사는 곳에서 천 해리 떨어져 있지!

오랜 기억 속에서 끄집어냈다. 앤디가 칭찬했다.

－ 제대로 읽었군요! 생텍스가 이 표현을 '어린 왕자'에서 다섯 번이나 썼다는 거 알아요? '사람이 사는 곳에서 천 해리 떨어진'. 이게 또 하나의 미스터리예요. 어째서 생텍스는 이 표현을 이토록 고집했던 걸까요? 원고를 수십 번 다시 읽어 보며 수정하고, 반복되는 표현은 일일이 걷어냈을 텐데 말이죠.

침묵이 흘렀다.

앤디는 침묵을 지키다가 잠시 뒤, 침묵을 저버렸다.

- 사막은 아름다워요.

그녀가 말했다.

- ……

- 이것도 생텍스가 '어린 왕자'에 쓴 표현이에요. '사막은 아름답다. 모래언덕 위에 앉으면 아무것도 보이지 않고, 아무 소리도 들리지 않는다. 그러나 침묵 속에서도 반짝이는 무언가가 숨어 있다.' 네벤, 생텍스에게는 침묵이라고 해서 다 같은 침묵이 아니었어요. 그는 심지어 자신이 가장 좋아하는 침묵의 목록을 만들 정도였으니까요.

나는 다시금 침묵을 구제했다가 잠시 뒤, 침묵을 모독했다.

- 당신은 어때요? 어떤 침묵을 가장 좋아해요?

앤디가 망설임 없이 대답했다.

- '쓸쓸한 침묵, 내가 사랑한 이를 추억할 때' 들리는 침묵 말이에요.

그녀가 내 목덜미에 입맞춤했다. 내 몸에 전율이 흘렀다. 나는 주머니에 있는 휴대폰을 떠올렸다. 우린 연결된 지점에서 천 해리 떨어져 있었다.

- 앤디, 당신 생각엔 생텍스가 사막에서 무얼 찾았던 것 같아요? 진실? 해답? …… 신?

앤디가 나에게 천사 미소를 지어 보였다.

- 어린 시절 앙투안은 독실한 가톨릭 집안에서 자랐지만, 어떤 종교적 교리에 빠지기엔 너무 자유로운 사람이었어요. 그는 자신만의

종교, 고유의 길과 신념을 찾고자 했거든요. 생텍스가 이런 말을 종종 했어요, 사막에 홀로 있거나 비행하며 홀로 조종간을 잡을 때, 영성을 추구했었다고……. 영성을 만난 적은 없었다 했지만요.

– 단 한 번도요?

– 인생 말로엔 아마도 만났겠죠. 생텍스가 사라지기 얼마 전, '솔렘 수도원을 향한 이끌림'을 언급한 적이 있어요. 수도승이 되고, 모든 것을 떨쳐버리는 것에 대해서……. 사후 출간된 작품 '성채'는 기도문과 신을 언급한 내용으로 채워져 있어요. 비록 그는 자연경관이나 인간이 창조한 걸작, 어린아이들의 눈물 속에서만 신을 볼 수 있다고 했지만요. 생텍스는 기묘한 세속적 천사장이었어요……. (앤디가 잠시 시적인 침묵을 지켰다.) 마치 '어린 왕자'가 기묘한 세속적 성서인 것처럼 말이에요.

세속적?

으음…….

나는 입을 비죽거렸다. 생텍스, 저희를 위하여 빌어주소서.

– 어린 왕자는 실제로 죽지 않고 하늘로 다시 돌아가는 것으로 죽음을 대신하는데, 이건 좀 아기 예수 이야기를 표절한 것 같지 않나요?

앤디는 발끈하지 않았다. 오히려 정반대였다.

– 아, '어린 왕자'에는 종교적 암시들이 꽤 나와요…… 별…… 양…… 사막…….

– 그리고 뱀도 있죠!

- 맞아요! 생텍스가 처음으로 그린 보아뱀은 미켈란젤로가 시스티나 성당에 그린 에덴동산에 나오는 뱀이라고 착각할 정도로 닮았죠. 물론 장미도 빼놓을 수 없고요. 신비주의를 전형적으로 상징하는 것이니까요. 기독교에서는 천국을 상징하기도 하고요.

- 그런데 장미가 천국이라면, 뱀에게 장미를 천국으로 다시 데려다주라고 부탁하는 게 좀 이상하지 않나요?

앤디는 내가 미워하려야 미워할 수 없는 의기양양한 웃음을 지어 보였다.

- 생텍스가 적은 미출간 원본에는 어린 왕자가 뱀을 보고 금팔찌를 닮았다고 말하는 부분이 나와요. '어어', 그러자 뱀이 대답하죠, '난 결혼반지야.', '결혼 상대는 누군데?' 어린 왕자가 물었더니, '별들!'이라고 뱀이 대답하죠.

'어린 왕자' 미출간 판본들이 이야기의 방향을 틀어놓는 방식들은 여전히 놀라웠다. 나는 궁금해졌다.

별들과의 결혼이 뜻하는 바가 무엇일까? 사랑? 죽음?

그럼 장미꽃과의 결혼은?

나는 잠시 낭만적 침묵을 지키다…… 침묵을 깨뜨렸다.

- 결국 '어린 왕자'에서 비종교적인 요소는 유일하네요…… 여우!

앤디가 음흉한 표정을 짓더니, 내 다리에 손을 얹었다.

- 분명 신과는 무관하지만, 사막과는 아주 관련이 깊죠! 생덱스가 '인간의 대지'에서 자신이 주비곳에서 길들인 아프리카 여우를 언급하면서 내 사랑 여우라고 불러요……. 생텍스가 거기에서 영감을

얻었다고 모두가 인정하고요.

앤디가 내 다리를 거의 꼬집듯 더 세게 쓰다듬었다.

– 그러니까 조종사 아저씨, 교활하고 지나치게 영리한 여우에 관한 의심을 이만 거둬들이시죠!

그녀는 결국 날 꼬집었다. 기체가 붕 날아올랐다.

나의 작고 귀여운 아프리카 여우가 호탕하게 웃더니 내 목덜미에 입맞춤했다.

XXXV

호시는 삼 년 더 있으면, 열아홉 살이었다. 그는 눈부시게 뛰어났다. 그의 이름은 별을 뜻했다.

그는 항상 학교에서 최고 우등생이었고 죽죽 월반했다. 가장 좋은 학교에 입학해 매번 우등으로 졸업했다.

그리하여 그는 누구보다도 더 공부를 많이 했다. 부모와 선생님들은 하나같이 그에게 같은 말을 반복했다. 사람은 누구나 길러야 할 재능을 하나씩 갖고 있다. 남들보다 재능이 더 많을수록, 더 열심히 재능을 갈고닦아야 하는 법이다. 천부적 재능에는 책임이 따른다. 예쁜 여자는 단장하고, 운동선수는 훈련하고, 예술가는 창작하고, 천재는 발명해야 한다.

호시는 이제 막 성년이 된 나이에 이미 동경대 첨단과학기술대학원을 수석 졸업했다. 그는 에너지 분야 최고의 전문가로 손꼽혔다. 핵발전 에너지는 물론이거니와 태양열이나 풍력, 핵융합, 용암 에너지 분야 전문가로 인정받은 것이다.

호시는 즐길 틈이 없었다. 일주일에 단 한 차례, 저녁에 술을 잔뜩 마시고 그대로 쓰러졌다가 그다음 날 아침 일찍 일어나 다시 공부하는 식이었다.

호시의 미래는 탄탄대로였다. 수많은 대기업에서 그에게 높은 자리를 제안했다. 호시는 별생각 없었다. 돈도 잘 벌고, 결혼도 잘할 터였다. 가끔 그 누구도 느끼지 않는 감정들을 느낄 때가 있기는 했지만 말이다.

그날 아침, 호시는 일본 혼슈 서부 시마네현 마츠네 시에 채용 면접을 보러 갈 예정이었다. 호시가 죽을 때까지 여유 있게 먹고 살만큼의 돈을 보장해주는 보석보다 더 귀한 계약이었다. 그는 일찍 출발했다, 호시는 항상 빨랐다. 그런데 그날은 그의 자동차가 토유카와 요나고 사이 어느 지점에서 고장이 나고 말았다.

시동이 다시 걸리지 않았다. 그는 차에서 내려 앞으로 곧장 걸었다. 길가에 난 좁은 모래 비탈길을 건너 도움을 구하러 갔다.

호시는 뒤늦게 자신이 돗토리현 모래언덕에 들어섰다는 사실을 깨달았다. 이 낯선 일본 사막은 너비가 16킬로미터에 가끔 모래언덕 높이가 너무 높아져서 길을 잃기에 십상인 곳이었다. 특히 모래바람이 불어올 조짐이 있을 땐 위험했다.

바로 그날, 모래바람이 일었다.

호시는 몇 시간을 이리저리 방황하다가 결국 길을 잃었다. 그러다 순간 눈앞에 믿을 수 없는 광경이 펼쳐졌다. 모래폭풍 사이로 부동의 상태인 이상한 실루엣들이 보였다. 여우. 어린 소년. 비행기.

호시는 나중에 알게 되었다. 아티스트들이 돗토리현 사구에 모래 조각상들을 세워 놓았다는 것을 말이다. 야외에 세워진 팝업 미술 관인 셈이었다. 호시는 잠시 그곳에 머무르며 황금빛 가루를 입은 형상들을 경이로운 눈길로 바라보았다.

비행기 조각상 근처에 책 한 권이 놓여 있었다. 진짜 책이었다.

여느 일본인과 마찬가지로 호시도 '어린 왕자'에 관한 이야기를 당연히 들어본 적 있었다. 일본에서는 황실의 심기를 건드리지 않기 위해 이 책의 제목을 '별의 왕자님'이라고 번역해 출간했다. 그는 하코네에 가면 이 책과 이 책의 프랑스 작가를 기리는 박물관도 있고, 작가의 고향인 리옹의 어느 거리와 작가가 유년기를 보낸 성에 있던 장미공원도 재현해놓았다는 사실을 알고 있었다. 그리고 어릴 때 본 만화영화도 기억했다. 어린 왕자와 꼭 닮은 영웅이 지구에 내려와 자신의 새 '스위프티'와 함께 사람들을 구해주는 내용이었다.

하지만 이 책을 펼쳐본 적은 단 한 번도 없었다.

호시는 그 자리에 앉아 책을 읽기 시작했다.

이상하게도 그때부터 더 이상 아무것도 중요하지 않았다. 고장 난 자동차도, 평생 안정된 삶을 보장해 줄 면접도, 모래로 된 여우의 털과 장미의 꽃잎과 어린 왕자의 스카프를 흐리게 만드는 바람노……. 결국 등장인물들이 먼지처럼 흩어졌다.

호시는 책을 읽고 깨달았다.

이 작은 사막으로는 충분치 않다는 것을.

그다음 날, 그는 비행기를 타고 타르파야로 향했다.

그렇게 사하라에서 18개월을 머물렀다.

오아시스와 유령도시 이곳저곳을 옮겨 다니며 일도 조금씩 했다. 유령도시들은 모래 밑에서 금이나 우라늄, 석유가 발견될 때마다 생겨나고 사라지기를 반복했다.

어느 날, 그는 포트수단에서 한 족장과 이야기를 나누게 되었다. 결국, 그는 자기 이야기를 털어놓으며 자신이 어떻게 살아왔는지, 기술자로서 어떤 일을 했었는지 이야기했다. 그의 이야기를 가만히 듣던 족장이 바다 건너편 보이지 않는 지점을 가리켰다.

그들은 홍해의 인공섬 중 한 곳인 그곳에서 세상에서 가장 큰 등대인 '지다 등대'를 고치고 관리할 누군가를 찾던 중이었다.

사막의 길목에서 수많은 순례자의 길을 밝혀줄 사람.

XXXVI

엘리베이터가 세계에서 가장 높은 등대 꼭대기에 도달하기까지 정확히 53초 걸렸다. '지다'에 들어서기 위해 군인과 세관원, 경찰, 종교인 틈에서 참고 기다린 시간에 비하면 극히 짧은 시간이었다. 평범한 공항 세계였다. 사람들이 우글거리는 장소로 돌아온 것이다!

평범한 세계로 돌아왔다고?

평범한?

여자들이(앤디도!) 부르카를 착용하는 나라 근처에, 사막을 향하는 순례자들을 컨테이너로 실어 나르는 여객선이 지척에 보이는 곳에서, 세계에서 가장 높은 등대를 오르는 일이 과연 평범한 걸까?

세상 사람들의 광기가 이젠 평범한 것이 되어버린 걸까?

엘리베이터 문이 열리며 하얀 등대에 있는 작고 둥그런 공간으로 이어졌다. 전경이 홍해로 뻗은 인공 제방까지 파노라마로 펼쳐졌다. 어둠이 내려앉은 저녁, 메카로 향하기 위해 배와 둑길을 가득 메운 사람들과 자동차와 트럭, 버스의 행렬이 족히 80킬로미터는 돼 보였다.

호시가 우리를 기다렸다. 그가 코끝에 놓인 작은 안경을 일본 승려처럼 깎은 머리 위로 올려 썼다. 등대 꼭대기에 앉은 그는 마치 현미경으로 미니어처 세상을 관찰하는 과학자 같았다. 그는 Club 612 멤버 중 처음으로 첫인상에서 광기를 전혀 찾아볼 수 없었다. 등대지기가 앤디가 쓴 부르카를 가리켰다.

– 벗어도 됩니다. 여긴 제집이에요. 아무도 당신을 귀찮게 하지 않을 겁니다.

그는 중동식과 아시아식이 세련되게 조화를 이룬 분위기 속에서 우리더러 자기 앞에 죽 놓인 과자들을 맛보라고 했다.

– 마음껏 드세요.

미식가인 앤디가 코른 드 가젤을 덥석 집는 동안에도 호시는 140미터 아래 펼쳐진 제방에서 시선을 떼지 않고 있다가 초록 버튼을 눌렀다.

우리는 그때까지 이어온 여정을 읊었다, 맨해튼부터 엘살바도르, 오크니 제도까지. 호시는 이야기를 귀담아들으면서도 끊임없이 제방 쪽을 살폈다. 아무래도 수년간 오코와 스완, 무아제, 이자르의 소식은 전혀 듣지 못한 듯했다.

그는 빨간 버튼을 눌렀다.

우리는 우리가 세운 가설들을 펼치며 이야기를 이어 나갔다. (앤디가 줄을 그은 흰 종이를 꺼냈다.) 생텍쥐페리가 내면에 있는 아이를 죽인 것.

장미꽃이 치정에 의해 살인을 저지른 것.

214

자살……

호시는 여전히 이야기를 가만히 들으며 미소를 지었다. 강직한 판사처럼 냉철한 모습이었다.

그러다가 초록 버튼을 눌렀다. 세 번.

지다 등대가 전에 없이 빛났다.

앤디가 마지막 코른 드 가젤을 삼킬 새도 없이 그에게 불쑥 물었다.

– 버튼으로 뭘 하시는 거예요? 사우디아라비아 비밀경찰이라도 부르시는 건가요?

호시는 대답 대신 그저 앞에 펼쳐진 어두운 바다를 바라보았다.

– 어떤 밤에는

그가 말했다.

– 지다 등대를 수단, 이집트, 에리트레아 같은 아프리카 연안에서도 알아볼 수 있어요, 이곳에서 무려 200킬로미터 넘게 떨어진 곳인데 말이죠. 왜 그런지 아나요?

그가 빨간 버튼을 눌렀다. 두 번. 앤디는 대답을 못 했다. 나도 마찬가지였다.

– 등대를 밝히는 것이 전구가 아니거든요.

호시가 설명했다.

– 불꽃이에요.

– ……

– 수천 개의 불꽃.

– 무슨…… 무슨 말인지 이해가 안 돼요.

앤디가 더듬더듬 말했다.

ㅡ 이해할 것 없어요. 그저 규칙이에요. 불꽃 하나가 홍해를 거쳐 들어오는 순례자 한 명을 표시하죠. 저는 이곳에서 그들을 정확히 세고요.

나는 고개를 숙여 세관 초소 앞을 살폈다. 아주 늦은 시간인데도 여행자 행렬이 길게 늘어서 있었다.

ㅡ 저들 중 누군가 사우디아라비아로 입국하면 불꽃을 밝혀요. 초록 버튼. 저들 중 누군가 출국하면 불꽃 하나를 끄죠. 빨간 버튼.

호시가 째진 눈을 가늘게 뜨고, 안경을 고쳐 쓰더니 문자판에 아주 작게 적힌 숫자를 읽었다.

ㅡ 지금 현재 44,118개 불꽃이 켜져 있군요. 이 숫자는 곧 이곳 성지에 있는 순례자 수를 뜻하지요. 저는 밤새 불꽃을 껐다 켰다 해요, 동이 틀 때까지.

호시가 초록 버튼을 눌렀다.

ㅡ 어느 여름밤엔 등대에 십만 개가 넘는 초가 켜진 적이 있어요. 그땐 알렉산드리아에서도 보일 정도였죠.

앤디는 아무 말도 하지 않고 바클라바를 한입에 꿀꺽 삼켰다.

내가 느낀 첫인상을 정정했다. 이 Club 612 멤버도 나머지 네 명과 똑같이 엉뚱한 면이 있어 보였다⋯⋯. 하지만 그는 유일하게 우습게 보이지 않는 사람이었다. 그가 자기 자신 말고 다른 것에 빠져 있어서였을까?

호시가 이번에도 초록 버튼을 누르더니 말했다.

- 제가 생텍쥐페리의 어떤 점에 매료되었을까요?

- ·······.

- 작가로서의 재능은 당연하고, 모험가적인 운명도 매력적이지만······ 특히 제 마음을 사로잡은 건, 그의 의무감이에요!

앤디가 마지막 과자 조각을 삼키고선 몸을 앞으로 당겼다. 마침내 솔깃해진 것이다.

- 줄곧 생텍쥐페리의 미스터리에만 관심을 두고,

호시가 말을 이어갔다.

- 장미꽃들이 그의 마음에 꽂은 가시들을 찾아내려고만 하고, 그의 우울감과 관련한 실존적 질문만 해대다 보니, 정작 본질을 잊었다고요. 생텍쥐페리는 의무감이 강한 사람이었어요!

호시는 앤디가 꺼낸 종이를 흘깃 쳐다보았다, 종이에는 허머니 공국 왕의 주장이 적혀 있었다.

어린 왕자를 죽인 범인은 어린 왕자
생텍쥐페리를 죽인 범인은 생텍쥐페리

- 이자르가 잘못 짚었군요.

등대지기가 보일 듯 말 듯 어깨를 으쓱하며 말했다.

- 생텍쥐페리는 죽으려고 전장에 다시 나간 게 아니에요. 내면에 있는 아이를 죽이려 했던 건 더더욱 아니고요. 자살하려는 것도. 생텍쥐페리가 재참전한 건 아주 단순한 이유 때문이었죠.

빨간 버튼. 세 번.

– 그게 뭐죠?

앤디가 짜증 섞인 말투로 물었다.

호시의 두 눈에 불꽃 두 개가 켜졌다, 그가 쓴 안경의 유리가 하얗게 달궈질 것 같았다.

– 나치에 맞서 싸우는 것! 어떻게 생각하나요? 과연 그가 겁을 먹고 그냥 비열한 놈들이 이기도록 뒀을까요? 제아무리 우글거리는 사람들이 그를 두렵게 해도, 그는 자신의 역할을 해야만 했을 거예요…….

초록 버튼. 이번에도 세 번.

호시가 앤디를 뚫어져라 바라보았다.

– 실망스럽나요?

– 아니요.

– 제 말을 믿지 않는 건가요?

– 믿어요……. (그녀가 잠시 생각했다.) 믿어요……. 생텍스가 이런 말을 자주 썼거든요……. '나는 세상 모든 사람과 굳게 결속되어 있다. 사랑한다는 건, 참여하는 것이다.'

– '나는 참여하지 않을 수 없다'.

– 호시가 이어 말했다.

– '가치 있는 사람은 비록 세상의 소금일지라도, 세상과 뒤섞여야 한다.'

앤디가 미소 지었다.

- '어느 미국인에게 보내는 편지', 44년 봄. '모든 인간은 자신의 조국에서 자유롭게 살 권리가 있다.' 그래요, 난 당신 말을 믿어요, 호시. 생텍스는 항상 행동하는 것에 대해 고민했으니까요. 하지만…… (그녀의 눈빛이 등대지기를 경계하며 또다시 반짝거렸다.) 그렇다고 해서 근본적으로 바뀌는 건 없잖아요……. 생텍스는 44년 7월 31일 자신의 마지막 임무를 수행했어요. 조종하기엔 나이가 너무 많았고, 참모본부에서도 퇴역을 결정한 상황이었는데도요! 마흔네 살이었죠. 다른 조종사들보다 나이가 월등히 많았다고요. 사람들이 그더러 그만 물러나도 된다고 했어요. 그는 주어진 의무를 이미 다한 상황이었어요. 낙담한 생텍쥐페리는 마침내 생텍쥐페리를 죽일 수 있었던 거죠.

초록 버튼. 한 번.

호시는 무덤덤하게 별다른 반응을 보이지 않았다.

- 생텍쥐페리는 명령을 따랐어요. 훌륭한 군인이었죠. 그가 자살하려 했다면, 비행을 나가지 않았겠지요. 동료들에게 그토록 귀중한 폭격기 P-38을 제물로 바치지도 않았을 테고요. 하물며 프로방스 상륙 작전 2주 전에 그에게 맡겨진 정찰 임무도 제대로 하지 않았겠지요.

앤디는 호시의 논리에 흔들리는 듯했다. 내가 보기에 아무래도 앤디가 호시와 함께 생텍쥐페리를 향한 숭배심을 공유하는 깃 같았다. 앤디가 호시에게 보내는 존경스러운 시선이 내 눈에 거슬렸고, 호시가 앤디에게 보내는 시선은 더더욱 거슬렸다.

늙은 교수가 갓 입학한 예쁜 여학생에게 보내는 시선 같았다.

이번에는 어떻게든 나도 입을 떼야 할 것 같았다.

– 음, 저는……

내가 과감히 내뱉었다.

– 당신이 말한 의무감 얘기가 아무래도 좀 거슬리네요. 거룩한 인물일 수도 있고, 아닐 수도 있죠. 두려움을 모르는 조종사, 자신을 희생한 전쟁 영웅이지만 평화의 메시지를 전달한 사람이기도 하죠. 사람들의 다리에 자신의 '어린 왕자'를 붙여 놓고 홀연히 사라진 사람. 사람들에게 교훈을 전하고 인간을 사랑한 사람. 그래요, 인간을 그토록 사랑하면서도 인간의 하찮음을 혐오했죠. 그렇다면 그가 인간을 사랑한 건가요? 진실로 사랑한 걸까요?

앤디와 호시가 어안이 벙벙한 얼굴로 나를 바라보았다.

나는 의욕이 일었다. 사흘 전부터 읽고 들었던 것에서 끌어왔다.

– 어떻게 생각하나요? 생텍스가 속인이면서 동시에 가톨릭 신자라고 얘기했었죠. 마르크스주의자들에게 호의적이었고, 페탱의 처신을 단죄하지 않았기에 그를 비쉬 정부 지지자로 여기는 사람도 있고 누벨 프랑스의 적이라고 여기는 사람도 있었죠. 또한 드골 장군 진영에는 불만이면서도 항독 지하 운동가들과는 우호적이었죠…….

초록 버튼. 일곱 번. 일가족이었다.

호시가 나에게 너그러운 눈길을 보냈다.

– 당신 말이 맞아요, 네벤. 생텍쥐페리가 건넨 교훈은 본질적으로 모순을 갖죠. 그는 인간의 미천함에 대해 안타까워하지만, 이러

한 미천함은 인간의 고귀함으로만 바로잡을 수 있다고 말하니까요. 우리의 미천한 생각은 중요치 않아요. 중요한 건 오직 의무인 거죠. 오늘날 사람들은 그의 고백을 통해 생텍쥐페리를 실의에 빠진 사람으로, 가까운 사람과 주고받은 편지를 통해 생텍쥐페리를 바람기 있는 사람으로 알고 있어요. 이제 그의 속마음까지 속속들이 알다 보니 그가 다른 이들에게 어떤 사람이었는지, 타인에게 어떤 사람으로 보이길 바랐는지는 잊어버렸죠. 재밌고 매력적이고 어떤 얘기든 통하고, 무엇보다 한탄만 하고 있지 않고…… 행동하는 사람처럼 보이길 바랐어요! 명예롭고 실천하는 사람.

앤디가 안달 난 눈치였다. 늙은 일본인 등대지기의 말을 당장이라도 끊고 싶어 어쩔 줄 몰라 했다.

그녀가 아주 잠깐 말이 끊긴 틈새를 비집고 들어와 외쳤다.

– 그래서 생텍스를 죽인 범인은 누구죠?

나는 그녀의 과감함에 속으로 박수를 보냈다.

빨간 버튼.

– 세상이요.

호시가 점차 비어가는 제방에 여전히 시선을 고정한 채 대답했다.

– 세상 사람 모두. 그를 둘러싼 세상. 생텍쥐페리는 치열한 세상에 비해 너무도 순수했어요. 앤디. 당신은 그가 '어린 왕자' 원본을 갖고 있던 실비아 해밀턴에게 죽기 며칠 전에 보낸 마지막 편지에 썼던 내용을 기억하나요?

앤디가 서슴없이 외워 말했다.

– '오늘 내가 순수함을 증명할 수 있음에 뼛속 깊이 기쁘군요. 사람은 오직 피로 서명하는 법이죠.'

– 사람은 오직 피로 서명하는 법이죠.

호시가 앤디의 말을 되풀이했다.

– 어린 왕자와 어쩜 이리도 비슷할까요. 순수하고 무고하지만 죽어야만 하는 사람. 생텍스는 어린 왕자와 마찬가지로 이 땅에 사는 이기적인 개인과 각각의 행성에 사는 부조리한 사람들에 의해 죽었어요.

– 으음.

앤디가 뜨뜻미지근하게 수긍했다.

나는 내심 기뻤다. 나는 그녀 편이었다! 까까머리 중이 한 말은 지나친 억지처럼 들렸다!

– 좋습니다.

호시는 확신에 찬 인내심 있는 가정교사 같은 미소를 지으며 힘주어 말했다.

– 달리 설명해볼게요. 당신과 네벤은 생텍쥐페리와 어린 왕자, 이렇게 둘의 살인 사건을 조사 중이죠. 추리 소설에 등장하는 탐정들처럼 말입니다. '추리 소설의 여왕' 애거사 크리스티처럼 한번 생각해봅시다. 생텍쥐페리와 동시대 작가였으니 그도 그녀의 작품을 분명 읽어 봤겠죠. 기억하나요. 첫 번째 가설로 화자, 즉 조종사. 다시 말해 생텍쥐페리가 범인이라고 했었죠……. 그건 '애크로이드 살인 사건'의 주요 법칙이에요! 두 번째 가설은 은폐된 치정에 의한 살인

이었죠. 그건 '나일강의 죽음'에 쓰인 방식이고요. 세 번째 가설은 범죄를 가장한 자살, 아니면 자살을 가장한 범죄였지요, 그건 '그리고 아무도 없었다'에 쓰인 기발한 방식이지요!

나는 약간 반신반의하며 속으로 생각했다. 추리 소설 여왕이 사용한 모든 고전적 방식이 동화책 하나에 모두 모여 있다고?

– 마지막 가설도 빼놓을 수 없지요.

호시가 덧붙였다.

– 네 번째 가설. 범인은 단 한 명이 아니라 여럿이라는 것. 모든 행성에 사는 모든 사람! 그건 '오리엔트 특급살인'의 환상적인 결론이었죠! 온 세상이 그 세상에 적응하지 못한 한 사람을 비난했지요. 생텍스는 격추되었고, 어린 왕자는 뱀에 물렸죠. 아무도 범인이 아니고, 대신 모두가 범인인 겁니다.

빨간 버튼. 여덟 번.

호시는 등대를 깜깜하게 만들려는 것 같았다.

앤디는 호시의 논리에 얼빠진 듯 여전히 꿀 먹은 벙어리였다.

다른 때와 마찬가지로 내 머리로는 전혀 추측할 수 없었다.

앤디는 입을 굳게 다물고 있다가, 마침내 입을 뗐다.

– 그러니까, 당신 논리에 따르면, 생텍쥐페리는 조국을 위해 죽은 게 맞는군요. 조국이 해방될지 아닐지는 알지 못한 채 말이에요. 어린 왕자가 장미꽃이 살아날지 아닐지 알지 못한 채 장미를 위해 죽은 것처럼요. 그는 한 독일 전투 조종사에게 격추되었어요. 이 호르스트 리페르트가 증언한 버전이 그럴듯하죠. 자신이 생텍쥐페리

의 P-38 날개를 쐈다고 이야기했으니까요. 이 독일군은 생텍쥐
페리 작품을 모두 읽은 사람이었고, 적기를 총 삼십여 대 격추시켰
지만 상대 조종사가 탈출할 시간을 줘서 죽이지는 않는 사람이었다
고……

호시가 긍정의 뜻으로 고개를 끄덕였다.

빨간 버튼. 이번에도.

- 그의 증언에 따르면

호시가 분명히 말했다.

- 그가 생텍쥐페리의 P-38 날개를 쐈을 당시, 리우 섬 상공에서
기체가 급강하했고, 아무도 비행기에서 뛰어내리지 않았다고…….

앤디가 다시 흰 종이를 쥐고 써 내려갔다.

생텍쥐페리를 죽인 범인은 호르스트 리페르트.
어린 왕자를 죽인 범인은 여러 행성에 사는 사람들 :
장사꾼, 허영쟁이, 술꾼, 왕……

왠지 모르게 이 이야기는 도무지 믿을 수 없다는 생각이 강하게
들었다……. 새로운 섬에서 Club 612의 다른 멤버를 만날 때마다 새
로운 버전의 이야기를 들려주었다. 그것도 매번 터무니없는 이야기
들로 말이다. 앤디는 매번 종이에 줄을 그어대는 일이 지겹지도 않
나?

나는 등대지기와 유리로 된 커다란 뚫린 공간 사이에 섰다.

– 아, 그러는가요? 저는 이 독일군의 증언이 신빙성이 없다고 생각했는데요? 죄송합니다만 '모두가 범인이니, 아무도 범인이 아니다' 라는 이야기, 저는 아무래도 받아들이기 힘듭니다! 그건 되려 진짜 범인을 감추기 위한 씁쓸한 시도 정도로밖에 보이지 않거든요……

호시가 나를 가만히 응시했다. 내가 그를 놀라게 한 것 같았다.

그가 빨간 버튼을 눌렀다. 세 번.

내가 쐐기를 박았다.

– 제가 보기엔 당신이 뭔가를 숨긴 것 같군요.

앤디가 허공에 연필을 둔 채 가만히 얼어붙었다. 냉랭한 기운이 감돌았다.

호시가 고개를 숙여 시선을 문자판으로 가져갔다.

순례자 43,612.

– 생각보다 빠르군.

그는 그저 이 말만 했다.

– 곧 동틀 시간이라, 나는 이제 자야겠군요. 규칙이라. 항만에 작은 범선 한 대를 빌려 두었어요. 두 사람은 거기서 자면 됩니다.

앤디가 내 손을 잡았다.

나는 고집부리지 않기로 했다. 얼른 앤디가 다시 옹딘이 되길 바랐다.

엘리베이터 문이 열리는 순간, 등대지기가 우리 쪽을 향해 고개를 돌렸다.

- 당신 말이 맞아요, 네벤. 내가 거짓말했어요.
- ······.
- 내일 다시 와요, 둘이 같이. 그때 모든 진실을 밝혀줄게요.
- ······.
- 생텍쥐페리의 비행기는 파손됐어요. 그가 입을 다물길 원했거든요. 그는 암살됐어요!

XXXVII

호시가 등대 아래쪽에 있는 개미 두 마리, 탐정 둘을 시선으로 쫓았다. 둘은 항구를 따라 소형 범선들이 줄지어 서 있는 쪽으로 걸어갔다. 이 범선들은 홍해 고기잡이배들이다. 두 사람이 승선할 작은 배는 조금 멀리 있었다. 줄지어 선 범선 중 가장 작고 빠른 배였다. 해적이나 밀수꾼들이 타는 소형보트였다. 이내 호시의 눈에 두 사람이 보이지 않았다. 화물선 한 대가 부두에 정박했다. 순례자들을 실은 배였다. 수천 명.

저들은 대체 뭘 구하려는 걸까?

홀로 별빛 아래 사막에서 기도하고 등대를 바라보는 것만으로 충분하지 않나?

호시가 맞은편 창으로 고개를 돌렸다.

맞은편 건물에 한 연인이 TV를 켜놓고 잠들어 있었다.

사랑한다는 건, 서로 같은 곳을

바라보는 거지.

호시가 탁자 아래 숨겨 둔 직사각형 상자를 꺼냈다.

열어보기를 망설였다.

혹은 제자리에 두기를 망설였다.

그는 지리학자가 털어놓은 비밀을 다시금 떠올렸다.

오코와 스완, 무아제, 이자르는 어떻게 되었을까?

감히 확인하지 못했다.

이제 때가 됐다. 알아야만 한다. 오코가 보낸 두 탐정이 다시 오기 전에, 그들에게 최후의 진실을 털어놓기 전에.

등대지기가 컴퓨터를 켜고 인터넷에 접속해 클릭 몇 번 만에 찾아냈다.

'라 프로방스'의 1면에 실린 사진들. 리우 섬 암초에 부딪혀 폭발한 뒤 산산조각으로 부서진 요트.

'뉴욕 타임스' 10면에 짤막한 기사와 함께 실린 캐딜락 차량 지붕에 처박힌 휠체어 사진.

전 세계 SNS를 휩쓴 사진 한 장. 거의 10억 뷰 가까이 달성한 사진. 세상에서 가장 큰 수영장에 물이 가득 채워진 모습. 그리고 아무도 믿을 수 없는 소문까지. 돈과 시간을 아끼기 위해 한 마을에 바리

케이드를 쳤는데 물 깊숙이 오두막집과 탁자, 의자 심지어 한편에 술 주정뱅이까지 사슬로 묶여 있었다.

BBC 스코틀랜드에서 드론으로 촬영한 영상. 괴짜 늙은이 한 명과 양 수백 마리가 사는 허머니 섬에 지어진 성이 통째로 검게 불탄 모습!

호시는 다시 바다 쪽으로 고개를 돌렸다. 등대 불빛이 부두 쪽을 비출 때까지 기다렸다. 마침내 시야에 빨간 돛이 달린 작은 범선 앞에 두 탐정의 자취가 들어왔다. 앤디는 선창 안에 있는 듯했고, 네벤은 홀로 부두에 서 있었다. 담배를 피우거나 전화를 하는 듯했다.

호시는 여전히 망설였다. 상자를 집어 들고 맞은편 서랍에 다시 넣기로 했다. 선반 위에는 또 다른 직사각형 상자 두 개가 놓여 있었다. 측면을 따라 구멍 세 개가 줄지어 나 있는 상자였다. 모두 완전히 똑같은 형태였다.

호시가 씩 웃었다.

상자가 그만큼 많이 필요하진 않았다. 지리학자가 그에게 상자를 너무 많이 넘겨준 것이다.

그가 흰 상자들을 자세히 살피고는 아직 주소를 적지 않고 비워 놓은 줄로 시선을 옮겼다.

다음 상자는 누구에게 보낼까?

사랑스러운 앤디는 어떨까?

어쨌든 이 호기심 많은 소녀는 Club 612에 가입할 만한 자격이 충분하지 않은가.

XXXVIII

– 어디?

– 이제 마지막 여정이야, 그러고 나서 돌아갈게…… 약속해.

– …….

– 왜 아무 말이 없어? 괜찮아?

– 아니!

– 왜?

– …….

– 자기, 베로니크. 보고 싶어.

– 거짓말…….

– 뭐? 왜 그런 말을 해?

– 난 당신이 보고 싶지 않으니까. 당신은 비행을 사랑하잖아. 그게 당신 인생의 전부잖아. 당신은 돌아와서도 내가 당신이 비행할 때 당신을 그리워하는 것보다 더 많이 비행을 그리워할 거잖아. 내게서 멀어지면, 당신은 또 다른 행성을 찾을 거잖아……. 수없이 많은

231

베로니크들이 있을 거잖아.

　― 그런 말 마……. 왜 그런 말을 해?

　― 난 당신 붙잡지 않아. 어떤 원망도 하지 않아……. 난 당신 사랑하지만, 날아가는 건 당신 맘이야. 난 당신 사랑하니까 당신 맘대로 해.

　― 당신 슬프구나?

　― 그게 궁금해? 그걸 당신이 안다고 무슨 소용이 있겠어, 당신도 같이 슬프려나?

　― 당신 슬픈 거지?

　― 당연하지. 슬퍼서 눈물 흘릴 만큼. 하늘을 멍하니 바라볼 만큼. 절망스러울 만큼. 아무렴 어때, 내가 바라는 건 오직 당신의 행복뿐이고, 당신의 행복은 하늘인걸. 또 다른 인생. 또 다른 땅. 또 다른 베로니크.

　― 나도 슬프겠지…….

　― 그렇겠지, 치러야 할 대가지. 자유를 얻는 대가.

　― 내가 곧 돌아갈게.

　― 아냐…… 날 위로하려고 돌아오진 마. 당신도 알잖아, 난 위로받을 필요 없어. 난 괜찮아, 당신이 있어야 할 자리는 거기야. 내가 내 옆에 있던 당신 자리를 치웠어. 내 마음속에서 당신도, 당신 자리도 비어 있는 게 더 좋아. 그러면 당신은 내 마음속 어디든 있을 수 있잖아.

　― 돌아갈게. 약속해.

- 그러려면 당신은 죽어야만 할 거야. 난 네벤, 당신이 죽는 걸 원치 않아. 아주 조금이라도.

XXXIX

일렁거리는 햇살에 잠을 깼다. 나는 범선에 난 현창으로 탁한 흘수선 바로 위를 보았다. 대형 화물선 한 척이 정박지에 들어섰고, 수천 명의 순례자가 배에서 내렸다.

아직도 옹딘은 주먹을 꼭 쥐고 선창 안쪽에 깔린 요에서 자고 있었다. 옆으로 누운 채. 나는 황금빛 모래언덕과 계곡, 우물, 오아시스, 그녀의 코코넛처럼 뽀얀 살갗과 야자수 잎처럼 늘어진 머리칼을 넋 놓고 바라보았다.

옹딘은 여느 장미꽃과는 달랐다. 옹딘은 변덕스럽지도, 오만하지도, 추위를 타지도 않았다.

옹딘이 날 길들인 걸까?

이제 내가 이 어린 여우를 책임져야 하나?

옹딘이 내 시선을 느낀 듯, 기지개를 켰다. 자기 몸 위로 이불을 끌어 올릴 새도 없었다.

― 어머, 이제야 잠을 깼네요…… 미안해요…… 머리가 완전히 헝

클어졌네요…….

나는 감탄 어린 시선을 참기 어려웠다.

옹딘이 곧장 샤워하러 갔다. 씻고, 옷 입고, 아침을 부랴부랴 먹은 앤디가 다시 나타나 나를 이끌고 부두로 나섰다. 우리는 군중을 헤집고 나아가 등대까지 갔다. 앤디는 걸어 올라가겠다고 고집을 부렸다. 계단이 수백 개였다. 우리는 숨을 헐떡이며 망루에 이르렀다.

호시가 민머리에 안경을 코끝에 걸치고 문자판 앞에서 우리를 기다리고 있었다. 마치 우리가 떠난 뒤로 그 자리에 꼼짝하지 않고 있었던 것처럼. 앤디는 호시에게 숨돌릴 틈도 주지 않았다.

– 누구죠? 누가 생텍스의 비행기를 파손시켰죠? 그가 입을 다물길 바란 사람이 누군가요? 누가 암살했나요?

호시는 그 전날보다 한결 느긋해 보였다. 아마도 아침이라 등대가 꺼지고 순례자를 셀 필요가 없어서일 터였다.

– 생텍쥐페리가 입을 다물게 하다? 그의 비행기가 파손되다? (호시가 가만히 생각에 잠겼다.) 아, 그건 정말 오래된 엉터리 가설이죠……. 어제는 내가 이 가설로 당신들을 쬔 거예요. 그래야 당신들이 나를 꼭 다시 찾아올 테니…….

– 어서 말씀해보시죠.

앤디가 짜증 냈다.

– 생텍쥐페리는 드골 장군에게 정면에서 저항한 몇 안 되는 지성인 중 한 명이었지요. 44년 7월 말, 연합국의 승리가 분명한 상황이

235

었고 정치적 숙청이 뒤따를 게 자명했죠……. 생텍쥐페리는 영향력 있는 인물로, 거슬리지만 통제하기 힘들었고요……. 당연히 드골파는 그를 싫어했어요. 수사관들이 맨 먼저 가닥 잡은 가설 중 하나가 전후에 그가 제거됐을 거라는 거였죠. 생텍쥐페리의 고위직 친구인 오딕 장군과 마르탱 사령관이 친구가 협박을 받고 있으니 경고해줘야겠다고 진지하게 생각했고요…….

– 경고를 안 했나요?

– 생텍쥐페리는 그들과 저녁을 먹기로 되어 있었어요…… 44년 7월 31일 저녁에!

앤디가 비명을 삼켰다.

우연의 일치라기엔 믿기 어려웠다.

– 게다가……

호시가 덧붙였다.

– 그날 아침, 생텍쥐페리는 정찰 임무를 나갈 차례가 아니었어요. 그는 동원 가능한 프랑스 조종사 명단에 열세 번째이자 마지막으로 올라 있었거든요. 어째서 그의 이름이 7월 30일 저녁, 첫 번째로 올라 있었는지 아무도 설명하지 못해요…….

앤디는 당황스러움에 풀이 죽어 몸을 움츠렸다.

나는 상상력이 지나치게 뛰어난 나의 어린 탐정이 그런 헛소리에 약해지도록 둘 수 없었다.

– 드골 장군이 생텍쥐페리의 숙청을 명령했다는 건, 좀 터무니없지 않나요?

호시가 태연하게 대답했다. 그는 서랍에서 인쇄된 종이 뭉치를 꺼내느라 바빴다.

– 맞아요……. 나도 믿지 않아요. 하지만 이 얘기를 꺼낼 수밖에 없었어요. 그래야 당신들이 날 보러 다시 오고…… 그래야 내가 당신들한테 또 다른 진짜 범인을 말해줄 수 있으니.

그가 종이 뭉치 중 가장 가까이 있는 것을 탁자 위에 펼쳐 보였다. 여러 신문 기사와 컴퓨터 화면을 인쇄해 놓은 거였다.

산산조각이 난 요트.

박살이 난 휠체어.

물에 잠긴 해변.

불타버린 성.

나는 이 비극적인 사건들과 마주하며 몸이 떨렸다. 나는 리우와 맨해튼, 콘차귀타, 오크니섬을 모두 알아봤다.

– 누군가 Club 612 멤버들을 차례로 제거하려 하고 있어요.

호시가 설명했다.

앤디는 이제 껍질 안에 몸을 잔뜩 움츠린 어린 소녀에 불과했다. 나는 나의 어린 인어가 홀로 괴로워하게 둘 수 없었다. 나는 최대한 재빨리 머리를 굴려 우리가 거쳐 온 여정들을 하나하나 분석했다. 필름을 되감다 보니 한 가지 단서가 떠올랐다.

– 범죄에 쓰인 무기가 뭔지 알겠어요! 우리의 연쇄 살인범의 수법 말이에요! 직사각형 상자! 우리가 만난 모든 Club 612 멤버가 똑같은 상자를 받았어요. 구멍 세 개가 나란히 나 있는 종이 상자. 조종

사가 어린 왕자에게 그려준 것과 닮은 상자 말이에요. 오코의 탁자 위에도, 무아제의 무릎 사이에도, 이자르의 왕좌 가까이에도 그 상자가 있었어요…….

호시가 나에게 존경의 시선을 보냈다.

– 잘 봤군요. 잘 봤어요.

그가 유리창 맞은편에 놓인 서랍을 향해 다가갔다. 서랍을 열었다.

– 이런 상자요?

진열장에 상자 세 개가 눈에 띄었다! 똑같이 생긴, 완전히 똑같이 생긴 상자였다.

내 심장이 쿵쾅거렸다.

호시…… 호시가 범인이라니!

나는 본능적으로 앤디 앞으로 나섰다.

등대지기가 상자 하나를 꺼냈다.

– 당신 생각엔, 이 상자 안에 뭐가 들어 있을 것 같나요?

그는 농담조로 말했다.

– 당연히 양은 아닐 테고…….

그가 탁자 위에 상자를 조심스레 올려놓았다.

– 궁금하면 어디 한번 열어 봐요.

그는 나에게 말하지 않고 앤디에게 말했다.

그녀가 홀린 듯 앞으로 갔다. 호시는 세 걸음 뒤로 물러나더니 팔짱을 꼈다.

– 안 돼요, 앤디. 저 사람 말 듣지 마요!

그녀는 내 말을 듣지 않았다. 그녀가 양손을 종이 상자 위에 올렸다.

- 안 돼요, 앤디.

나는 나의 장미꽃을 책임져야 했다. 내가 불행을 안긴 장본인이었다.

내가 급히 서둘렀지만, 한발 늦고 말았다.

앤디는 이미 상자 뚜껑을 열었다.

그녀의 목 주변으로 오직 노란 섬광만 비쳤다.

그녀는 잠시 미동도 하지 않았다. 소리도 지르지 않았다.

그녀는 사랑하는 한 여인이 쓰러지듯 천천히 쓰러졌다.

내 품에 쓰러져 소리조차 나지 않았다.

앤디는 그 상태로 오랜 시간 가만히 있었다. 밀가루 인형처럼 부드러웠다. 그러다가 심장 박동이 느려지고, 숨소리가 약해졌다.

그때 앤디가 고개를 획 돌려 상자를 바라보더니 웃음을 터뜨렸다.

종이 괴물이 튀어나와 그녀의 목에 달려든 것이었다.

종이접기 한 노란 뱀!

노란 뱀은 뚜껑을 열면 용수철처럼 튀어 오르도록 상자 안에 교묘히 접혀 들어가 있었다. 종이로 된 뱀이라니. 놀랍지만 위험하지 않은 것이었다.

나는 도무지 이해할 수가 없었다. 이게 도대체 어떤 의미일까?

호시가 땅에 떨어진 노란 뱀을 다시 조심스레 주워 담았다.

- 내가 Club 612 멤버들에게 이 깜짝 종이 인형을 넣은 상자를 하나씩 보냈어요. 그들이 메시지를 이해할 수 있도록 말이에요.

- 어떤 메시지요?

- 뱀은 위험하지 않다. 뱀이 무는 건 치명적이지 않다. 그건 연출에 불과하다. 어린 왕자는 죽지 않았어요. Club 612 멤버 중 누구도 죽지 않았고요. 그들도 실종된 상황을 연출해 놓고 지시를 따라야만 했던 거예요. 그들의 최종 목적지를 향해. 생텍스는 우리에게 분명한 메시지를 남겼어요. 뱀은 종교에서 대체로 부활을 뜻하잖아요!

내가 민머리의 늙은 일본사람을 바라보았다. 내가 그에 대해 가진 첫인상은 틀린 거였다. 호시가 이 사이코 클럽 멤버들 중 가장 미친 사람이었다.

- 모든 게 상자 안에 설명되어 있었어요.

이번에도 호시가 말했다.

- 모든 거라니요?

- 지리학자가 그들에게 설명해달라고 부탁한 모든 것 말이에요.

설명에 설명만 거듭하는 상황이었다. 이야기가 빙빙 돌기만 했다! 내가 목소리 톤을 높였다.

- 이 지리학자라는 사람은 누구죠? 당신들의 작은 공동체에서 이 여섯 번째 멤버가 누구냐고요? 어디 가면 만날 수 있죠? 오코의 명단에는 어떠한 단서도 없었어요, 주소도 이름도.

호시는 마치 내 말을 전혀 듣지 못한 사람처럼 앤디를 향해 돌아섰다. 앤디는 다시 정신을 차린 듯했다.

– 당신한테 줄 다른 선물이 있어요. (그가 서랍장 칸을 열어, 검은 봉투 하나를 꺼냈다.) 다음 로드맵이에요. 마지막 단계. 당신은 처음부터 알아차렸겠죠, '어린 왕자'는 암호화된 진실로 채워져 있다는 걸 말이에요. 여우가 진실의 열쇠를 쥐고 있지요. 삭제되거나 잊힌 주요 구절들, 아무런 설명 없는 숫자들……. 더욱이 생텍쥐페리의 삶은 미스터리로 채워져 있고요. 그의 전기는 그의 정부들이나 그의 부인이 한 이야기나 그가 자백한 이야기들을 바탕으로 쓰였어요……. 그렇게 해서 복합적이고 모순적인 인물이 만들어졌지요. 하지만 이것도 역시 행방을 묘연하게 하려는 의도 아니었을까요? 생텍쥐페리의 초상화를 보면 매번 서로 다른 날을 배경으로 하고 있잖아요…… 콘쉬엘로의 트렁크가 열리기까지. 그것도 일부만. 무려 오십 년이 걸렸고……. 넬리 드 보귀에의 아카이브 자료는 2053년에야 열람할 수 있고요……. 중요한 건 눈에 보이지 않아요. 이 용감한 토니오는 수수께끼를 엄청 좋아했어요. 그가 실종되기 전날 밤에도 친구들 앞에서 마술을 여러 차례 해 보였으니까요! 그리고 글자나 숫자 놀이도 엄청 좋아했죠. '어째서 넌 항상 수수께끼 같은 말을 하니?'라고 어린 왕자가 뱀에게 묻지요. (호시가 노란 종이 뱀을 상자에 조용히 집어넣고, 뚜껑을 다시 닫았다.) 하지만 그 질문을 들어야 할 사람은 생텍스일지도 모르죠.

– '난 모든 걸 풀 수 있으니까'

앤디가 짧게 대답했다.

호시가 미소를 지었다.

그가 앤디에게 봉투를 건넸다.

- 그걸 당신이 증명해 보일 차례예요!

XL

Club 612

우리는 작은 범선의 갑판에 있었다. 부두에 정박해 있는 마지막 범선이었다. 나머지 범선들은 모두 바다로 나갔다. 저 배들은 무엇을 실어 나르는 걸까? 해적? 노예? 순례자?

앤디가 탁자 위에 피리 레이스의 지도를 펼쳤다. 이자르가 건넨 지도였다. 거기에다가 호시가 건넨 봉투에서 찾은 지도 조각을 더했다. 미대륙 해안에서 가장 가까운 대서양 일부를 나타낸 지도였다. 삼각형의 커다란 조각. 수십 개의 작은 섬이 흩어져 있는 곳.

버뮤다 제도!

나는 가젤 가죽에 적힌 단어들을 판독해보려 했지만, 노안이 온 눈으로는 쉽지 않았다. 앤디는 훨씬 시력이 좋았다. 그녀가 이곳에 적힌 섬들의 이름을 판독했다. 힐데가르트, 타마라, 컬럼비아, 스베아, 아딜베르타……

여기서 어떤 단서를 찾을 수 있을까? 더욱이 내가 가진 어떤 항공도에도 이 섬들은 표기된 바 없다. 가상으로 지어낸 곳들인가? 위치

측정을 잘못한 건가? 아니면 화산섬이었다가 이제는 사라진 섬들인가?

앤디가 계속해서 판독했다. 나는 어떤 도움을 줄 수 있을까?

그때 갑자기 나의 탐정이 손가락을 뻗어 가리켰다.

– 버뮤다 제도 동쪽에 있는 이 작은 섬이요. 네벤, 이곳의 경위도를 계산해줄 수 있어요?

몇 분이면 되는 일이었다. 나는 피리 레이스의 지도 조각을 평면 구형도 위로 옮겨 놓은 뒤, 위도와 경도를 최대한 정확히 계산했다. 기계적으로…….

결과가 내 표정으로 먼저 드러났다.

몹시 놀라웠다!

그 순간, 우리가 버뮤다 제도 상공을 날 때 앤디가 조종석 계기판에서 무엇을 봤는지 알아차렸다. 연필심이 툭 부러졌다. 나는 떨리는 목소리로 좌표 결과를 내뱉었다.

– 이 천문학자. 그러니까 이 터키 항해가가 발견한 이 섬의 경도는 정확히 61° 2', 위도는 32° 5'에서 33° 00' 사이에 있어요.

612. 어린 왕자가 사는 소행성 번호.

325~330. 어린 왕자가 방문한 행성 여섯 곳…….

나는 말을 더듬었다.

– 암…… 암호. 어린 왕자에 숨은 암호는 아주 간단한 거였네요. 소행성 번호가 경위도와 일치하네요.

– 배와 비행기 여러 대가 사라진 그곳.

앤디도 나만큼이나 당황한 목소리로 뒤이어 말했다.

그녀가 서둘러 휴대폰을 켜고 연결해보려 했지만 연결이 되지 않았다······. 신경질을 냈다!

— 여기에선 당최 아무 신호도 잡히질 않네요.

나는 농담할 기회를 포착했다.

— 나의 어린 아프리카 여우께서는 모래언덕과 사막에서의 고독을 즐기는 줄 알았는데?

— 요즘은 사하라 사막 오지에 사는 베두인족들도 바깥세상과 통한다고요! 자, 어서 말해봐요, 이곳 버뮤다 제도에 관해 엄청 잘 아는 것 같던데, 얘기 좀 해 봐요······.

나는 작은 범선 갑판 위에서 통신 접속을 해보겠다고 요리조리 자리를 옮겼다. 나는 먼저 손가락을 입에 갖다 대 죽죽하게 만든 뒤 손가락을 위로 높이 들고서 빨간 돛 근처에 멈춰서 가만히 있었다.

됐다, 신호가 잡혔다.

— 버뮤다 제도는 백 개가 넘는 섬들이 모인 곳으로 섬 대부분이 아주 작고 사람이 살지 않으며, 조수의 수위에 따라 해수면 위로 올라와요······. 대양 측면에 환상 산호초가 거대하게 자리 잡고, 불안정한 화산섬과 깊이를 알 수 없는 심해가 맞닿아 있지요. 미대륙 대서양 먼바다에서 가장 고립된 군도이기도 하고요.

— 고립되어 있나고요? 얼마나요?

— 천이백에서 천팔백 킬로미터 사이 정도요.

— 해리 단위로는요?

- 쉽죠······ 환산만 하면 돼요. 대략 천 해리요.

나는 이 마지막 두 단어를 내뱉는 순간 깨달았다. 우리가 F900을 타고 사막 위를 날면서 이미 이와 관련된 얘기를 한 적이 있었다!

앤디는 뱃전 위로 떨어질 뻔했다.

- '사람이 사는 곳에서 천 해리 떨어진!'.

그녀가 폭발하듯 내뱉었다.

- 생텍스가 '어린 왕자'에서 다섯 번 반복한 표현. 이 항해 용어를 강박처럼 툭툭 썼어요. 아주 간단한 거였군요! 흰색 위에 검은색으로 쓴 다섯 번! 그가 있던 지점. 그러니까 맨해튼에서 천 해리 떨어진 섬을 찾으면 되는 거였어요!

- 토니오라는 인물, 정말 지독한 사람이군요!

앤디가 갑판 위에서 계속해서 폴짝거렸다.

- 조종사 아저씨, 한 가지 더 물어봐도 될까요?

- ······.

- 버뮤다 제도 수도는요?

다시 접속했다. 나는 움찔했다. 들키지 않으려면 하느님이나 알라신을 외쳐야 하나. 너무도 명확했다.

- 해밀턴!

- 네? 해밀턴이요?

- 버뮤다 제도의 수도가 해밀턴이에요······.

이번에는 앤디가 정말 휘청거리기 전에 미리 붙잡았다.

- 실비아 해밀턴의 해밀턴이요? 생텍스가 '어린 왕자' 원본을 맡

긴 여기자 이름이잖아요! 정말…… 정말…… 기절할 노릇이군요! 지금껏 아무도 생각하지 못했지만, 그야말로 명백한 단서 아닌가요! 제발 버뮤다 제도가 장미와 어떤 관계가 있다고는 말하지 마요…….

나는 사색이 되었다.

– 해변…… 버뮤다 제도의 모래가 독특한 특징 때문에 세계적으로 유명해요.

– 어서 말해요, 뭐든 들을 준비가 됐어요.

– 모래가 장밋빛이에요!

어린 탐정이 비틀거리며 다가와 내게 매달려서는 벌벌 떨며 불안해했다. 이건 앤디인가 옹딘인가?

– 이곳에서 무엇을 찾게 될까요? 이 섬에서 무엇을 찾게 될까요?

지리학자의 섬

우리는 기다렸다가 탐험가가 증거물들을 가져오면
그때 잉크로 기록하지.

지리학자, 소행성 330호

먼바다에 존재하지 않는 어느 섬에 바치는 불타는 운명들이 있다.

『성채』

XLI

나는 GPS가 가리키는 대로 수면을 스쳤다.

우리가 해밀턴 국제공항에 착륙한 지 한 시간이 채 안 된 시점이었다. 나는 착륙한 뒤 곧장 수상비행기를 한 대 빌렸다. 오코 돌로가 대 준 자금은 무한정이었다……. 특히 이제는 진실에 가까워졌기에 십분 활용했다.

우리는 계속해서 군도의 수도 격인 섬 동쪽에서 수십 킬로미터 떨어진 대서양 상공을 날았다.

61°2' W

32°5' N

– 보여요!

앤디가 외쳤다.

섬은 수면 위로 살짝 올라와 있었다. 아주 작은 장밋빛 해변에 바위 몇 개가 비죽 솟아 있고, 마치 작은 행성처럼 둥근 형태로 선 말뚝 위에 올린 오두막 한 채가 눈에 들어왔다.

쿵쾅대는 우리 둘의 마음과는 달리 바다는 평온했다.

나는 수면에 내려앉아 수상기 바퀴가 모래알 속에 빠질 때까지 프로펠러가 계속 돌아가게 두었다.

젊은 남자 한 명이 맨발에 상반신을 벗은 채 턱수염 없이 말끔한 얼굴로 우리를 기다렸다.

저 사람이 지리학자인가? 내가 예상했던 모습은 흰 수염이 덥수룩한 학자였다. 구릿빛 피부의 겉멋 부리는 사람이 아니라!

– 호시가 당신들이 올 거라고 미리 알려주더군요.

우리의 호스트가 나긋한 목소리로 말했다.

– 내 이름은 스텔로예요. 어서 와요.

우리는 좁은 해변을 따라 걸었다. 질퍽한 모래가 발에 들러붙었다.

– 이 섬은 어떤 지도에도 표시되어 있지 않아요.

잘생긴 스텔로가 설명했다.

– 만조에 이르기까지 수차례 면적이 줄어드니까요. 만조에는 말뚝 위에 선 오두막만 수면 위로 올라와 있어서, 사람들이 배가 떠 있다고 착각하죠.

우리는 해변에 놓인 돌로 된 벤치를 지나 멈추지 않고 걸었다.

– 신기하게도…

스텔로가 말을 이어갔다.

– 피리 레이스의 지도에만 이 환상 산호초의 일부가 나와 있어

요. 아마도 이 섬이 수 세기 전에는 훨씬 컸겠지요. 우리 발밑에 화산이 잠들어 있을 테고. 화산이 다시 깨어나면, 아마도 이 섬은 더 이상 존재하지 않게 되겠죠.

- '지도에는 변하지 않는 영원한 것만 기록한단다.'

앤디가 가만히 읊조렸다.

- '어느 순간 사라져 버릴 수 있는 것은 기록하지 않는단다.'

두 사람 모두 서로를 알아본 듯 서로에게 웃어 보였다.

- 이쪽으로.

우리는 다음 해변에 이르렀다. 이번에는 더 좁은 해변으로 간조에만 그 모습이 드러나는 곳일 거라 짐작했다. 장밋빛 모래 위에 화강암 비석들이 세워져 있었다.

묘지라니! 그것도 해저 묘지!

나는 그저 놀란 눈으로 글씨가 새겨진 십여 개의 작은 판을 살펴보았다. 나는 앤디의 손을 잡았다.

항해사와 조종사들의 무덤이었다……

- 그들이 사라지고 싶을 때……

스텔로가 설명했다.

- 세상이 그들을 성가시게 할 때…… 그들은 이곳에 와서 안식처를 찾는 거예요. 이건 극비 사항이라 단 몇 명의 모험가들에게만 밝혀진 사실이지요.

젊은 남자가 몇 미터 멀리 떨어진 무덤 하나를 가리켰다.

앙투안 드 생텍쥐페리

1900-1994

— 토니오가 여기서 오십 년을 살았군요!

우리는 다리가 푹푹 빠지는 표사를 거쳐 벤치 쪽으로 다시 올라갔다. 말뚝 위에 지어진 둥그런 집에 가까이 갔을 때쯤, 이런저런 외침이 들렸다.

스완과 이자르, 무아제, 오코의 목소리였다, 더욱 놀랄 수밖에 없었다.

— 여기가 생텍쥐페리의 천국이라고?

스완이 한탄하는 목소리가 들렸다.

— 이 초라한 작은 섬이! 호시가 우리에게 약속했던 것과는 전혀 다르군! 이 불 켜는 늙은이가 나중에 오면 해명을 요구해야겠어.

— 맞는 말이오.

이자르가 말을 보탰다.

— 오히려 우리가 모였던 내 궁전이 더 넓었겠군! 나의 가엾은 궁전은 불타버렸지만……

— 게다가 이곳엔 술이 한 방울도 없잖아.

무아제도 거들었다.

— 기껏해야 바닷물 걸러낸 게 전부군.

— 차라리 내 요트를 제안했더라면 좋았을 텐데.

오코는 빈정거렸다.

   − 이젠 지중해 깊이, P−38 잔해와 파카 51 펜 옆에 빠져버렸지 뭔
가.

XLII

- 이쪽으로.

스텔로가 또다시 말했다.

그가 바위 몇 개를 타고 올랐다. 앤디는 그가 먼저 오르도록 했다. 아무래도 몸이 좋은 그의 등에 불끈 솟은 승모근을 더 잘 감상할 속셈인 듯했다.

- 그러니까…

앤디가 과감히 물었다.

- 생텍스가 지중해에 빠져 죽은 게 아니라 이곳으로 왔다는 건가요? 그건…… 더욱이…… 믿기 어렵군요…….

잘한다, 앤디! 내 생각도 그녀와 같았다. 글씨가 새겨진 화강암 비석만으론 아무것도 증명할 수 없지 않은가!

스텔로가 어느 바위에 앉더니 치아를 하얗게 드리내며 웃어 보였다.

- 믿기 어렵다고요? 그렇지만 앙투안은 은둔하고 싶은 마음을 꾸

준히 드러냈어요. 죽는다는 말은 하지 않았지만 떠난다, 사라진다는 말은 계속했지요……. 그의 작품을 읽다 보면 누구라도 알아차릴 수 있어요.

앤디가 응수했다.

- 좋아요, 모두가 그랬듯 저도 그렇게 믿었으니까요! 오랜 시간 무수히 많은 독자가 이런 환상을 품었었죠. 생텍스는 죽지 않았다고, 어딘가 숨어 있을 거라고! 하지만…….

- 하지만……

스텔로가 바닷물만큼 맑은 눈빛을 앤디의 눈빛에 고정시킨 채 그녀의 말을 이어받았다.

- 결국 생텍쥐페리를 다시 찾지 못했죠. 간절한 꿈은 세월이 흐르면서 점점 희미해졌어요. 앙투안은 1900년 6월 29일생이니까요……. 심지어 가장 열렬한 팬과 더불어 Club 612 멤버들조차도 세기말이 다가오자 생텍쥐페리가 살아 돌아올 거라는 믿음을 버렸죠. 그러다가 1998년, 기적적으로 팔찌가 등장한 탓에 그가 살아 있을 거라는 희망의 끈을 완전히 놓아버렸어요.

앤디는 혹하는 듯했다. 하지만 나는 아니었다! 이번엔 내가 젖은 바위 위에 앉았다.

- 그렇다고 해도 이 화강암 묘비 말고 다른 증거들도 댈 수 있어야죠!

앤디도 긍정의 뜻으로 고개를 끄덕였다, 내 기대에는 못 미치는 정도였지만.

- Club 612에 들어올래요?

스텔로가 느닷없이 제안했다.

그의 제안은 내가 아니라, 앤디를 향한 것이었다. 정말이지 한순간에 벌어진 일이었다.

- 저야 좋죠.

나의 여우가 만면에 미소를 띠고 대답했다.

- 클럽에 젊은 기운을 좀 불어넣어 볼까요!

스텔로가 웃음을 터뜨렸다.

- 내가 늙어 보이나요?

- 당신은 정말 지리학자인가요?

- 아마도요……. 가입 시험 치를 준비는 됐나요?

앤디가 등과 엉덩이를 다른 바위에 기댔다. 진줏빛 광택이 나는 피부에 오버핏 티셔츠. 예쁘기 그지없는 조개였다.

- 준비됐어요! 시험 주제는 뭔가요?

- 의심하는 사람 설득하기. 생텍스가 1944년 7월 31일에 죽지 않았음을 의심하는 이 세상 모든 이들을 설득하기.

나는 발끈했다. 내가 의심하는 사람인가? 적어도 내 의견을 물어봐야 하는 거 아닌가!

- 먼저 하시죠.

앤디가 말했다.

스텔로가 선뜻 응했다.

- '이상한 행성이에요'. 앙투안이 그의 정부 나탈리 페일리에게 이

렇게 썼죠. '인생은 단순한 별이겠지요.' 그는 결국 이 환상 산호초에서 그 별을 발견한 거죠…….

— 으음.

앤디가 반응을 보였다.

— 아름다운 러시아 출신 정부가 생텍쥐페리 인생에서 유일한 별똥별이었겠지요. 저는 더 옛날로 거슬러 올라가는 편이 낫겠어요. 44년에 넬리 드 보귀에에게 쓴 편지요. '도망치는 것, 중요한 건 그거예요. 정말이지 이 어리석은 사람들에게서 떠나고 싶어요. 내가 이 행성에서 뭘 할 수 있을까요? 아무도 날 원하지 않는데? 마침 누군가 날 필요로 한다 해도, 내가 그들을 원치 않아요! 나는 기꺼이 동시대인으로서의 자리를 내려놓을 거예요. 정말 쉬고 싶군요.' 어때요? 앙투안은 죽고 싶다고 쓰지 않고 그저 동시대인으로서의 자리를 내려놓고 싶다고 말하지요. 자기 삶을 떠나고 싶은 게 아니라 인간들을 떠나고 싶은 거라고요!

스텔로가 조용히 박수를 보냈다.

— 훌륭해요, 하지만 더 그럴싸한 게 있어요! 44년 7월, 앙투안이 사라지기 전 한 달이 채 안 된 시점에 로즈 부인에게 보낸 편지요, 딱 봐도 뭔가 이상해 보이죠. 이 부인의 본명이 로즈라니, 정말 감탄할 만한 편지에요. 앙투안이 이렇게 썼지요. 자신이 꿈꾸는 건 오직 고요함이라고. 자신은 도저히 참기 어려운 전화 문명에서 벗어나고 싶다고. 이 흉물스러운 존재가 인간의 참된 존재를 대신 차지해버렸다고. 나는 생텍스가 참 가엾다는 생각이 들었어요, 그가 지금 세상이

어떻게 되었는지 알았더라면!

스텔로는 잠시 입을 다물고 바다와 마주한 돌로 된 벤치를 바라보다가 다시 읊조렸다.

– '이제 표석에 신물이 나네요. 그런 것들은 아무런 도움이 안 돼요. 어찌 되었든 이제는 태어날 시간이에요.' 무슨 말인지 알겠어요? 생텍스가 자신의 비행을 그만두려 했던 건, 죽기 위해서가 아니라 태어나기 위해서예요! 그리고 그는 끝으로 로즈 부인에게 모든 걸 밝히죠. '솔렘 또는 티베트 수도원의 소명을 기다리며 조종간을 다시 시속 600킬로미터까지 끌어당겨요.' 그렇게 그는 결국 자신의 수도원을 찾은 거예요. 그는 자신의 편지 유서를 이렇게 끝맺지요. '나는 그저 여기에 와 앉아 친절히 감싸 안는 오 분의 영원을 느낍니다.' 바로 여기, 이 벤치에서 말이에요……. 이 정도면 끝난 얘기죠!

두 사람 모두 동시에 대서양과 마주한 돌로 된 벤치를 응시했다. 벤치는 파도칠 때마다 반쯤 잠겼다.

나는 더 이상 존재하지 않는 사람 같았다.

나는 앤디의 시선을 끌어보려 했지만, 그녀는 꿈쩍도 하지 않았다. 그녀는 젊고 잘생긴 로빈슨에게 도전을 이어갔다.

– 그건 인정해요.

앤디가 상대의 주장을 받아들였다.

– 생텍스는 벤치를 찾아 헤맸죠. 오직 영원과 마주한 벤치 말이에요. 그리고 당신이 이 벤치를 찾은 거고요……. 하지만 저도 여기서 그칠 순 없어요!

– 정말요?

– 44년 7월, 생텍스가 그의 어머니에게 편지를 썼어요. 그런데 이상하게도 이 편지는 일 년이 지나서야 그녀에게 도착했지요. 그 편지에서 그가 말하길······.

– 앙투안이 그 편지를 바로 여기서 쓴 거예요!

앤디가 그 자리에 그대로 굳었다. 스텔로는 확신에 찬 어조로 반복했다.

– 앙투안이 그 편지를 바로 여기, 이 벤치에 앉아 썼다고요. 그날 엄청나게 큰 위험을 감수한 거죠. 사후 편지에서 그가 살아 있음이 밝혀질 수 있었으니까요. 물론 그가 사라지기 며칠 전으로 날짜를 조작하긴 했지만요. 하지만 그는 그럴 수밖에 없었어요. 그의 어머니가 망연자실했으니, 어머니에게 소식을 전해야만 했지요. 그가 꾸민 일의 전말을 밝히는 것과 다름없었어요. 게다가 그의 어머니도 아들이 어딘가 숨어 살아 있음을 자신은 알고 있다고 누누이 말해왔었고요. 하지만 도착하기까지 일 년이 걸린 이 편지 이야기를 모두가 무시했죠!

앤디가 자그마한 주먹을 꽉 쥐고 바위를 힘껏 내리칠 기세였다. 나의 탐정은 결코 가입 시험을 포기하지 않았다.

– 어휴······ 그럴 줄 알았어요! 알고 보면 자명한데 말이죠. 죽을 사람의 편지가 아니라, 죽었다고 여기는 사람의 편지, 가까운 사람들을 안심시키려는 편지인 거죠. 편지는 이렇게 시작돼요. '사랑하는 어머니, 어머니께서 이 편지를 받고 제 걱정을 내려놓기를 진심으로

바랍니다. 저는 더할 나위 없이 아주 잘 지내요. 마음 깊숙한 곳에서 키스를 보냅니다.' 아주 짧은 편지예요. 생텍스가 자신에 관한 이야기를 전혀 하지 않았지요. 보통은 어머니에게 장문의 편지를 쓰던 그가 이 편지에서는 그저 잘 지낸다는 말밖에 하지 않았어요! 이 편지는 일종의 엽서였던 거예요, 부재하지만 살아 있는 자가 멀리서 보낸 엽서!

앤디가 지친 기색으로 말을 멈추더니, 스텔로의 청록색 눈빛을 바라보며 칭찬을 갈구했다. 그 자리에 나의 눈빛은 더 이상 존재하지 않았다.

– 그럼 전 Club 612 가입 시험에 통과한 건가요?

스텔로가 눈꺼풀을 깜빡이며 그녀를 칭찬했다.

– 참 성미가 급하군요⋯⋯ 아주 훌륭했어요, 하지만 우리가 지금까지 한 건 반쪽짜리 증명에 불과해요.

– 어째서요?

스텔로가 나를 향해 돌아섰다.

– 우리는 의심하는 모든 이들에게 확실하게 증명해 보였어요, 앙투안은 사람들에게서 멀리 떨어져 휴식을 취하기 위해 벤치나 별, 섬을 찾으려 했다는 걸⋯⋯. 하지만 당신은 지금 살인범 둘을 조사 중이라는 사실을 기억해야죠! 어린 왕자는요? 고작 단서 몇 개로 그가 사라진 건 그저 연출에 불과하다는 것을 증명할 수 있는 걸까요? 사실 우리는 그렇다고 생각하지요, 앙투안이 자신이 사라진 것을 연출했고, 사람들이 자신의 이야기 속에서 사라진 걸 짐작할 수 있게

했으니까요!

앤디는 이 새로운 도전 과제가 마음에 든 듯했다. 나는 아니었다.

의심이 많은 사람은 원래 여간해서 고집을 꺾지 않는 법이다!

— 자, 어서요.

스텔로가 부추겼다.

— 어디 한번 해 봐요.

— 그 단서들을 찾으려면 모건 뮤지엄에 있는 수기 원고를 다시 언급해야겠군요! 원래 생텍스는 어린 왕자 이야기를 이렇게 시작하려고 했어요. '옛날 옛적에 아주 작디작은 별에 사는 어린 왕자가 있었어요. 왕자는 그곳에서 매우 심심해했지요. 먼지가 많을 때면 (이어진 문장은 판독이 어렵지만, 어린 왕자가 비질하고 물속에 몸을 담그고 누운 그림 두 개가 나와 있어요.). 하지만 왕자는 바다에서 먹감았어요.'

— 먹감는다고요?

내가 물었다.

— 목욕하고 씻는다는 뜻의 옛날식 표현이에요…….

나는 앤디가 간결한 대답만 툭 내뱉는 게 싫었다.

— 그러니까 제가 정리해볼게요.

나의 매정한 어린 여우가 말을 이었다.

— 생텍스는 원래 자신의 장미꽃을 떠났다가 되돌아가고 싶어 하는 한 왕자의 사랑 이야기를 들려주려 했던 게 아니라, 사는 게 지루하고 자신을 병들게 하는 먼지를 끊임없이 비질해야 하는 것에 신물

이 난 어린 왕자가 하늘이나 사막이 아니라…… 바다에서 꿈꾸고, 몸을 씻고 정화하려는 이야기를 들려주려 했던 거예요! 그런데 아무래도 이대로 쓰면 비밀을 풀어내기 너무 쉬울 테니, 생텍스는 좀 더 교묘하게 이야기를 비틀고 복잡하게 숨겼던 거죠! 어린 왕자가 장미꽃을 떠날 때 도피라는 단어를 쓰긴 하지만요……. '도피'라는 말, 좀 이상하지 않나요? 꼭 죄수가 탈옥해서 은신하는 것 같잖아요.

스텔로가 놀란 눈치였다.

— 브라보! 그렇다면 최종본에서 수정된 또 다른 부분이 있는데, 이건 어떻게 생각하나요? 앙투안이 비좁은 공간에 전 세계 인류를 쌓아 올리는 이야기를 하면서 '맨해튼'이라는 지명을 지우고 대신 태평양의 아주 작은 섬이라고 썼지요…….

내가 끼어들려 했으나 앤디가 내 순서를 가로챘다. 아니면 발아래 놓인 나, 장미꽃을 모래밭에서 꺾었다고 해야 할까.

— 대서양이라고 하지 않았군요!

— 생텍스가 그리 쉽게 모든 단서를 넘겨줄 사람이 아니죠.

스텔로가 응수했다.

— 하지만 인류 전체를 아주 작은 섬에 집어넣으려 했어요. 자신의 세속! 진실을 알고 나면 이건 엄청난 비유 아닌가요? 그리고 모건 뮤지엄에 있는 원본에만 있는 단락이 또 있어요. 이상하게 최종본에서 삭제되었지만요. 그 난락에서 어린 왕자가 발명가 한 명을 만나요. '이 초록 버튼을 누르면, 네가 극에 있을 거야'라고 발명가가 말하지요.

— '어째서 극에 가고 싶으냐고요?'

앤디가 읊조렸다.

두 사람 모두 '어린 왕자'의 미간행 원고를 외우고 있었다. 나는 짜증이 나면서도…… 인상적이라는 느낌은 인정해야만 했다.

- '멀기 때문이에요.'

- '이 버튼을 누르기만 해도 되는 거라면 멀다고 할 수 없지. 극이 의미가 있으려면, 네가 극을 길들여야만 해.'

- '길들인다는 게 무슨 뜻이에요?'

- '극에 오랜 시간을 들여야 한다는 거지. 오랜 침묵도.'

두 사람 모두 나를 바라보았다. 둘의 공모가 나를 불안하게 했다.

- 원본에서는……

앤디가 감정을 터뜨렸다.

- 생텍스가 길들인 대상이 그의 친구 여우나 사랑하는 장미꽃이 아니라 극이었던 거군요! 그는 거리를 길들이고, 침묵을 길들이고, 스스로 길드는 거였어요. 결국, 자신의 자유를 길들인 거지요!

그녀가 나를 바라보았다. 나는 아무런 내색도 하지 않고, 그저 침울한 표정만 지었다.

앤디가 난처해 보였다. 스텔로는 그녀에게 잠시도 쉴 틈을 주지 않았다.

- 좋아요. 당신이 말을 꺼냈으니 가장 중요한 단서를 되짚어 봅시다. 장미꽃은 기독교 신자들에게 천국을 상징하지요……. 그런데 천국은 정말 존재하는 걸까요? 천국만이 사후에 살 수 있는 유일한 길일까요? 하지만 앙투안은 신자가 아닌걸요……. 보다 간단한 방법이

필요했겠지요. 세속의 천국? 지상의 천국? 살아 있는 사람들과 사람들이 우글거리는 곳에서 떨어져 나와…… 어린 왕자처럼 어느 별에서, 혹은 더 쉽게 어느 섬에서 은둔하는 것.

 — 당연하죠!

앤디가 빈정댔다.

 — 어린 왕자에게 별이 있다면 생텍쥐페리에게는 섬이 있었던 거죠. 그리고 가장 훌륭한 단서도 빠뜨리면 안 되죠. '내가 죽은 것처럼 보이겠지만 사실 그렇지 않아요.' 브라보, 토니오! 이 말이 가장 시원스레 내뱉은 단언이었죠! 그는 어린 왕자의 입을 빌려 자신에 관한 이야기를 한 거예요!

스텔로가 응수하려 했지만 앤디가 흥분해서는 말을 이어 나갔다.

 — 게다가 뒤쪽에 가서 마지막 장에서는 더욱더 대담함을 발휘하죠. 조종사가 마음이 조금은 차분해진 상태에서 어린 왕자에 관해 이야기하며 이런 말을 하지요. '나는 어린 왕자가 자신의 행성으로 무사히 돌아갔다고 확신한다. 다음 날이 밝았을 때, 그의 몸을 어디에서도 찾아볼 수 없었기 때문이다. 어린 왕자의 몸은 그리 무겁지 않았으리라.' 확실한 단서죠! 생텍스의 몸도 어디에서도 찾아볼 수 없고, 발견된 거라곤 쇠 껍데기. 그의 비행기뿐이잖아요……. 하지만 '어린 왕자'가 주는 메시지대로 라면, 생텍스의 몸 흔적이 어디에도 없다는 건 곧, 생텍스가 자신의 행성으로 무사히 돌아갔다는 거죠……. 그러니까 안심해도 되는 거예요! 그는 죽지 않았어요! 그의 시신도 찾지 못한 채 어떻게 그가 격추됐다고 넘겨짚을 수 있겠

어요? 둘의 행방불명이 이토록 우연히 들어맞을 수 있는 걸까요. 곰곰이 생각해 보면 출간본 내용은 사실상 말이 안 돼요. 분명히 생텍스의 의도가 하나부터 열까지 들어가 있는 거라고요! 그리고 끝에서 두 번째 단락에서 그가 마지막 질문을 던져요. 양이 꽃을 먹었는지 안 먹었는지……. 이건 지구에서 도망친 한 사람이 던진 질문인 거죠. 이제는 관객 입장에서 궁금한 거예요. 전쟁이 어떻게 끝났는지, 야비한 짐승이 세상을 집어삼켰는지……. 우글거리던 흰개미 군체가 살아남았는지.

XLIII

바다가 다시 차오르고, 섬은 줄어들었다.

우리는 너무도 불편한 바위산을 떠나 아직 잠기지 않은 해변에 앉았다.

앤디는 미남 스텔로의 축하를 받으며 가입 시험에 통과했다. 그녀가 잠시 멀찍이 갔다가 예쁘게 단장한 모습으로 돌아왔다. 깨끗이 씻고, 루비 목걸이를 목에 걸고, 머리카락 이곳저곳에 개양귀비꽃을 꽂았다. 그녀가 모래밭의 장미 한 송이처럼 우아한 모습으로 돌아와 젊은 지리학자 앞에 피리 레이스 지도를 펼쳤다.

– 생텍스는 어떻게 된 거죠?

똑똑한 나의 어린 여우가 애태웠다.

– 저도 이제 멤버가 되었으니 밝힐 수 있잖아요! 생텍스는 어떻게 사라진 건가요?

스텔로가 가젤 가죽 위로 손가락을 훑었다.

– 사실 그건 아무도 몰라요, 하지만 어려운 일은 아니었어요. 조

종사들은 대체로 급강하기 전에 탈출하거든요. 생텍스도 분명 빠져나와 리우 섬까지 헤엄쳤을 겁니다. 해상에 추락해야만 했겠지요, 항구나 공항 근처면 희생자가 생길 테니까요. 자신의 비행 계획과도 멀리 떨어진 곳이어야 했을 테고요. 그래야 자신의 기체를 사람들이 찾지 못할 테니까요. 그런 뒤에 사라지는 일은 식은 죽 먹기였겠지요, 특히 전쟁 중엔 말이에요.

나는 생각했다. 누군가 거짓말하는 게 아니면, 생텍쥐페리의 비행기가 독일군 조종사 호르스트 리페르트에 의해 격추당한 뒤 생텍스가 또 다른 군인 칼 봄의 손에 구조돼 당국에 넘겨졌고, 당시 자신의 정체를 절대 밝히지 않겠노라 마음먹었다가…… 결국 풀려난 뒤…… 다시 돌아오지 않은 것 아닌가!

하지만 앤디는 사전 계획 쪽에 마음이 더 기우는 것 같았다.

– Club 612조차 아무것도 발견하지 못했나요?

그녀가 물었다.

– 생텍쥐페리의 미스터리에 관심을 가진 모든 이들이 조작이나 속임수가 있다는 걸 알아챘고, 그중에서도 영리한 이들은 진실에 가까이 다가갔지만…… 결국 아무것도 찾지 못했어요.

– 당신은요?

앤디가 말했다.

– 당신은 어떻게 찾았나요?

젊은 남자는 대답하지 않고 여전히 손가락으로 가젤 가죽을 어루만졌다. 나의 어린 여우가 그의 손가락이 바다와 육지 사이에 놓인 순간, 손가락을 붙잡았다.

　- 당신은 누군가요, 스텔로?

　젊은 남자는 여전히 대답하지 않고 고개를 들어 바다를 마주하더니 인접한 해변에 파도가 밀려와 묘비가 조금씩 잠기는 모습을 바라보았다.

　나 역시 수평선을 응시했다. 배가 한 척도 보이지 않았다. 나는 또 다른 의문이 들었다.

XLIV

- 어째서 배인가요?

내가 툭 던진 질문에 사랑에 빠진 두 남녀가 깜짝 놀랐다.

의심쩍어하는 자가 질문을 다시 명확히 내뱉었다.

- 생텍스는 조종사 아닌가요? 어째서 물에 둘러싸여 배를 타고 도망쳤을까요?

스텔로가 마치 동의를 구하는 눈길로 앤디를 바라본 뒤 대답했다.

- 섬들 하나하나가 행성이지요……. 직접 닿을 수 있는 행성 말이에요. 사람들이 앙투안의 비행을 향한 사랑에만 맹목적으로 초점을 맞추는 바람에 그가 온갖 방식의 항해를 얼마나 좋아했는지를 잊었어요. 그가 조종사가 되기 전에 이런 글을 썼었죠, '이따금 범선 사진을 보면 이런 섬들을 좀 더 생생하게 그려내고 모든 것을 꿈속으로 이끌 때가 있다.'

앤디가 이어 말했다.

- 그가 뉴욕 빌딩 숲을 헤맬 때도 넬리에게 이렇게 썼지요. '이곳

에서는 세상 그 어느 곳보다 먼바다에 있는 느낌이 강하게 들어요.'

두 사람의 말이 더 이상 귀에 들어오지 않았다. 모건 뮤지엄에 전시된 스케치 그림들이 떠올랐다. 어린 왕자가 모래언덕이 물결 모양을 이루는 사막에 떨어진 첫 장면들. 근처 해변에 화강암 묘비가 거의 완전히 물에 잠긴 모습 말이다.

- '어린 왕자'에서······ (스텔로가 앤디의 어깨 위에 손을 얹었다.) 생텍쥐페리가 사막에서 비행기가 고장 났을 때 맨 먼저 내뱉은 문장이 뭐였지요?

둘이 합창하듯 문장을 말했다.

- '나는 사람이 사는 곳으로부터 천 해리 떨어진 사막 한복판에서 잠을 청해야 했다. 드넓은 바다 한가운데 홀로 뗏목을 타고 표류하는 사람보다 훨씬 더 외로운 듯했다······'

앤디는 스텔로의 어깨에 고개를 기댔다.

- 그리고 뱀이 어린 왕자를 물기 전에 무슨 말을 했었지요?

둘의 목소리가 동시에 어우러졌다.

- '난 배보다 멀리 널 데려갈 수 있어!'

나는 살짝 찬밥 신세가 된 듯했지만, 놀라움을 감추지 못한 채 두 젊은이를 바라보았다!

바로 옆 해변에는 더 이상 장밋빛 모래도, 잿빛 바위도, 거무튀튀한 묘비도 없었다.

바다가 모든 것을 완전히 뒤덮었다.

마찬가지로 우리가 있는 해변도 수 분 이내로 뒤덮을 차례였다.

그러면 곧 말뚝 위에 올린 오두막만 수면 위로 올라와 있게 될 터
였다. 합창 소리가 울려 퍼지는 작은 오두막. 익숙하면서도 화가 난
목소리들.

XLV

– 내가……

오코가 한탄했다.

사업차 버뮤다 제도에 수십 차례 왔었는데, 토니오가 바로 옆 섬에 휴식을 취하고 있는 걸 꿈에도 몰랐다니…….

– 토니오가 잘했지.

무아제가 한마디 했다.

– 오코 자네는 그의 속세 천국을 당장 조세 천국으로 만들었을 거야!

– 짐작했어야 하는 사람은 나지!

마리 스완이 빈정거렸다.

– 버뮤다 제도, 해밀턴. 이 빌어먹을 실비아와 같은 이름이었는데. 답이 바로 내 눈앞에 있었는데 발이시! 이 모든 세월 동안 니의 앙투안과 나를 갈라놓은 게 고작 천 해리였다니…….

– 그걸 말이라고.

무아제가 비웃음을 날렸다.

- 당신이 토니오를 다시 만났다면, 토니오는 시샘하는 시든 장미꽃인 당신을 바다에 내버렸겠지. 그는 무엇보다 자신과 여자들 사이에 천 해리의 거리를 두기를 원했던 거라고! 그가 바란 건 오직 함께 술을 마실 친구였을 테니!

- 아니면 자신과 상담해줄 친구.

이자르가 덧붙였다.

- 이곳 환초는 제대로 된 쓰레기처리장인 셈이지……. 행성도 단장해야 하니까.

내가 우수에 젖은 와중에 그들의 시끌벅적한 목소리가 폭소로 바뀌었다. 세상에서 가장 고립된 섬에 이게 웬 소음인가! 생텍스가 무덤에서 살아 돌아올 일이었다!

아무래도 앤디는 기도드리는 장소에서 시끄럽게 떠드는 관광객들 같은 Club 612 동료들의 모습을 보며 미소 뒤에 한숨을 가린 듯 보였다.

- 저들은 곧 갈 거예요.

스텔로 역시 앤디의 생각을 읽고 말했다.

- 섬이 너무 작잖아요. (젊은 남자가 말뚝 위에 올린 오두막을 향해 고개를 돌렸다.) 방이 딱 하나만 있는 아주 특별한 호텔이죠. 침대도 딱 한 개……. 하지만 오코와 스완, 무아제, 이자르, 호시는 진실을 알고 생텍쥐페리의 묘비를 보고 깨달을 자격이 있는 사람들이었잖아요. '어린 왕자'가 그들의 인생을 바꿔 놓았으니까.

앤디는 아직 바닷물에 잠기기 전인 마지막 남은 장밋빛 모래 몇 줌을 집어 손가락 사이로 천천히 흘려보냈다.

– 나를 줄곧 찝찝하게 한 게 한 가지 있어요.

그녀가 물었다.

– 팔찌 말이에요! 1998년도에 리우 섬 먼바다에서 한 어부가 발견했다는 그 팔찌 있잖아요! 그게 모든 것의 발단이죠……. 하지만 나는 결코 이 말도 안 되는 우연을 믿지 않았어요.

스텔로가 앤디를 바라보며 그녀의 손을 잡고 흘러내리는 모래알을 붙잡았다, 마치 장밋빛 모래는 너무 신성해서 감히 갖고 놀 수 없다는 듯.

– 당신 말이 맞아요…… 우연은 없어요, 절대로. 1994년 생텍쥐페리가 죽고 나서야 마침내 그의 죽음을 세상에 밝힐 수 있게 되었어요. 더 이상 반대할 이유가 없었으니까요. Club 612 멤버들을 비롯해 앙투안을 사랑한 모든 이들이 찾는 일을 멈출 수 있게 되었지요. 더 이상 헛된 희망을 품을 필요가 없었던 거죠. 이제 그다음부터는 아주 간단한 문제였어요. 팔찌는 콘쉬엘로의 트렁크에서 나온 거였지요. 다들 잊고 있었던 트렁크를 끄집어냈는데 이상하게 아무도 이 우연의 일치를 알아차리지 못하더군요. 실은 앙투안의 편집자가 그에게 준 팔찌였는데, 그가 전장에 차고 나가지 않고 그의 장미꽃에게 맡겼던 터라 아무도 그가 이 팔찌를 찬 모습을 보지 못했던 거죠. 장 클로드 비앙코가 이끄는 저인망 어선 팀에는 선원이 다섯이었는데, 희한하게도 셋은 무슬림, 나머지는 각기 유대인과 기독교인이었어요. 그중 한 명에게 팔찌를

맡기며 앙투안의 P-38 라이트닝 기체 잔해 바로 위에 있는 그물망에 놓도록 꾀어내기만 하면 되는 일이었지요. 작전은 성공했어요. 비앙코는 정말로 자신이 팔찌를 건져 올렸다고 생각했고요. 그렇게 해서 어선 아래쪽 바다 수색이 이루어졌고, 결국 기체 잔해와 군번을 찾아 르부르제 국립 항공우주박물관에 일체를 전시하는 것으로 사건이 일단락되었어요. 모든 미스터리가 해결된 거지요! 모두가 앙투안은 44년에 바다 한복판에서 격추당해 죽은 것으로 결론 내렸어요.

 – 당연히 다섯 명 중 한 명이 누구였는지 알려줄 마음이 없겠죠?

 – 그래요······. 앙투안의 기체가 어느 지점에 추락했는지만 알면, 이어지는 계획들은 실행하기 쉬웠어요.

 – 대체 누가 이 모든 계획을 세운 거죠? 당신은 아니겠죠! 1998년에 당신은 아직 아기였을 테니까요! 게다가 당신이 Club 612를 결성한 지리학자일 리도 없죠, 그때 당신은 아직 태어나기도 전이었을 테니까요!

 – 그건 나중에 밝힐게요, 지금은 더 중요한 게 있으니까요.

 – 그게 뭐죠?

 – '어린 왕자'의 진짜 교훈······ 그게 바로 진짜 해결의 열쇠예요. 진정한 해법.

마치 자연이 동의하지 않는다는 듯, 갑작스레 파도가 우리를 덮쳤다. 잔잔한 바다가 노했다.

나는 머리부터 발끝까지 홀딱 젖은 채 뒤돌아섰다.

대형 범선 한 대가 막 도착했다.

XLVI

대형 범선은 벌써 다시 출발하려 했다. 범선에 달린 흰 돛이 손수건처럼 휘날렸다.

– 다시 돌아올게요.

Club 612 멤버 다섯 명이 동시에 외쳤다.

– 훨씬 더 큰 요트를 타고!

낡은 의장의 밧줄 사이에 긴 다리를 겨우 구겨 넣은 오코가 약속했다.

– 술을 더 많이 가지고.

와중에 조금이라도 남아 있는 럼주를 찾겠다고 갑판 식량창고를 뒤지던 무아제가 약속했다.

– 더 젊은 남자들과 함께.

스완이 아니밤을 품에 꼭 안은 채 가슴까지 물에 잠겨 있는 스텔로를 잡아먹을 듯 바라보며 약속했다.

– 해변에 꽂을 깃발.

이자르가 약속했다. 지어 올릴 궁전과 건설할 유토피아를 가지고……

－ 서둘러요.

호시는 그저 충고하는 말만 하며 항해 신호를 보냈다. 곧 어두워질 테니.

늙은 등대지기는 환초에 단 몇 시간만 머물렀다, 그동안 여전히 밝은 서쪽 하늘에 첫 별들이 보이기 시작했다.

그동안 오코, 스완, 무아제, 이자르와 함께 다섯 친구가 마침내 한자리에 모여 바로 옆 해변까지 짧은 산책을 했다. 마침내 모두 조용했다.

그동안 화강암 묘비 앞에서 길게 묵념을 했다.

앙투안 드 생텍쥐페리
1900-1994

추억을 그러모으는 시간이었다, 시든 것이 다시 피어날 거라고. 그 무엇도 결코 묻힌 것이 아니며, 모든 건 그저 뿌리 내린 것임을 확신하는 시간이었다.

바람이 일었다. 돛이 팽팽해지고 마음이 꽉 조였다. 마리 스완의 방울술 달린 베레모가 바람에 날아갔다. 아니발이 마지막으로 한 번 더 짖었다.

그들이 떠났다.

이제 섬엔 축제 뒤 떨어진 색종이 조각만 남았다.

이제 남은 건 우리 셋뿐이었다. 맞은편 땅엔 태양이 반대편 반구를 향해 서서히 내려가기 시작했다.

우리는 벤치에 앉았다. 오두막이 있는 이곳은 섬에서 아직 바닷물에 잠기지 않은 몇 안 되는 부분 중 한 곳이었다.

– 다시 물을게요, 진짜 해법이 뭐죠?

앤디가 물었다. 그녀는 자신이 한 번 던진 질문은 결코 포기하는 법이 없는 사람이었다.

– 그토록 중요한 '어린 왕자'의 진정한 교훈 말이에요!

– 중간에 내 말 끊지 않고 끝까지 들을 준비가 됐나요?

스텔로가 물었다.

– 솔렘의 이름을 걸고 맹세할게요! 이곳에 은둔한 앙투안 형제보다도 더 침묵을 지킬게요.

스텔로가 웃어 보였다.

– 좋아요…… 얘기가 좀 길 거예요…… '어린 왕자'를 읽은 독자들은 한결같이 이야기의 교훈이 책임감의 중요성이라 생각하지요, '넌 네가 길들인 것을 책임져야 해'…….

– 이미 그 얘긴 했잖아요.

내가 그의 말을 잘랐다. (난 약속한 적 없으니까!)

– 하지만 누가 누구를 길들인 것인지 알지 못한다고…….

– 그건 문제가 아니에요.

잘생긴 스텔로가 투덜댔다. 내가 말을 끊은 게 영 못마땅해 보였다.

– 많은 이들이 '어린 왕자'가 순수하고 예쁘고 유익하고 교훈적인 이야기라고 생각하죠. 너는 네가 길들인 것을 책임져야 해. 너의 부인, 너의 자식, 너의 개, 너의 이웃, 너의 동료, 너의 고향 사람들, 온 지구를. 파렴치한 인간들을 가만히 두고 못 보는 보이스카우트의 교훈 같은 것 말이에요……. 한참 잘못 짚었어요! '어린 왕자'의 철학은 단 한 문장 안에 들어가 있어요. '마음으로 봐야 잘 보인다는 것. 중요한 건 눈에 보이지 않지.'

완전 헛소리 아닌가! 나는 또다시 끼어들었다!

– 정말요? 확실해요? '마음으로 봐야 잘 보인다고요?' 참 도발적인 말이에요! 티셔츠나 커피잔에 박아 넣기 딱 좋을 만한 문구 아닌가요…… 파렴치한 인간들이 참 좋아하겠네요!

스텔로는 내 반응이 흥미로운 듯했다.

– 그래서 우리가 잘못해도 한참 잘못 해석했다는 거예요. 당신 생각엔 '중요한 건 눈에 보이지 않는다'는 말이 무슨 뜻인 것 같나요?

아주 쉽지 않은가!

– 무언가의 이면에 숨은 아름다움을 보는 거요. 음, 예를 들면 이런 거죠, 한 소녀나 소년이 있는데, 외모가 그리 준수하진 않아요, 하지만 내면은 아름답죠, 그럼 이들은 다른 이들과 마찬가지로 사랑받을 자격이 있는 거예요…….

– 그렇죠.

스텔로가 분명히 말했다.

― 그게 1단계 해석이에요, 그래서 이 문장이 유명해진 거죠! 하지만 한 가지 맹점이 있어요, 이 문장이 생텍쥐페리와 잘 어울리는 것 같나요? 지상 최고의 미인들만 애인으로 삼았던 그와 말이에요. 이 문장에는 분명 숨겨진 의미가 있는 겁니다!

바닷물이 이미 벤치 다리와 앤디의 발목까지 차올랐다.

― 어디 한번 들어볼게요!

― 좋아요, 하지만 이 논리를 이해하려면 신경을 집중해야 하고, 시간도 좀 필요해요, 그러니까 이번에는 내 말을 끝까지 들었으면 해요. '중요한 건 눈에 보이지 않는다'는 말은, 실은 중요한 건 공백, 텅 빔, 부재, 추억을 통해서만 존재한다는 뜻이에요. 중요한 건 늘 부족해요. 사랑하는 사람이든 심지어 사랑하는 물건이든, 그 대상에 사로잡힘과 동시에 잃게 되는 거예요.* 바로 그 부재가 대상에 중요한 의미를 부여하지요. 황금빛 밀밭에 대한 기억, 석양을 기다리는 시간, 샘물에 대한 갈증, 그곳을 거닌 시간, 아주 변덕스러운 장미꽃을 향한 그리움, 아주 먼 곳에 있는 별…… 또는 어느 날 사라진 친구.

중요한 것이 존재하는 건, 그것이 아직 그곳에 없어서 기다려지기 때문이거나 그것이 더 이상 그곳에 없어서 아쉽고 그립기 때문이에요. 생텍쥐페리에게는 오직 이 부재를 통해서만 세상이 의미 있게

---

* 이 단락은 프랑스 갈리마르 출판사 Les cahiers de la NRF 컬렉션의 '전시 조종사 생텍쥐페리' 중 필립 포레스트의 에세이 '각자가 모두를 책임지는 고독한 존재이다'(2013, 11~25쪽)의 내용을 상당 부분 참조했다.

다가온 거예요. 그렇지 않으면 모든 것이 무의미하고, 한순간이며, 돈으로 사들여지고, 소유되고, 버려지니까요. 부재와 떠남, 사라짐, 죽음을 받아들이는 것이 곧 만물의 가치를 깨닫고 그 가치를 존중하는 길인 거죠. 전혀 고통스럽지 않은 희생인 거예요, 왜냐하면 그 희생 덕분에 모든 것이 중요한 가치를 얻게 되니까요.

어떠한 종교적 교리와는 무관하게 생텍쥐페리는 우리에게 타인을 위해 스스로 희생할 필요가 없다고 말하고 하물며 더 나은 내세를 위해 현세에서의 희생을 감내할 필요가 없다고 말하지요. 생텍쥐페리는 신자가 아니었어요. '어린 왕자'를 기독교적 관점으로 해석하는 것은 아무런 의미가 없어요. 여기서 말하는 희생은 세속적인 것이고 희생이 결핍과 갈증, 갈망의 합으로 세상을 가득 채워 나가지요. 세상은 더 이상 소유물이 아니라 그저 욕망이고 기억인 거예요. 의식이 실재를 능가하는 법이죠. 더욱이 실재라는 것이 우리의 의식 밖에서 존재하긴 하는 걸까요? 실재는 결핍의 정도에 따라 존재 가치를 달리하는 거예요! 별들이 아름다운 건, 눈에 보이지 않는 한 송이 꽃 때문이라는 말이지요.

이야기 결말 부분에서 어린 왕자가 자신의 의지로 사라지고…… 그런 뒤에 생텍쥐페리도 자신의 의지로 사라지지요……. 둘이 사라지면서 모든 것이 타인들에게 돌아가게 되고요. 사랑, 밀밭, 별, 사막, 죽음에 대한 두려움, 웃음. 타인은 돌려받은 것으로 자신이 원하는 걸 하겠지요. 숭배하거나 미워하거나 미화하거나 잊어버리거나. 이렇게 해서 어린 왕자의 별이 있는 하늘은 세상에서 가장 아름다

우면서도 쓸쓸한 풍경이 되는 거예요. 이 세상 모든 것이 이러한 불안을 안고 있기에, 모든 인간은 모두를 책임지게 되는 거고요.

생텍쥐페리가 말하는 책임감의 교훈은 이거예요. 우리는 자신이 하는 모든 행위에 이러한 책임감이 따른다는 것을 의식해야 한다. 심지어 정원사, 가로등 켜는 사람, 조종사가 하는 가장 평범한 행위까지도. 하지만 이와 동시에 이러한 행위들이 무의미한 것임을, 행위를 행하는 순간 무의미해진다는 것을 지각해야 하는 거지요. 행위들은 오직 그것들이 불러일으킨 희망이나 그것들이 타인에게 남긴 흔적 안에서만 존재함을 알아차려야 하는 거예요. 그러니까, 모두가 모두에게 책임이 있지만, 이 비장한 의식 안에서 무의미함이 우리가 자유를 갖는 조건이 되는 거지요. 그렇지 않으면, 우리는 오직 자신만을 위해 움직이는 별이 되거나 아니면 오직 타인만을 위해 행동할 궁리만 하는 성인이 될 테지요. 중요한 건 눈에 보이지 않는 거예요, 생텍쥐페리가 중요하다고 생각한 건 우리의 책임감이니까요. 남겨진 공백, 그것이 우리의 자유인 겁니다.

스텔로는 긴 침묵으로 강론을 마쳤다.

놀라웠다. 솔직히 납득할만했다.

– 훌륭해요!

앤디가 자신의 맹세를 깨고 한마디 했다.

– 하지만 중요한 건 아직 거기에 없어요!

스텔로가 말을 이었다.

– 당신들의 조사와 관련해서는 아직 아무 말도 하지 않았잖아요.

해법 말입니다. 두 가지 살인을 풀어낼 두 개의 열쇠 말이에요.

앤디는 다시 입을 꾹 다물고 귀를 쫑긋했다.

— 생텍쥐페리가 '어린 왕자'를 쓰고 그런 뒤에 스스로 사라지는 상황을 연출하려고 어떻게 했을까요? 자기를 희생한 거예요. 사라지면서 자신의 결핍, 부재, 스스로 남긴 공백, 사건들을 만들고 미화하는 과정을 거쳐 만들어진 전설을 통해 어린 왕자를 탄생시킨 거예요. 종이 안에 또 하나의 자신을 만들어낸 거지요! 자신이 줄어드는 만큼 어린 왕자는 자라는 방식으로요. 이런 의미로 보면, 생텍쥐페리를 죽인 범인은 어린 왕자인 거죠. 더 정확히 말하자면, 어린 왕자가 살아 있게 하려고 생텍쥐페리가 스스로 자취를 감춘 거죠…….

앤디가 흰 종이를 꺼내 적었다.

생텍쥐페리를 죽인 범인은 어린 왕자

스텔로가 양발을 바닷물에 담근 채 일어나서 양팔을 물레방아처럼 휘저었다.

— 만약 생텍쥐페리가 미스터리하게 죽지 않았다면 과연 '어린 왕자'가 이런 운명을 걸었을까요? 전설적인 영웅의 사후 작품처럼 출간되지 않았다면? 아마 아니었겠지요…….세계에서 가장 많이 읽힌 책이 아니라 그저 평범한 책 중 하나였을 거예요! 어린 왕자를 통해 자신의 메시지를 세상에 전달하기 위해 생텍쥐페리는 자기를 희생하고 사라져야만 했던 거죠. 이렇게 해서 생텍쥐페리는 자신의 섬

에서 홀로 수도 생활을 하며…… 자신의 책 덕분에 사람들의 마음과 사유 속에서 존재할 수 있었던 거예요. 생텍쥐페리는 스스로 자취를 감추며 노련하게 자신의 교훈을 적용한 거죠. 아시겠어요? 세상 모든 사람의 꿈을 실현한 겁니다. 도망치고, 모든 것을 내려놓고, 세상에 혼자가 되어서도 그의 생각을 통해 사람들 개개인 안에서 끊임없이 존재하는 것…… 그것을 인류 역사상 가장 많이 읽힌 소설을 써 냄으로써 이룬 겁니다!

앤디는 여전히 펜을 들고 있었다. 스텔로가 만족해하는 표정으로 아우라를 뿜어내며 그녀에게 눈짓으로 물었다.

— 자.

그가 결국 입 밖으로 내뱉었다.

— 당신은 어떻게 생각하나요?

확신에 찬 그의 논리는 명백했다.

— 당신 논리와 정반대예요!

앤디가 응수했다.

이번에는 스텔로가 꿀 먹은 벙어리가 되었다.

— 나는……

나의 어린 빨강 머리 여우가 단숨에 쏟아냈다.

— 생텍쥐페리가 노련하게 부도덕한 방식으로 행동했다고 생각해요. 그는 오로지 자기 생각만 하는 이기주의자였던 거죠. 세상 모든 이들의 눈에는 이 지구에 사는 모든 생명체를 걱정하는 성인처럼 보이게 하면서 말이에요. 그의 친구들의 고통은 어떡하고요? 그의 가

족들, 장미꽃들, 특히 그의 장미꽃은요? 콘쉬엘로는요? 그는 단 한
순간이라도 콘쉬엘로를 생각했을까요?

나의 약하디약한 어린 여우가 눈물을 터뜨리며 주저앉았다.

XLVII

물이 계속 차올랐다. 마치 앤디가 흘린 눈물만으로 대서양 한가운데 외딴 작은 행성이 잠기는 것 같았다. 우리는 위로 올라가 셋이서 오두막 문턱에 앉았다. 물결 한복판에 놓인 마지막 엘도라도였다. 우리는 해가 지는 모습을 바라보았다.

정면으로 삼십여 미터 떨어진 곳에 수상기가 우리를 기다렸다. 앤디도 스텔로도 딱히 일어설 생각이 없어 보였다.

– 그래서 두 사람은 결국 다시 만나지 못했나요?

앤디가 물었다.

– 콘쉬엘로는 가짜로 행방불명된 사람을 애도한 거네요. 장미꽃이 자신의 어린 왕자가 돌아오기를 기다린 건 헛된 일이었네요?

– 장미꽃은 존재하지 않은 거예요.

스텔로가 서글피 대답했다.

– 장미꽃은 그저 상징이었던 거지요. 콘쉬엘로도 토니오의 어머니도, 그의 정부 중 한 명도 아니었어요. 장미꽃은 그저 우리가 집착

287

하는 대상에 불과했던 거예요! 우리를 옭아매는 모든 것. 자유를 얻기 위해 버려야만 하는 모든 것.

– 아니에요.

앤디가 반박했다.

– 아니라고요! 그 모든 사랑을 허무하게 내던지는 건 너무 싱거운 일 아닌가요! 그저 우리의 감정들이 정리된 추억 상자 하나로 만족해야 한다니요.

– 앙투안은 우리에게 추억 상자 얘기를 하고 있지 않아요, 앤디. 보물 얘기를 하고 있는 거예요. 보물 중에서도 가장 귀중한 것에 대해……. '장미의 회고록' 내용을 기억하나요, 앙투안이 마지막으로 콘쉬엘로와 주고받았던 말. '내가 영원히 날아갈 때, 당신 손을 잡을게요. 하지만 자신을 지켜주는 사람을 울며불며 쳐다보는 연약한 아이처럼 굴진 말아요. 나는 떠나고, 떠나고, 떠나야 하니까……. 내 집은 당신 마음속에 있고 난 그곳에 영원히 있어요.'

정적이 흘렀다.

앤디.

– '알아요, 당신은 혼자여야만 하죠.'

스텔로.

– '아, 시간이 늦었군요, 난 이제 배를 타야 해요.'

앤디.

– '당신이 내게 약속했었죠, 만약 당신이 되돌아오지 않는다면 내가 일생토록 당신의 애무를 느낄 수 있을 만큼 마음으로 나를 꽉

안아주겠다고요.'

다시 정적이 흘렀다.

스텔로가 나긋한 목소리로 자기 생각을 말했다.

― '장미의 회고록'에 나오는 마지막 문장이지요. 당신도 알겠지만,
추억은 현실보다 훨씬 강력한 힘을 지녀요! 토니오가 콘쉬엘로를 떠
나기 전에 자신이 총알을 맞지 않도록 그녀에게 사랑으로 지은 망토
를 하나 부탁하지요. 그래서 그녀가 토니오에게 눈에 보이지 않는 망
토를 주겠다고 약속해요. 토니오를 영원히 감싸 줄 망토 말이에요.
눈에 보이지 않는 망토…… '중요한 건 눈에 보이지 않는다'…….

앤디가 이번에도 쏟아내듯 말했다.

― 눈에 보이지 않겠죠……. 하지만 그건 진짜 사랑의 망토였잖아
요! 환영도, 추억도 아닌 총알을 막아주는 진짜 망토 말이에요! 현실
이요! 그 증거가 바로 실제로 그가 총알을 맞지 않았다는 거예요! 앙
투안은 전쟁에서 살아남았어요. 콘쉬엘로의 사랑이 그를 지켰어요.
콘쉬엘로의 사랑이 생텍쥐페리를 구했어요, 그녀에게 '어린 왕자'의
속편을 쓰고 거기에는 그녀에게 헌사를 바치겠다고 약속했던 생텍
쥐페리를 구했다고요. 거짓말, 완전 거짓말투성이에요, 생텍스의 말
은 하나부터 열까지 모두 거짓이었어요.

앤디가 나를 돌아보았다. 내가 지지해주기를 바란 건가?

나는 아무 말도 하지 않았다. 이 부분은 나도 어찌할 수 없었다. 누
구를 지지하고, 누구를 비난하란 말인가? 책임감과 자유 중에 어떻
게 하나를 고를 수 있단 말인가?

289

– 당신 말이 맞아요.

스텔로가 말했다.

– 뭐라고요?

앤디가 황당해했다.

– 총알을 막아주는 진짜 망토였어요. 억지로 만들어낸 망상이 아니었지요. 독일군의 총알은 진짜였고, 그 총알들은 앙투안을 명중시키지 못했으니까요. 그는 자신이 한 약속을 지켜야만 했어요. 그가 그의 어머니에게 썼듯 콘쉬엘로에게도 사후에 편지 한 통을 보냈고, 콘쉬엘로는 알아차렸어요. 둘은…… 둘은…… 다시 만났어요.

– 어디서요?

– 여기에서…… 가끔…….

– '어린 왕자' 속편을 쓰려고요?

– 맞아요! 앙투안이 그녀에게 약속했으니까요.

– 속편은 어떤 내용이죠?

– 당연히 어린 왕자가 자신의 장미꽃을 다시 만난 이야기이지요, 다만 속세의 육신은 없는 채로.

– 속편에서 다시 만난 장미꽃은 콘쉬엘로인가요?

– 그래요……. 앙투안이 그녀에게 약속했잖아요, 콘쉬엘로가 이 속편의 여주인공이 되었지요. 꿈에 그리던 공주가 된 가시 달린 장미. 이 속편에서 어린 왕자와 콘쉬엘로가 서로 다시 만나요. 혹시 기억하나요? 1934년에 그린 크로키 그림에서 어린 왕자와 콘쉬엘로가 판에 박힌 듯 서로 닮은 모습이었다는 걸.

– 판에 박힌 듯……

앤디가 이 말을 천천히 따라 했다.

– 어린 소년이 한 여인의 손을 잡고 있지요. 그와 꼭 닮은 여인이요. 사람들은 그 여인과 소년이 누구라고 생각할까요?

– 어……

당황한 앤디가 말을 더듬거렸다.

– 어…… 엄마와…… 아들이요?

– 딸이요…… 밀밭처럼 눈부신 금발. 나의 할머니. 할머니는 여기서 자랐어요……. 그녀가 다름 아닌 '어린 왕자'의 속편이지요. 앙투안과 콘쉬엘로의 결합으로 탄생한 분신 같은 어린 공주…… 종이 어린 왕자가 앙투안과 콘쉬엘로의 가상의 아이였듯이 말이에요……. 어머니의 연약한 몸과 자비로운 모습, 아버지의 우수에 어린 사려 깊은 모습을 그대로 따서 만든 어린 왕자.

– 어째서 이와 관련해 일절 언급된 적 없는 거죠?

– 둘만의 비밀이었으니까요. 앙투안의 비밀……. 어린 왕자가 주목을 받으려면, 모두가 숨어 있어야만 했으니까요……. 그래요, 앙투안은 자신이 전하고자 하는 메시지를 노련하게 실천했던 거예요! 그는 죽을 때까지 이 비밀을 지키려고 최선을 다했어요. 그런 그가 비밀을 지키기 위해 할 수 있는 유일한 방법은 진실에 아주 가까이 근접한 이들과 생텍쥐페리의 미스터리를 끝끼지 파헤치고 어린 앙자를 열렬히 사랑해서 진실을 추측할 만한 이들에게 귀띔해주는 것뿐이었지요. 애초부터 그는 그들을 줄곧 주시했어요, 그들이 모든 걸

알아버릴지도 모르는 일이었으니까요. 그래서 그들을 한 클럽에 모을 생각을 했던 겁니다, 그들을 감시하고, 통제하고, 혼란스럽게 하기 위해서요. Club 612의 미스터리한 초대 지리학자는 생텍쥐페리 자신이었고, 뒤이어 그의 딸, 그의 손자, 저…… 스텔로까지 이어졌어요……. 스텔로는 에스페란토어로 별을 뜻해요.

내가 미소를 지었다. 이제 모든 것이 끝났다.

내가 일어섰다. 이제 떠날 시간이었다.

섬은 이제 그저 하나의 추억일 뿐이었다, 바다가 말뚝 위에 올린 오두막만 빼고 완전히 집어삼켰다.

해가 거의 졌다. 수상기가 마지막 금빛 저녁 햇살을 받으며 떠 있었다.

나는 한 걸음 앞으로 내디뎠다. 스텔로와 앤디는 그 자리에 가만히 있었다.

물이 허리까지 차올랐다. 얼마 지나지 않아 발이 바닥에 닿지 않을 상황이었다.

– 이제 타러 가야 해요.

내가 말했다.

– 난 여기 있을게요.

스텔로가 말했다.

– 조금 더 있을게요.

나는 한 걸음 더 내디뎠다.

– 앤디. 내가 또다시 말했다.

– 이제 타러 가야 해요.

– 저…… 저도 여기 있을게요.

앤디가 스텔로를 바라보았다. 스텔로도 앤디를 바라보았다.

내가 패배했음을 이미 알아차렸다. 내가 한 말이 이미 후회스러웠다. 나는 물결 위에 둥둥 떠 있는 것처럼 보이는 오두막을 멍하니 바라보았다.

– 이곳은 수도자 같은 사람이 혼자 머무르는 곳 아니었나요? 방도 하나, 침대도 하나잖아요…….

– 둘을 위한 곳이에요. 스텔로가 대답했다. 두 사람이 꼭 붙어 지낼 만큼의 공간이지요……. 토니오와 콘쉬엘로가 여기서 종종 함께 잤어요.

나는 고개를 돌려 수평선을 향했다. 이토록 아름다운 석양은 처음이었다. 이토록 쓸쓸한 적도 처음이었다.

– 당신이 날 길들였군요.

내가 옹딘에게 말했다.

그 순간 그녀가 나에게 '누가 누구를 길들였는지 아무도 몰라요'라고 대답할까 봐 두려웠다. 하지만 괜한 걱정이었다, 그녀는 그저 누구나 알고 있는 대사를 말했다.

– 당신이 이겼어요…….

나는 결코 잊고 싶지 않아서 그녀의 붉은 머리카락과 얼굴에 난

주근깨를 바라보았다.

- 당신이 이겼어요······.

앤디가 반복했다.

- 석양의 빛깔 때문에. 나의 조종사 아저씨, 당신의 행성으로 돌아가야죠.

- 나의 장미꽃을 다시 만나러?

- 네, 당신의 장미꽃을 다시 만나러. 그녀가 당신을 기다리니까요. 소행성 612호의 진짜 이름이 뭔지 알아요? 모든 소행성은 번호 붙이는 데 그치지 않고 저마다 이름이 있거든요.

- 몰라요.

- 베로니카.

나는 수상기에 올라탔다. 앤디가 내가 있는 곳까지 최대한 가까이 다가왔다, 그녀의 가슴까지 물이 차올라 있었다. 그녀는 한 손으로 그녀의 머리카락에 꽂힌 개양귀비 꽃잎을 하나 땄다. 손을 뻗어 나에게 꽃잎을 건넸다.

- 콘쉬엘로가 말했었죠. 생텍스가 자신을 떠날 때 클로버를 건네며 이 말을 했었다고. 평생 잊지 못 할 말이었다고.

'절대 뒤돌아보지 말아요, 경이로운 전설 속에서 뒤돌아본 사람은 돌이나 소금으로 굳어버린다는 점을 기억해요.'

나는 마지막 햇빛 한 줄기를 바라보았다. 옹딘도 같은 곳을 바라보고 있다는 걸 알았다.

사랑이란……

나는 뒤돌아보지 않고 떠났다.

여기까지가 여섯 해 전의 일이다. 그 뒤로 나는 누구에게도 이 이야기를 한 적이 없다. 앤디를 다시 만난 적도 없다. 비행기를 다시 조종한 적도 없다.
나는 종종 바다를 바라본다. 이제는 하늘보다 더 자주 바라본다. 특히 태양이 바다에 질 때.

'어린 왕자'를 사랑하는 당신에게는 그 어떤 하늘이나 바다도 서로 같지 않음을 안다. 왜냐하면 꽃 한 송이를 향한 우리의 간절한 마음이 있기에.
오늘날 수많은 어른이 어린 왕자 덕분에 그것이 아주 중요하다는 걸 깨달았다!

CODE 612 어린 왕자는 누가 죽였는가

작가의 말

이 이야기는 몇몇 분들의 큰 도움 없이는 결코 구상 및 집필에 이어 출간까지 이어지지 못했을 것이다. 이 자리를 빌려 감사의 마음을 전한다.

먼저 장 마크 프롭스트께 분별력 있는 해설과 헌신에 감사하며, 그가 이끄는 어린 왕자 재단을 통해 이 이야기가 세계적으로 빛을 볼 수 있게 해준 것에 감사를 표한다. 이 책의 출간을 허락해 준 올리비에 다게이께도 감사를 표한다. 생텍쥐페리 작품 원문에서 많은 부분을 발췌해 다시 쓰는 과정을 허용해준 갈리마르 출판사 측에도 감사를 표한다. 십 년째 나를 믿어 준 프레스 드 라 시테 출판사 측에도 감사를 표한다.

이 이야기는 나보다 먼저 생텍쥐페리의 미스터리와 '어린 왕자'의 특별한 운명을 파고든 수많은 저자에게도 큰 빚을 졌다. 여기에 일일이 인용할 순 없지만, 이번 이야기에 흥미를 느낀 독자라면 보다 깊이 알기 위해 내가 가장 영감을 많이 받은 책들을 참조해보길 바란다.

우선 생텍쥐페리의 콘쉬엘로가 쓴 『장미꽃의 회고록』(플롱, 2000). 장 피에르 귀에노 혹은 알랭 비르콩들레의 고증된 작품 다수 (『생텍쥐페리. 진실과 전설』(쇤느 출판사, 2000), 『앙투안과 콘쉬엘로. 전설적인 사랑』(레자렌느, 2005), 『어린 왕자의 보물들』(그룬트, 2014)). 특별한 편집 사건 전반을 매력적으로 살피고 실제로 생텍쥐페리가 어린 마리 시뉴 클로델(나의 마리 스완!)에게 그려준 그림들을 담은 훌륭한 선집 『옛날 옛적에······ 어린 왕자가』(폴리오, 2006).

만약 생텍쥐페리가 쓰고 그린 '어린 왕자'의 또 다른 버전들이 흥미롭다면, 모건 뮤지엄에 VIP 초대로 가는 대신 『어린 왕자 원고 − 복사본 및 필사본』(갈리마르, 2013)을 통해 연구할 수 있다. 라 플레이아드 도서관 소장 서적인 『생텍쥐페리의 전 작품』 제2권(갈리마르, 1999) 역시 원본의 다양한 버전에 관해 상당히 흥미로운 해독을 제안한다.

1943년 '어린 왕자' 출간 당시, 미국에서 다음과 같은 영리한 광고문을 내놓았다. "독자의 50%가 이 책은 어린이들을 위한 책이 아니라고 생각한다. 나머지 50%는 이 책이 어른들을 위한 책이 아니라고 생각한다. 하지만 독자의 99%가 그들을 위한 책이라고 생각한다."

이것이 바로 이 이야기가 가진 힘이다. 누구나 자신이 찾으려 했던 것을 찾게 되는 것이다. '어린 왕자'는 내면을 건드리고 위안을 주는 책이다. 부재와 고독, 죽음에 맞선 허무함을 채우도록 해준다……. 이 책을 읽지 않고, 다시 읽지 않고, 이해하지 못하거나 혹은 그저 모두가 좋아하는 부분만 좋아하는 데 그친 사람들은 이 책의 합의된 교훈을 '마음으로 봐야 잘 보인다는 것'에 한정 짓고, 이 책을 가볍게 여기거나 우습게 여길지도 모른다.

세상은 부드러운 수채화 작품이 아니다…….

'어린 왕자'를 찬양하는 사람들은 그들의 생각에 반박할 것이다. 이 작품은 책임감과 의무감, 우정과 존중을 향한 찬사이기도 하다고. 신념과 투쟁에 관한 책이라고. '어린 왕자'는 본질적으로 세대 간, 민족 간에 서로 전달되는 책이다. 생텍쥐페리가 선택한 상징인 하늘, 모래, 별, 장미꽃, 뱀은 세상 모든 문화 및 종교와도 통한다.

자연주의, 평화주의적 우화인 이 작품은 오늘날 최고로 손꼽히는 종교서나 정치서에 버금가도록 보편적으로 읽힌 유일한 허구 이야기이다. 민족주의에 관한 자성의 목소리를 내며 국경을 넘나드는 이 책의 메시지는 프랑스를 비롯한 어느 정도 평정된 세상이 보기에는 다소 반체제적으로 보일 수도 있다.

하지만 '어린 왕자'는 말랑말랑한 책이나 자기계발서, 세속적 성서의 지위를 넘어서서, 도피할 권리와 자성할 권리에 대한 찬사이기도 하다. 단 하나의 똑같은 그림에서 두 개의 그림을 구별해내는 착시 현상처럼, 이 이야기 역시 책임감을 강조하거나 자유를 향한 찬가를 보내는 것처럼 두 가지 방식으로 읽힐 수 있다.

생텍쥐페리는 이러한 모순 안에서 단호히 살았다. 그리고 사라졌다.

나는 이러한 방식으로 그를 읽었다.

또한 이러한 방식으로 그를 상상했다.

그렇다, 상상한 것이다. 나는 어린 왕자가 자기 별에 돌아갔듯 생텍쥐페리가 어느 섬으로 돌아가길 택했다고 주장하고 싶은 생각은 전혀 없다. 나라고 해서 특별히 더 잘 알 것도 없다. 그게 누구든 이 소설을 읽은 사람이라면 지금 내가 아는 만큼은 모두가 알고 있을 것이다. 하지만 어찌 되었든, 실종에 관한 가정은 사실에 비추어봤을 때 영 터무니없는 이야기는 아니다. 오히려 매력적이라고나 할까.

생텍쥐페리는 어린 왕자의 비밀을 가지고 가버렸다, 그리고 자신의 비밀도.

우리가 녹슨 쇠 파편과 늙은 살가죽만 남기고 우리의 모든 비밀을 가지고 가듯.

나는 이 이야기, 세상에서 가장 슬프고도 명랑한 이 책을 자주 다시 읽어 보길 바란다⋯⋯.

왜냐하면 언젠가 우리 모두 죽은 것처럼 보이는 날이 올 테니까. 사실 그렇지 않을 테지만!

CODE 612
누가 어린 왕자를 죽였는가

초판 1쇄 인쇄일 2023년 5월 20일
초판 1쇄 발행일 2023년 5월 25일

지은이 미셸 뷔시
옮긴이 이선민
펴낸이 김채민
펴낸곳 힘찬북스
출판등록 제410-2017-000143호

주소 서울특별시 마포구 망원로 94, 310호
전화 02-2272-2554
팩스 02-2272-2555
이메일 hcbooks17@naver.com

ISBN 979-11-90227-26-1 03860

*파본은 본사나 구입하신 서점에서 교환하여 드립니다.

CODE 612
누가 어린 왕자를 죽였는가
CODE 612 Qui a tué le Petit Prince?